ILLEGAL CONTACT

ILLEGAL CONTACT

A Denver Mountain Lions Novel

EMILY SILVER

Übersetzt von
SARAH SCHMIDT

Übersetzt von
LITERARY QUEENS

KNOX

»Heilige Scheiße!«

Das Logo der Mountain Lions starrt mich von der anderen Seite der Umkleidekabine aus an. Die Tasche, die ich trage, schneidet sich in die Innenfläche meiner Hand, als ich diese fester zudrücke.

Ich kann nicht glauben, dass er endlich gekommen ist. Der Tag, von dem ich schon geträumt habe, seit ich als Kind mit dem Footballspielen angefangen habe.

Mein allererster Tag in der NFL.

Und ich spiele für das beste Team der Liga.

»Hey Mann, alles okay bei dir?« Jemand klopft mir auf die Schulter, und als ich mich umdrehe, sehe ich einen Hünen von einem Mann vor mir stehen. »Siehst ein bisschen grün um die Nase aus. Dein erster Tag?«

Ich versuche, meine Nerven zu beruhigen, die fast mit mir durchgehen wollen. »Ist das so offensichtlich?«

Der Typ ist riesig. Mit Armen so breit wie mein Kopf, könnte er mich mit einem Fingerstups auf meinen Allerwertesten befördern.

»Matthew Roberts.«

Ich schüttle seine ausgestreckte Hand. »Ich weiß. Bist ja schließlich nur der beste Linebacker der ganzen Liga. Knox Fisher.«

Er grinst mich an. »Und du bist der Typ, der mir mal meinen Platz streitig machen wird.«

Ich zucke mit den Schultern. »Ich weiß nicht, ob ich jemals so gut sein werde wie du.«

»Deshalb lernst du ja von den Besten, genau wie ich es getan habe.«

Immer mehr Jungs kommen in die Umkleidekabine geströmt. Alex Young, Denvers neuer Stamm-Quarterback, nickt mir zu.

Es ist nicht meine Art, von Stars und Sternchen beeindruckt zu sein, aber heilige Scheiße!

Jeder sagt, dass er Denver dieses Jahr in den Super Bowl führen wird. Allerdings kann ich mir nicht vorstellen, dass ich als Rookie mitspielen dürfte. Vor allem nicht mit Roberts in der Startaufstellung.

Roberts stupst mich an und deutet auf ein paar freie Spinde. »Die Defense ist dort drüben. Mach dich schon mal fertig und dann kann ich mit dir ein paar Spielzüge durchgehen, bevor das Training losgeht.«

»Wirklich?«

»Wirklich. Glaub mir, ich bin nicht von allein dahin gekommen, wo ich jetzt bin. Lerne von denen, die es besser können als du, und du wirst es weit bringen.«

»Danke, Mann. Ich weiß das wirklich zu schätzen.«

»Kein Problem. Wir sehen uns dann draußen.« Dann geht er in Richtung seines Spinds. Ich stelle meine Tasche ab und atme ein paar Mal tief durch. Dieser Ort könnte für die nächsten Jahre mein Zuhause werden.

Aber ich versuche, nicht daran zu denken.

Die Energie ist förmlich spürbar, als immer mehr Jungs – sowohl Rookies als auch Alteingesessene – in die Umkleidekabine strömen. Trainer und Übungsleiter kommen und gehen, während ich meine Schulterpolster und mein Trainingstrikot anziehe.

»Woher kommst du?«, fragt Roberts, während wir nach draußen laufen.

Der Trainingsplatz ist noch einschüchternder als die Umkleidekabine. Die Jungs machen bereits Übungen mit den Trainern, tackeln Dummys oder fangen Pässe vom Ersatz-Quarterback.

Hier draußen werden Jungs zu Männern. Und nur dreiundfünfzig davon werden es in die Endauswahl schaffen.

Aber ich versuche, nicht zu viel darüber nachzudenken.

»Michigan.«

»Ein Kollege aus dem Mittleren Westen also. Ich komme aus Indiana.«

Ich lächle ihn an. »Würde ich mich sehr wie ein Fanboy anhören, wenn ich dir sage, dass ich das schon wusste? Ich habe noch deine Rookie-Karte, als du damals bei Denver angefangen hast. Du bist der Grund, warum ich in der Defense spielen wollte.«

»Shit, Junge. Jetzt fühle ich mich aber alt. Du hast wahrscheinlich noch in den Windeln gesteckt, als ich angefangen habe zu spielen.«

Ich folge ihm zu einer der Endzones mit Dummys zum Tackeln. »Quatsch. Du hast angefangen, als ich auf der Mittelstufe war.«

Er klopft mir mit seiner kräftigen Hand auf die Schulter. Mit seinen dunklen Haaren und dunklen Augen ist er ganz schön einschüchternd. Kein Wunder, dass er die Offense der Gegner immer so gut im Griff hat. Selbst mich bringt er dazu, am liebsten vor ihm davonlaufen zu wollen. »Man soll aufhören, wenn es am schönsten ist.«

»Das stimmt.«

Mein Blick wandert zurück auf das Feld vor mir. Auf der einen Seite befinden sich die Tribünen, während sich auf der anderen die Stadt erstreckt.

Ein paar Leute stehen auf dem Feld herum.

»Wer ist denn *die* Braut?«, frage ich und nicke in Richtung der Frau, die gerade auf uns zukommt. Mit ihrer weit heruntergezogenen Mütze ist es schwer, ihr Gesicht zu erkennen. Aber diese Kurven? Scheiße, die würde ich am liebsten mal unbekleidet in Augenschein nehmen.

»Du meinst Frankie?«

Erst da bemerke ich den Mann neben ihr. Klar, dass jemand, der so attraktiv ist, bereits einen Partner hat.

»Nein, die Frau neben ihm.«

Roberts schüttelt den Kopf und stellt sich auf die Zehenspitzen, um besser zu sehen. »Das ist Frankie.«

Ich schüttle den Kopf. »Bist du sicher, dass mit deinen Augen noch alles in Ordnung ist, alter Mann?«

»Vorsicht, Bürschchen.«

Der Blick, den er mir zuwirft, hätte mich an jedem anderen Tag in die Flucht geschlagen. Doch heute muss ich versuchen, mich zu beweisen, um ins Team zu kommen.

»Sorry, aber ich glaube, wir reden von zwei unterschiedlichen Personen.«

Er sieht mich nachdenklich an, bevor sich sein Gesicht erhellt. »Hey, Frankie!«, schreit er.

Die Frau marschiert zu uns herüber und streckt ihm ihre Faust entgegen. »Roberts. Bereit, diesen Jungs zu zeigen, was es bedeutet, ein Linebacker zu sein?«

»Auf jeden Fall.« Er gibt Frankie einen Fistbump und streckt dann seinen Arm in meine Richtung aus. »Kennst du schon unseren neuesten Rookie?«

»Frankie?« Meine Stimme hört sich an wie die eines Teenagers kurz vorm Stimmbruch.

Die Person, die nun vor mir steht, nimmt ihre Mütze ab. Honigbraunes Haar fällt ihr wie Wellen über die Schultern. Braune Augen mit einem kampflustigen Blick starren mich an, während sie die Arme verschränkt.

Das kann nichts Gutes bedeuten.

»Für dich Coach Rose, Junge. Assistenztrainerin der Linebacker.«

O Scheiße.

Das bedeutet wirklich nichts Gutes.

»Äh, hi.« Ich versuche, mich wieder zu fangen, und strecke ihr meine Hand entgegen. »Knox Fisher.«

Sie lässt ihren Blick über mich schweifen. Welchen ersten Eindruck ich auch immer auf diese Frau gemacht habe, war nicht der, den ich machen wollte. Wenn sie Assistenztrainerin ist, werde ich täglich mit ihr zusammenarbeiten.

»Vielleicht merke ich mir deinen Namen, wenn du es ins Team schaffst.« Sie nickt dem Mann neben mir zu. »Roberts. Bring ihn mal ein wenig auf Vordermann.«

Ach du Scheiße.

Ich kann von Glück reden, wenn ich es in die Mannschaft schaffe.

Kapitel Eins

»Auf die Knie, meine Herren.«

Ich greife in das Gitter meines Helms und ziehe ihn ab. Schweiß rinnt mir übers Gesicht. Es fühlt sich an, als wäre es heute heißer als auf der Oberfläche der Sonne, aber das liegt hauptsächlich daran, dass wir den ganzen Vormittag trainiert haben. Newman, unser neuester Rookie, bricht neben mir auf dem Boden zusammen.

»Scheiße, ist das heiß. Ich hätte nicht gedacht, dass es in Denver so heiß ist.« Sein blondes Haar ist so schweißnass, dass es fast dunkel wirkt.

Ich schnappe mir die Wasserflasche von der Bank, nehme einen Schluck und gebe sie an ihn weiter. »Willkommen in der ersten Liga. Gewöhn dich besser dran, Junge.«

»Verdammt.«

Andere Spieler laufen an uns vorbei und gehen auf die Knie, während Coach Brooks uns ansieht.

»Ihr habt doch nicht wirklich gedacht, dass ich euch schonen würde, nur weil heute Familientag ist, oder?« Einige Jungs lachen über den Scherz vom Coach. Ich nicht. Ich weiß es besser. Er erwartet von uns, dass wir im Training alles geben. Hier verdienen wir uns unseren Lebensunterhalt, sagt er immer.

»Alles nimmt langsam Form an. Offense, Defense, Special Teams. Es wird schwer werden, dieses Jahr Leute gehen zu lassen. Wir haben eine Menge großartiger Talente da draußen und wir werden diese Season einen tollen Lauf haben.«

Ich betrachte die Jungs um mich herum. Denver hat letztes Jahr ein paar Spieler gegen neue getradet und ein paar weitere gedraftet, um unsere Offense zu stärken. Nach der Niederlage gegen San Diego im AFC Championship Game letztes Jahr können wir diese Hilfe gut gebrauchen. Man kann die Verbitterung derjenigen von uns, die in jenem Spiel mitgespielt haben, förmlich spüren.

Es war erbärmlich. Wir haben wie eine Gruppe Schulkinder gespielt und gegen einen Divisionsrivalen verloren. Das war verdammt scheiße. Aber wenigstens war es nicht Vegas.

»Eine neue und etwas andere Season liegt vor uns. Wir haben ein Spiel in London. Es gibt eine Menge, worauf wir uns freuen können. Bis dahin genießt den Nachmittag mit euren Familien. Wir sehen uns morgen wieder hier beim Training.«

Unsere Gruppe löst sich auf, als die Familien auf den Trainingsplatz strömen. Ich ziehe mir mein Trikot und meine Polster über den Kopf und lasse sie auf den Boden fallen. Mein Trainings-Shirt, das nur noch ein Schatten seiner selbst ist, klebt mir am Körper. Verdammt, fühlt sich das gut an, endlich keine Polster mehr zu tragen.

Es ist wirklich höllisch heiß heute.

Newman winkt mir zu, als er zu seiner Familie geht, während ich mich auf die Suche nach Jackson und Tenley mache.

»Hey, Knox!« Tenley setzt zu einer Umarmung an, doch als sie sieht, wie verschwitzt ich bin, winkt sie mir stattdessen nur zu. »Na, wie sieht es in der Defense dieses Jahr aus?«

»Hoffentlich so, dass wir die Fehler vom letzten Jahr ausmerzen können.«

Sie geht nicht weiter auf meine Bemerkung ein; stattdessen erhellt ein strahlendes Lächeln ihr Gesicht. Sie ist wahrscheinlich die fröhlichste Person, der ich je begegnet bin. »Das werdet ihr ganz sicher.«

»Wie geht's dem Kleinen?«

Wie auf Kommando kommt Noah angewackelt. Jackson ist direkt hinter ihm.

»Ich glaube, der wird mal ein Runningback.« Jackson scheint es genauso warm zu sein wie mir. Es waren ein paar brütend heiße Trainingswochen. »Ich habe keine Ahnung, wie man so viel Energie haben kann.«

Jackson lässt sich auf den Rücken fallen, und Noah tut es ihm gleich. Was Jackson macht, macht auch er. Der Junge will ganz eindeutig genau so sein wie sein Vater. »Wahrscheinlich, weil er nicht den ganzen Vormittag damit verbracht hat, Gewichte zu stemmen und Trainingseinheiten zu absolvieren.«

»Außerdem macht er zweimal am Tag ein Nickerchen«, meint Tenley. »Wenn *du* zweimal am Tag ein Nickerchen machen würdest, hättest du auch so viel Energie.«

Jackson blinzelt zu uns hoch. »Glaub mir, wenn *wir* zusammen im Bett sind, machen wir bestimmt etwas anderes als ein Nickerchen.«

»Alter, so was kannst du doch nicht vor dem Baby sagen!«, zische ich ihn an, doch Tenley lacht lediglich über uns.

»Ach, er versteht mich doch nicht. Stimmt's?« Jackson

hebt Noah auf und wirbelt ihn durch die Luft, woraufhin er ein begeistertes Lachen ausstößt.

»Ich dachte doch, dass ich mein Patenkind gehört hätte.« Colin kommt zu uns herübergejoggt und drückt Tenley einen Kuss auf die Wange.

»Er ist nicht dein Patenkind«, meint Jackson und setzt sich mit Noah auf seinem Schoß auf.

»Oh, bitte. Der Kleine liebt mich.« Colin kniet sich vor ihn hin, doch Noah sieht ihn nur ausdruckslos an. »Er erkennt mich nur einfach nicht.«

»Oder er mag dich nur einfach nicht«, stichelt Jackson. Etwas hinter dem Trio erregt meine Aufmerksamkeit.

Honigbraunes Haar, das in der Sonne glänzt und mir ein Lächeln auf die Lippen zaubert.

Frankie.

Diese verdammte Frankie Rose.

Die Frau, die mich auf alle möglichen Arten verrückt macht. Auf dem Spielfeld und abseits davon.

Sie spricht mit einigen der anderen Defensive Coordinators und hält ein Klemmbrett in der Hand. Frankie ist immer am Arbeiten.

Es ist der erste längere Blick, den ich von ihr erhaschen kann. Während der ersten Wochen des Trainingslagers war sie immer wieder in verschiedensten Meetings. Zweifellos, um die neuen Spielzüge einzustudieren, die wir zu Beginn des Trainingslagers bekommen haben.

Verdammt, ich habe sie vermisst.

Es war eine lange Off-Season dieses Jahr, nachdem wir kurz vor dem Super Bowl ausgeschieden sind. Und ohne Frankie hat sie sich noch länger angefühlt.

»Alles in Ordnung, Knox?«, fragt mich Tenley.

Ich schaue sie an. »Was?«

»Du hast so einen seltsamen Ausdruck auf dem

Gesicht.« Sie wedelt mit dem Finger vor mir herum und sieht sich um.

»Noah! Komm und sag Hallo zu Onkel Carter!« Alex lenkt Tenleys Aufmerksamkeit von mir auf ihn und Carter, die sich nun ebenfalls zu unserem kleinen Kreis gesellen.

Gott sei Dank. Ich kann mir nicht vorstellen, welchen Ausdruck ich wohl auf dem Gesicht gehabt haben mag.

»Wieso ist *er* Onkel Carter?«, jammert Colin. »Ich will doch nur, dass der Kleine mich mag.«

»Niemand hat gesagt, dass du nicht Onkel Colin sein darfst. Aber du kannst ihn nicht einfach dein Patenkind nennen.« Jackson reicht Noah an Carter weiter, der mit dem Jungen auf dem Arm den gleichen rührseligen Gesichtsausdruck bekommt.

Meine Augen huschen immer wieder zurück zu Frankie. Ich will das eigentlich gar nicht, aber ich werde förmlich von ihr angezogen. Ich verfolge jede einzelne ihrer Bewegungen.

»Du könntest dir einfach ein eigenes Kind zulegen, Colin. Das würde dich auf jeden Fall lieben«, sagt Alex zu ihm, während er Carter und Noah ansieht, als wäre das der schönste Anblick auf der Welt.

»Onkel Colin zu sein, ist vollkommen okay für mich. Außerdem weiß ich nicht, ob Waffles Kinder mögen würde.«

Jackson lacht über ihn, während er Tenley an seine Seite zieht. »Waffles liebt Noah. Es ist absolut in Ordnung, wenn du keine Kinder willst.«

»Ich bin eben gerne mit Peyton allein.« Er stößt mich mit dem Ellbogen in die Seite. »Und wie ist das bei dir?«

»Ob ich Kinder will? Oder allein Zeit mit Peyton verbringen?« Ich sage das nur, um ihn zu ärgern, und an seinem Gesichtsausdruck erkenne ich, dass ich genau ins Schwarze getroffen habe.

»Du bist so ein Arsch.«

»Noah tut mir wirklich leid«, meint Carter. »Das erste Wort des armen Kindes wird bestimmt ein unflätiges sein.«

»Das kommt eben davon, wenn man so oft mit diesen Idioten zusammen ist.« Alex drückt Carter einen Kuss auf die Wange.

»Hat irgendjemand Logan gesehen?«

»Er führt seine Familie herum und hat gesagt, dass er später mal mit ihr bei uns vorbeischauen möchte«, erklärt Jackson und legt sich wieder hin.

Ich zeige mit dem Finger auf unseren kleinen Kreis. »Wollte keiner von euch seine Familie herumführen?«

»Nein«, sagen alle einstimmig.

»Du vergisst, dass ich schon mal hier war«, sagt Carter zu mir.

»Und Peyton arbeitet hier«, erinnert mich Colin.

»Und wenn jemand für mich auf Noah aufpasst, freue ich mich, wenn ich mich mal nicht bewegen muss«, erklärt Tenley.

»Okay, alles klar.« Frankie schüttelt Coach Jenkins die Hand. Als sie sich umdreht, bleibt ihr Blick für den Bruchteil einer Sekunde an meinem hängen, bevor sie über das Spielfeld zu den Tribünen auf der gegenüberliegenden Seite läuft. Die sind eigentlich dafür da, wenn wir Fan-Tage veranstalten, aber heute sind sie wunderbar leer.

»Ich brauch was zu trinken. Bin gleich wieder da.«

Einer der Jungs ruft mir etwas hinterher, doch ich ignoriere ihn. Frankie immer im Auge behaltend, begebe ich mich auf die gegenüberliegende Seite des Felds, wo sie gerade unter der Tribüne Richtung Geräteschuppen verschwindet.

Ich fange an zu joggen, hole zu ihr auf und lege meine Hand auf die Tür, damit Frankie sie nicht öffnen kann.

»Heilige Scheiße, Knox. Was machst du denn da?«

Ihre Wangen sind sonnengebräunt und ihr Gesicht ist mit Sommersprossen übersät. Das ist so was von niedlich.

»Du hast mir zugenickt.«

»Ich habe dir nicht zugenickt.«

»Doch, das hast du. Nachdem du Coach Jenkins die Hand geschüttelt hast.«

Frankie blickt kurz nach links und rechts, um sich zu vergewissern, dass die Luft rein ist, bevor sie einen Schritt auf mich zugeht. Nun ist sie auf Augenhöhe mit mir.

»Du weißt doch, dass man uns hier nicht zusammen sehen darf. Zu viele Augen.«

Deshalb liebe ich den Beginn der Football-Season so sehr. Nicht wegen dieses Sports, der mir wichtiger ist als alles andere auf der Welt. Sondern wegen dieser Frau.

»Es hat mich niemand gesehen.«

»Knox …«, beginnt sie, doch verstummt gleich wieder.

Ich gehe einen Schritt auf sie zu. »Ich darf nicht einmal zu dir kommen, um Hallo zu sagen?«

»Nicht so.«

»Frankie.« Ich streiche ihr das Haar aus dem Nacken und lasse meine Hand dort liegen. Ihr Puls beschleunigt sich aufgrund meiner Berührung.

Mit meinem Mund nähere ich mich dem ihren. Ihr Blick wandert zu meinen Lippen. Mit einer Hand greift sie nach oben und krallt sich in meinem Shirt fest.

Sie will das hier genauso sehr wie ich.

Und fuck, ich bin so was von bereit, es mir zu nehmen.

Nachdem ich sie so lange nicht hatte, giere ich förmlich nach ihr. Ich will jeden Zentimeter von ihr an mich gepresst spüren, während wir diese Sache wieder von Neuem beginnen.

Meine Lippen sind nur noch einen Hauch von ihren entfernt, als ein Pfiff vom Spielfeld den Nebel der Lust in meinem Kopf durchbricht. Ich zucke zurück, als ob ich mich verbrannt hätte.

Fuck!

Frankie fährt sich mit einer Hand durchs Haar. »Ich muss los.«

Ich sehe ihr nach, als sie davonläuft. Beobachte, wie ihre Hüften bei jedem Schritt in diesen unförmigen Shorts und dem Mountain-Lions-Tanktop schwingen.

Das hilft mir allerdings wenig dabei, das wachsende Problem in meinen Shorts zu lösen.

Denn ich weiß, wie sie unter diesen Klamotten aussieht.

Ich sammle mich und gehe zurück aufs Spielfeld, wo die Jungs immer noch ganz begeistert von Noah sind.

»Knox. Da bist du ja. Ich habe mich schon gefragt, wo du hin bist.« Coach Brooks taucht an meiner Seite auf. »Lass uns Coach Rose suchen. Ein paar Leute wollen unsere Stamm-Linebacker und ihre Trainerin kennenlernen.«

»Ich glaube, ich habe sie gerade dorthin gehen sehen«, meine ich und zeige dabei in die entgegengesetzte Richtung, aus der ich gekommen bin.

»Sehr schön. Frankie wird eines Tages meinen Platz einnehmen. Sie ist eine der besten Trainerinnen, die wir haben.«

»Das ist sie, Coach.« Ich versuche, meinen Gesichtsausdruck neutral zu halten. »Die verdammt beste Trainerin, die ich je hatte.«

Und auch die verdammt beste Liebhaberin.

Aber das sage ich ihm nicht.

Kapitel Zwei

FRANKIE

»Newman. Du musst tiefer gehen. Sonst triffst du immer den Helm deines Gegners mit deinem. Und das wird jedes Mal eine Flagge nach sich ziehen.«

Rookies. Sie wissen, wie man spielt, aber sie brauchen noch einiges an Feinschliff, um für die NFL fit zu werden.

»Tut mir leid, Coach Rose.«

»Es muss dir nicht leidtun. Zeig mir einfach, dass du es kannst. Triff sie hart und triff sie sauber.«

Er nickt mir zu, während er zurück zur Line geht. Knox schnappt ihn sich und demonstriert ihm die Bewegung, die ich in den letzten Wochen im Trainingslager mit ihm geübt habe.

»Zurück an die Line, Jungs.« Ich lasse meine Pfeife hören, woraufhin alle auf ihre Plätze springen. »Genau, wie wir es geübt haben.«

Ich pfeife erneut und beobachte, wie sich alle in Bewegung setzen. Dieses Mal trifft Newman das Ziel genau an der Stelle, die ich ihm immer wieder eingebläut habe.

»Gut gemacht, Junge! Hast du es gespürt? Wie du noch mehr Kraft einsetzen kannst, wenn du tiefer gehst?«

»Das hat sich super angefühlt, Coach.«

»Sehr gut.« Ich klopfe ihm auf den Helm. »Wenn du so weitermachst, bist du auf dem besten Weg, bald mit in der Startaufstellung zu stehen.«

Er nimmt einen Schluck von seinem Wasser. »Meinst du wirklich?«

Knox kommt hinter ihm angelaufen und schnappt sich seine eigene Flasche. »Jeder hat mal klein angefangen.«

Ich schenke ihm ein kurzes Lächeln, bevor ich mich wieder an Newman wende. »Das stimmt. Fisher hier war auch nicht von Anfang an mit in der Startaufstellung dabei.«

»Aber auch nur, weil damals der beste Linebacker aller Zeiten für uns gespielt hat«, meint Knox.

»Wie war es denn so, mit Roberts zu spielen?«, fragt Newman. »Ich kann mir noch gar nicht vorstellen, von so vielen fantastischen Spielern umgeben zu sein.«

»Saug alles auf.« Knox wischt sich mit einem muskulösen Arm über sein Gesicht. Selbst jetzt, völlig verschwitzt vom Training, sieht er verboten gut aus. Es fällt mir schwerer, als es sollte, meinen Blick von ihm abzuwenden. »Lerne so viel wie möglich von denen, die es besser können als du.«

»Alles klar.« Newman setzt seinen Helm wieder auf und joggt zurück auf den Trainingsplatz.

»Du siehst viel zu glücklich aus«, meint Knox, während er einen Schluck von seinem Wasser nimmt.

Mir ist bewusst, dass ich wahrscheinlich grinse wie ein Honigkuchenpferd, aber das ist einer der Gründe, warum ich das Trainieren so sehr liebe. »Du musst deswegen nicht so eingebildet tun.«

»Wer sagt denn, dass ich eingebildet tue?« Knox schirmt seine Augen gegen die Sonne ab, als er sich zu mir umdreht. »Ich habe es lediglich angemerkt.«

Ich verschränke meine Arme vor der Brust und drehe mich ebenfalls zu ihm um. »Willst du dich wirklich mit mir anlegen?«

Knox zieht eine Augenbraue hoch. »Du weißt, dass ich das will.«

»Wie hören sich zwanzig Runden um das Feld für dich an?«

»Schon gut.« Knox hebt die Hände und geht zurück aufs Spielfeld.

»Nur damit du schon mal weißt, was dir blüht, wenn du weiter solche Späßchen machst.« Ich schnappe mir meine Trillerpfeife und lasse alle wissen, dass es wieder losgeht. »Okay, Jungs. Das erste Spiel der Season ist gegen San Diego. Sie haben seit der letzten Season ein wenig aufgeräumt, ihr müsst also voll konzentriert sein.«

»Warum müssen wir unbedingt gegen die spielen?«, hört man es irgendwo auf dem Spielfeld jammern. »Könnten wir nicht gegen Cleveland spielen? Die hatten die schlechteste Statistik von allen.«

»Weil«, sage ich und drehe mich zu meiner Line um, »sie uns im Championship Game geschlagen haben. Die Liga liebt so etwas. Ich will, dass wir da rausgehen und einen starken Start hinlegen. Niemand wird an meiner Line vorbeikommen. Habt ihr verstanden?«

Jeder Linebacker und die gesamte Defensive Line sehen mich an.

Die Niederlage in den Play-offs letztes Jahr hat verdammt wehgetan. Alle Coaches haben sich stundenlang Videomaterial angesehen und darüber nachgedacht, was wir in dieser Season besser machen könnten.

Niemand will ein Spiel vor dem Super Bowl gegen ein Team aus der eigenen Division verlieren.

Wir wollen, dass dieses Jahr anders wird.

»Verdammte Scheiße, ja, Coach Rose!« Alle brechen in Jubel aus und klopfen sich gegenseitig auf die Helme.

Deshalb liebe ich diesen Sport. Während meiner Kindheit habe ich miterlebt, wie mein Bruder mit allen, mit denen er gespielt hat, Freundschaften geknüpft hat. Ich war neidisch und habe mir immer gewünscht, auch mitspielen zu können. Aber meine Mutter hätte mir das nie erlaubt.

In der Highschool habe ich als Watergirl angefangen und mich dann hochgearbeitet. Im College habe ich dann meinem kleinen Bruder geholfen, auch wenn er auf einer anderen Position gespielt hat.

Ich wusste, dass ich diesen Sport liebe und wollte auf jede erdenkliche Weise daran teilhaben.

Ich dachte immer, dass ich mal Quarterbacks trainieren wollen würde. Aber als mir dann im College die Aufgabe zugeteilt wurde, dem Defensive Coordinator zu assistieren, war es um mich geschehen.

Irgendetwas an der Defense hat mich in ihren Bann gezogen – die geschickte Art, wie sie Spielzüge auseinandernimmt, um die Runningbacks am Durchkommen zu hindern.

Ich liebe das.

»Rose. Der Coach will dich in seinem Büro sehen«, ruft ein Assistent von der Seitenlinie und reißt mich aus meinen Gedanken.

Knox wirft mir einen kurzen Blick zu.

Warum beschleicht mich nur immer, wenn der Coach mich sehen will, ein ganz mulmiges Gefühl?

»Alles klar.« Ich richte meinen Blick auf meine Jungs. »Turnover und Tackle-Parcours. Wenn ich wiederkomme, arbeiten wir an ein paar Spielzügen.«

Als ich am Trainingsgebäude ankomme, atme ich ein paar Mal tief durch und gehe hinein.

Coach Brooks wartet bereits auf mich. Vor ihm auf dem Tisch liegen mehrere Papiere ausgebreitet. »Frankie. Danke, dass du es dir gleich einrichten konntest.«

»Kein Problem. Ist alles in Ordnung?« Ich setze mich ihm gegenüber an seinen Schreibtisch. Das Fenster hinter ihm zeigt auf das Spielfeld und bietet somit den perfekten Blick auf alles, was während des Trainings passiert.

»Ja und nein. Ich habe ein paar unerwartete Informationen von Coach Riley erhalten.«

»Was ist los?« Ich setze mich etwas aufrechter hin und die Anspannung fällt langsam von mir ab.

»Er hat beschlossen, am Ende der Season in den Ruhestand zu gehen.«

»Wirklich?«, frage ich schockiert. »Alle dachten, er würde der nächste Headcoach werden.«

»Vergebt ihr etwa schon meinen Job?«, fragt der Coach, während sich sein Mund zu einem verschmitzten Lächeln verzieht.

»Tut mir leid. Ich hätte nur nicht gedacht, dass er seine Pfeife in nächster Zeit an den Nagel hängen würde.«

»Nun, unser Leid könnte zu deinem Glück werden.«

»Wie meinst du das?« Ich versuche, das hoffnungsvolle Gefühl, das in mir aufsteigen will, zu verdrängen.

»Coach Jenkins wird zum Defensive Coordinator aufsteigen. Wir haben schon immer gewusst, dass er mal die Defense übernehmen wird.«

Ich nicke. »Richtig.«

»Was bedeutet, dass der Posten als Linebacker-Coach zur Verfügung stünde.«

»Stehe ich für die Stelle etwa zur Diskussion?«

Als Assistentin erledige ich einen Großteil der Routinearbeiten. Ich bin draußen auf dem Spielfeld und setze die Spielzüge um, die andere Trainer ausarbeiten. Ich kenne mich mit dem Spiel aus, aber ich habe trotzdem nicht viel zu sagen. Das wäre eine riesengroße Chance für mich.

»Das tust du. Du bist eine der besten Trainerinnen, mit denen ich je zusammenarbeiten durfte, Frankie. Bleib weiterhin so anständig, und die Stelle gehört so gut wie dir.«

Ich versuche, die Schuldgefühle zu verdrängen, die sofort in mir aufsteigen.

Bleib weiterhin so anständig.

Alles, was ich in meiner Position tue, ist anständig.

Außer diese nebenberuflichen Aktivitäten. Wenn irgendjemand im Team davon wüsste, würde ich sofort gefeuert werden.

Und jetzt, wo ich die Chance auf diese Beförderung habe?

Da wird sich das, was wir tun, als noch schwieriger gestalten und wir werden extra vorsichtig sein müssen. Denn nun bin ich meinem endgültigen Ziel einen Schritt näher.

Ich zwinge mir ein Lächeln aufs Gesicht, damit mich meine Gefühle nicht verraten.

»Ich werde dich nicht enttäuschen, Coach.«

Kapitel Drei

»Na, sieh mal einer an! Wen haben wir denn da?«, dröhnt Beckys Stimme durch die kleine Bar.

Ich schüttle den Kopf und dränge mich an den vollen Tischen vorbei, um zu meiner besten Freundin zu gelangen.

»Du tust ja so, als hätten wir uns schon seit Monaten nicht mehr gesehen.«

Sie wirft sich ihr goldbraunes Haar über die Schulter und reicht mir einen Kupferbecher. »Zumindest ein paar Wochen ist es jetzt her. Du bist schon wieder voll im Footballmodus.«

Ich nehme einen großen Schluck und genieße den Geschmack des Ingwers, als dieser sich auf meiner Zunge entfaltet. »Wir befinden uns noch im Trainingslager. Ich bin noch nicht im Footballmodus.«

»Ich fühle mich fast schon wie eine Football-Ehefrau, die dich nicht mehr zu Gesicht bekommt, sobald die neue Season startet«, meint Becky.

»Das ist jetzt aber schon ein wenig dramatisch, oder?«

Becky fährt mit einem Finger über das Salz auf ihrem

Glas und steckt ihn sich anschließend in den Mund. »Dramatisch? Wahrscheinlich. Aber es wäre eine Lüge, wenn du behaupten würdest, dass ich dich während der Season genauso oft sehe wie sonst.«

»Du weißt, dass ich mir immer Zeit für dich nehme, Beck.«

»Ja, stimmt schon.«

»Aber vielleicht willst du dann die Neuigkeiten, die ich für dich habe, gar nicht hören.«

Bei diesen Worten richtet sie sich auf ihrem Stuhl etwas mehr auf. »Was für Neuigkeiten?«

»Unser Defensive Coordinator geht am Ende dieser Season in den Ruhestand.«

Ihre Augen werden groß. »Und was bedeutet das für dich?«

»Es bedeutet, dass ich zum Linebacker-Coach befördert werden könnte.«

»Oh.« Sie sackt wieder etwas in sich zusammen. »Und ich dachte schon, du würdest zum Defensive Coordinator befördert werden.«

»Tja, ich muss eben erst noch mehr Erfahrung sammeln«, erwidere ich, als gerade ein Teller voll Nachos vor uns auf den Tisch gestellt wird. »Gott, ich bin am Verhungern.«

»Ich glaube, du hast bereits genug Erfahrung gesammelt.«

»Du vergisst«, ich nehme mir einen mit Käse, Fleisch und Guacamole überhäuften Chip und schiebe ihn mir in den Mund, »dass ich eine Frau bin, die in einer Männerdomäne arbeitet. Ich werde Jahre länger brauchen, um befördert zu werden.«

»Anstatt dich auf den Trainerposten zu konzentrieren, solltest du dann vielleicht eher mal darüber nachdenken, warum du niemanden datest.« Sie wedelt mit einer Hand vor mir herum, während sie einen etwas damenhafteren Bissen nimmt. Becky ist die einzige Person, die das Gespräch mit solcher Leichtigkeit von meiner Beförderung auf meine nicht vorhandenen Dates lenken kann. Das ist einer der vielen Gründe, warum ich sie so liebe.

Ich lächle, während ich weiter auf meinem Essen herumkaue. »Du klingst wie meine Mutter.«

Sie zieht eine Schulter hoch. »Na ja, du wirst auch nicht jünger.«

»Hat sie dich etwa dazu angestiftet?«, frage ich und nehme einen Schluck von meinem Drink. »Du weißt, dass ich nicht auf der Suche nach einem Partner bin. Ich will mich auf meine Beförderung konzentrieren.«

»Aber das eine schließt das andere doch nicht aus. Du bist fünfunddreißig. Welche Fünfunddreißigjährige ist nicht auf der Suche nach einer festen Beziehung?«

Ich kenne Becky schon seit dem College. Wir haben uns im ersten Studienjahr ein Zimmer geteilt und sind seitdem miteinander befreundet. Während Becky ihren Ehemann bereits im stolzen, reifen Alter von einundzwanzig Jahren gefunden hat, habe ich mich schon immer auf Football konzentriert. Sehr zu ihrem Missfallen.

»Ich sage dir das ja nur ungern, aber die meisten Männer wollen nicht mit jemandem zusammen sein, der mehr über Football weiß als sie selbst.«

Sie winkt ab. »Das ist dann ja aber auch nicht die Art von Männern, die du daten wollen würdest.«

Ich schnappe mir einen weiteren Chip, beiße ein Stück ab und schlucke es hinunter. »Warum beschleicht mich nur gerade das Gefühl, dass du bereits jemanden für mich im Sinn hast?«

»Wie kommst du denn darauf?«, fragt sie mit unschuldiger Miene.

»Glaub nicht, dass ich nicht ganz genau wüsste, was du vorhast.«

»Ist es denn wirklich so schlimm, dass ich gerne mit meiner besten Freundin auf ein Doppeldate gehen würde?«

»Wenn du versuchst, es zu erzwingen, dann ja.«

»Dieser Typ mag Football noch nicht mal. Du musst dir also keine Sorgen bezüglich seines Egos machen.«

Ich verziehe das Gesicht bei ihren Worten. »Und warum denkst du, dass jemand, der Football nicht mag, gut zu mir passen würde?«

Ich winke dem vorbeigehenden Kellner zu und bestelle noch einen Drink, bevor ich den Rest meines aktuellen hinunterkippe. Den werde ich wohl brauchen, um diesen Abend zu überstehen.

»Er ist süß. Er ist unser Buchhalter bei mir in der Arbeit. Und er mag Hunde.«

»Ich danke dir wirklich sehr für deinen Einsatz. Aber mal im Ernst, Becky, es ist alles gut.«

Sie sieht mich mit ihren blauen Augen grimmig an. »Football wird dich nachts nicht warm halten.«

Football vielleicht nicht, aber ein gewisser dunkelhaariger, tätowierter Linebacker, der schon.

»Was ist denn das jetzt für ein Blick?«, fragt Becky und wirbelt einen perfekt manikürten Fingernagel vor meinem Gesicht herum.

»Was für ein Blick?«

Scheiße! Meine Wangen beginnen zu glühen, während ich nach meinem Drink greife.

»Als ob es da etwas gäbe, das ich nicht wissen soll.«

Ich nehme einen Schluck, aber in dem Becher klimpert nur noch ein wenig Eis herum. »Da gibt es nichts zu erzählen. Ich freue mich einfach nur, dass die neue Season wieder anfängt.«

Becky kneift die Augen zusammen und beugt sich näher zu mir herüber. Ihr prüfender Blick lässt mich immer nervöser werden. Ich mag es nicht, wenn sie mich so ansieht.

»Jetzt mal im Ernst. Da ist doch irgendwas. Du freust dich immer, wenn die neue Season wieder anfängt. Das ist also keine Erklärung dafür, warum du so rot wirst wie ein Schulmädchen, das gerade zum ersten Mal einen Penis gesehen hat.« Ihre Augen beginnen zu strahlen. »Oder hast du etwa endlich zum ersten Mal einen Penis gesehen? Was für ein großer Tag für meine kleine Francesca.«

Ich werfe lachend meinen Kopf zurück. »Großer Gott, Becky. Wenn du noch ein wenig lauter sprichst, wird dich gleich die ganze Bar hören.«

»Du bist eine Footballtrainerin. Ich dachte nur, du hättest vielleicht schon mal welche in der Umkleidekabine gesehen.« Sie nimmt beiläufig einen Schluck von ihrem Drink, so als wäre das das normalste Gesprächsthema der Welt.

»Natürlich habe ich schon mal einen Penis gesehen«, zische ich ihr leise zu. Das muss ja nicht gleich die ganze Bar wissen.

Sie gibt mir einen Stups auf die Nase. »Es ist okay, wenn du noch keinen gesehen hast. Ich dachte nur, du würdest deine sexy Footballspieler den ganzen Tag über anschmachten.«

»Das sind nicht *meine* Footballspieler.« Ich erschaudere. »Außerdem verbringe ich nicht so viel Zeit in der Umkleidekabine. Ich habe ein Büro.«

»Hast du noch nie davon geträumt, dass dich mal einer von ihnen in der Dusche nimmt?«

»Jetzt fange ich aber langsam an, mich über dich zu wundern. Offensichtlich könnte dein Sexleben etwas mehr

Pep vertragen, wenn du schon von Footballspielern in der Dusche träumst.«

Sie hebt eine Augenbraue. »Wenigstens hat eine von uns regelmäßig Sex. Und ich weiß auch genau, wer von uns beiden das ist.«

Ich kann ihr nicht widersprechen, ohne mich zu verraten.

Denn genau das ist der Grund, warum ich den Beginn der Football-Season so liebe. Ich habe jeden Tag vierundzwanzig Stunden Football um mich herum. Das ist nichts Neues. Und es ist das, was ich am meisten auf der Welt liebe.

Aber die neue Season bringt nicht nur eine neue Möglichkeit mit sich, es in den Super Bowl zu schaffen, sondern noch so viel mehr.

Gestohlene Nächte.

Versteckte Berührungen.

Heimliche Blicke.

Sollte das jemals jemand herausfinden, kann ich die Beförderung vergessen. Ich würde sogar meinen Job verlieren.

Jede Season sage ich mir, dass es die letzte sein wird. Dass wir nicht so weitermachen können. Dass ich Becky erlauben werde, mich mit jemandem zu verkuppeln, der nicht genauso alt ist wie mein kleiner Bruder.

Aber die Hitze, die in mir aufsteigt, erinnert mich daran, warum wir es trotzdem immer wieder tun. Und selbst wenn wir aufhören könnten, würde ich es nicht wollen.

Denn ich kann Knox Fisher einfach nicht widerstehen.

Kapitel Vier

KNOX

»**H**ey, Oma!«

»Knox, mein lieber Junge. Ich bin so froh, dass ich dich erwischt habe.«

»Für dich gehe ich doch immer ran.«

»Du bist eben ein Schatz. Hör mal, ich würde mit dir gerne über die Veranstaltung nächste Woche sprechen.«

Ich gehe nach draußen. Da die Season dieses Wochenende beginnt, ist es Zeit für unsere alljährliche Tradition. Eine, die wir zum Glück wieder in unsere alte Stammbar verlegt haben.

»Keine Angst, die habe ich mir schon eingeplant.«

»Das weiß ich. Ich wollte nur fragen, ob du danach mit mir essen gehen willst.«

»Fängt die Veranstaltung nicht um sechs an?«

»Willst du da gerade andeuten, dass ich alt bin und so spät nichts mehr essen sollte?«

Ich muss lachen. »Natürlich nicht. Aber wie wäre es denn, wenn wir das auf vorher legen? Ich möchte nicht zu spät nach Hause kommen, weil donnerstags früh Training ist.«

»Vorher«, schnaubt sie. »Man könnte meinen, *du* wärst siebenundachtzig und nicht ich. Muss ich dir etwa noch beibringen, wie man Spaß hat, Knox?«

»Oma, es ist alles okay mit mir. Versprochen. Du weißt doch, wie zermürbend so eine Season sein kann.«

Zermürbend, in der Tat. Siebzehn reguläre Season-Spiele sind eine ganze Menge, die man seinem Körper da zumutet.

Doch zum Glück steht mir eine ganz persönliche Möglichkeit zur Verfügung, mir etwas Linderung zu verschaffen.

»Na schön. Diese Ausrede werde ich dir wohl durchgehen lassen.«

»Du, ich muss jetzt los. Ich treffe mich mit den Jungs.«

»Sag ihnen allen einen schönen Gruß von mir. Und dass ich nächste Woche mit einem Besuch von Colin rechne.«

»Es ist fast schon befremdlich, wie sehr ihr beiden euch mögt.«

Sie schnaubt. »Ich bin eben eine sehr liebenswerte Person, Schätzchen.«

»Ich habe nie behauptet, dass du das nicht wärst«, erwidere ich lachend.

»Gut. Und jetzt geh und hab Spaß. Und mach am Sonntag ein gutes Spiel.«

Ich lächle über ihre Worte. Ganz egal, wie meine spielerische Leistung gerade ist: Sie sagt das immer zu mir. Es ist fast schon wie mein Glücksbringer vor jedem Spiel.

»Das werde ich. Ich liebe dich.«

»Ich liebe dich auch.«

»Knox!«, höre ich Logan meinen Namen aus einer Ecke rufen, als ich die Tür öffne.

»Hey, Mann.«

Unsere Gruppe ist in der Bar leicht auszumachen. Vier überdurchschnittlich große Jungs stechen nun mal heraus.

»Wisst ihr, ich bin etwas überrascht, dass ihr wieder in die Bar gehen wolltet«, meint Logan, während ich mich auf den freien Platz neben ihn fallen lasse.

»Uns wurde allen aufgetragen, heute Abend das Haus zu verlassen. Peyton wollte Tenley zu einem Mädelsabend einladen«, erklärt Jackson, der mir gegenübersitzt und bereits einen Bourbon in der Hand hält.

Es ist kaum zu glauben, dass die Season schon wieder anfängt. Die Preseason mit dem Trainingslager ist wie im Flug vergangen und der Großteil der Startaufstellung steht bereits.

»Bei mir zu Hause wäre es viel schöner gewesen«, grummelt Colin.

»Ja, mal rauszugehen, muss so schwer für dich sein.« Ich winke den Kellner herbei und bestelle noch mehr Drinks für unseren Tisch. »Du bist ja schlimmer als meine Oma.«

»Hey!«, schnauzt Colin mich an und zeigt mit einem Finger auf mich. »Nur, weil ich gerne zu Hause bin, heißt das nicht, dass ich so bin wie Darlene.«

»Alter, die geht in der Zwischenzeit mehr aus als du«, erwidere ich lachend. Da kommt unser Kellner wieder und stellt vor jedem ein volles Glas ab.

»Und sie hat wahrscheinlich auch mehr Action als du«, meldet sich Logan zu Wort.

Ich knirsche mit den Zähnen und überlege, ob es wohl ein Nachteil für das Team wäre, unseren neuen Stamm-Runningback auszuknocken.

»Ooh, Knox sieht aus, als würde er dich gleich umlegen wollen«, meint Colin.

»Ich an deiner Stelle würde da jetzt ein wenig zurückrudern«, flüstert Alex ihm zu. »Er sieht ziemlich angepisst aus.«

Ich kippe die Hälfte meines Drinks in einem Schluck hinunter. »Vielleicht lasse ich es einfach im Training an ihm aus.«

Logan wird kreidebleich. »Ich habe doch nur einen Witz gemacht.«

»Ich aber nicht.«

»Um von dem Thema, unsere eigenen Teamkollegen zu vermöbeln, mal wieder abzukommen: Möchtet ihr ein paar Neuigkeiten von mir hören?«, fragt Alex.

Colin winkt ab. »Du bist glücklich verheiratet und liiert, so wie die meisten von uns hier. Was könntest du uns denn sonst noch erzählen wollen?«

Auf Alex' Gesicht erscheint ein verklärtes Grinsen. Nach dem Jahr, das Alex hinter sich hat, ist die Tatsache, dass wir über dieses Thema Scherze machen können, einfach großartig. Ich kann mir nicht vorstellen, was er in all den Jahren durchgemacht hat. Und jetzt ist er glücklich mit dem Sohn vom Coach verheiratet.

»Was hat Carter heute Abend eigentlich vor?«, fragt Colin. »Er hat Peytons Einladung, mit ihnen abzuhängen, ausgeschlagen.«

Alex schüttelt den Kopf. »Deshalb ist es ja auch ein Mädelsabend geworden. Er hat heute Matheclub.«

»Wer hätte gedacht, dass du mal mit dem Sohn des Trainers liiert sein würdest?«, sage ich nachdenklich.

»Verheiratet«, korrigiert er mich. »Man sollte meinen, dass mich das jetzt vor Intervallsprints bewahrt, aber falsch gedacht.«

»Ich hätte letzte Woche fast gekotzt. Ich weiß nicht, warum ich mich einfach nicht daran gewöhnen kann«, meint Jackson und schüttelt den Kopf.

»Könnten wir jetzt bitte wieder zu meinen Neuigkeiten zurückkommen?«, wird er von Alex unterbrochen.

»Sorry. Oh, unser Kapitän, teile die Information mit uns, die du so unbedingt loswerden willst, bevor du noch platzt«, scherzt Colin.

Alex verdreht die Augen, doch wir schenken ihm alle unsere volle Aufmerksamkeit. »Vielleicht erzähle ich euch dann doch nicht, dass Carter und ich die Sache mit der Leihmutterschaft angehen werden.«

»Ich werde der Pate!«, schreit Colin, noch bevor ich überhaupt verarbeiten kann, was Alex da gerade gesagt hat.

»Warte mal, echt jetzt?«, frage ich und strecke eine Hand aus, um Colin zum Schweigen zu bringen. »Ihr habt doch gerade erst geheiratet.«

Alex nickt. »Es kann bis zu sechs Monate dauern, bis wir jemand Passenden gefunden haben. Carter kennt jemanden auf der Arbeit, der das auch gemacht hat und eine Person für uns hätte, und na ja, wir wollen eben nicht warten.«

»Jacksons väterliche Vibes färben wohl auf euch alle ab«, meint Logan.

»Von mir wirst du da keine Einwände hören«, sagt Jackson. »Vater zu sein, ist das verdammt noch mal Beste, was es gibt. Außer natürlich, wenn der Kleine irgendwo dagegen rennt und anfängt zu weinen.«

»Oooh, dann wirst du also ein Vater für Logan sein«, meine ich lachend.

»Hey, fick dich! Ich bin ein erwachsener Mann!«, schreit Logan und erntet damit einige Blicke der Leute um uns herum.

»Und deshalb wäre es besser, diese ganze Geschichte nach Hause zu verlagern.« Colin schüttelt den Kopf. »Da wird uns zumindest niemand rausschmeißen wollen, weil Logan sich nicht benehmen kann.«

»Ich bin auf jeden Fall erwachsener als du«, kontert er.

»Ich hoffe, deine Kinder benehmen sich mal besser als diese Jungs«, meint Jackson. »Die kann man wirklich nirgendwohin mitnehmen.«

Alex lächelt. »Ich will nur, dass sie gesund sind. Der Rest ist egal.«

»Du redest schon wie ein richtiger Vater. Glückwunsch, Mann.« Ich stoße mit ihm an. »Heißt das, dass wir unsere Tradition nun für immer mehr Menschen öffnen werden?«

Jackson verdreht die Augen. »Ich habe Noah nur *einmal* mitgebracht. Komm drüber weg.«

Ich hebe verteidigend die Hände. »Ich habe doch gar nichts gesagt. Aber wenn jetzt jeder anfängt, Babys in die Welt zu setzen, ist es unvermeidlich, dass bei diesen Veranstaltungen irgendwann Kinder dabei sein werden.«

»Waffles macht nicht so viel Ärger«, wirft Colin nüchtern ein.

»Er ist ein Hund, Colin«, meint Alex. »Du hast ihm beigebracht, sich gut zu benehmen.«

»Nur weil Peyton und ich keine Kinder wollen, heißt das nicht, dass Waffles für mich nicht auch wie ein Sohn ist. Ich liebe ihn mehr als jeden von euch Idioten«, erwidert er und verdreht die Augen.

»Wieso sind wir eigentlich so vom Thema abgekommen?«, fragt Jackson. »*Ich* freue mich jedenfalls für dich, Alex. Es gibt nichts Schöneres, als Vater zu sein. Wenn sie dich ansehen, als wärst du ihr Superheld …«

»Ich freue mich auch für dich, Alex«, sage ich zu ihm. »Ihr habt es verdient.«

Seine Augen glänzen. »Ich weiß, dass es ein langer Prozess sein wird, aber ich kann es kaum erwarten. Das ist alles, was ich je wollte. Und dass ich es dann auch noch mit Carter machen kann? Er wird ein toller Vater sein.«

»Bevor ihr euch verseht, wird das hier ein Familienevent werden«, meint Jackson. »Wir müssen nur noch jemanden für Knox finden.«

»Ich bin glücklicher Single.«

Aber diese Aussage könnte nicht weiter von der Wahrheit entfernt sein. Mit der einzigen Person, mit der ich zusammen sein möchte, darf ich nicht zusammen sein. Denn wenn die Sache mit uns jemand herausfindet, würde das das Ende von Frankies Karriere bedeuten. Ich würde wahrscheinlich nur einen Klaps auf die Hand bekommen und das war's.

Frankie hat höhere Ziele als ich. Ich weiß nicht, was das Leben nach meiner Footballkarriere für mich bereithalten wird, aber was ich weiß, ist, dass ich kein Trainer werden will. Und die Tatsache, dass das, was wir tun, *ihre* Trainerlaufbahn gefährden könnte?

Das ist etwas, das ich immer im Hinterkopf habe.

Aber ich könnte niemals auf sie verzichten.

Auf ihre Kurven.

Auf ihr Lächeln.

Auf die Art und Weise, wie sie mir Zunder gibt.

Ich will das alles.

»Irgendwann wirst auch du jemanden finden, Knox«, meint Logan und lenkt damit meine Gedanken von Frankie weg.

»Natürlich.« Ich lächle ihn an und leere den Rest meines Drinks. Das Brennen des Bourbons hilft mir dabei, meine melancholischen Gedanken zu verdrängen. Ich winke den Kellner heran und bestelle mir einen weiteren.

»Und wenn nicht, sorge ich dafür, dass Darlene sich darum kümmert.« Colin hebt sein Glas und kippt es leicht in meine Richtung.

»Musst du nicht langsam mal deinen Toast aussprechen, Alex?«, frage ich, in dem Versuch, von Colins Bemerkung abzulenken. Je eher ich aufhören kann, an Frankie zu denken, desto besser.

»Da mag es aber jemand gar nicht, auf dem heißen Stuhl zu sitzen«, witzelt Jackson.

Alex winkt ab. »Ich verschaffe dir mal eine Verschnaufpause.«

Ich nicke ihm zum Dank zu.

»Also dann: der alljährliche Toast.«

Fünf Gläser werden zur Mitte des Tischs erhoben und all unsere Aufmerksamkeit ist auf Alex gerichtet.

»Ich will nicht lügen: Das letzte Jahr war hart. So gegen San Diego zu verlieren, war nicht einfach. Und ich weiß, dass ein großer Teil davon mir zuzuschreiben ist. Ich habe nicht so gut gespielt wie sonst …«

»Keiner von uns hat so gut gespielt wie sonst«, unterbricht ihn Jackson. »Ich habe ein einfaches Field Goal verschossen, das das Spiel vielleicht noch zu unseren Gunsten gedreht hätte.«

»Und wenn ich diese Bälle nicht fallen gelassen hätte, wären ganz leicht Touchdowns daraus geworden«, ergreift Colin das Wort.

»Keiner von uns hat so gut gespielt wie sonst, Alex«, versichere ich ihm. »Es lag nicht nur an dir. Es lag an uns allen.«

Aufgrund unserer Worte steigt Alex die Röte ins Gesicht.

»Niemand hier wird zulassen, dass du die komplette Schuld auf dich nimmst«, meint Logan. Auch wenn er in jenem Spiel nicht lange mit auf dem Feld stand, wälzt er die Schuld nicht auf uns ab. »Wir gewinnen als Team und wir verlieren als Team.«

»In jedem Fall müssen wir die Vergangenheit hinter

uns lassen. So schrecklich es auch für uns war, gegen San Diego zu verlieren: Wir müssen unseren Blick jetzt nach vorn richten.« Alex sieht nacheinander in unsere zweifelnden Gesichter. »Ich weiß, ich weiß. Sie sind furchtbar, aber es ist ja nicht so, als hätten wir gegen Vegas verloren. Wenn wir dieses Jahr unser Bestes geben wollen, müssen wir nach vorn schauen.«

»Leichter gesagt als getan, wenn wir zweimal im Jahr gegen sie spielen«, grummelt Jackson.

»Das werden wir«, fährt Alex fort, »und wir werden dieses Jahr so gut Football spielen, wie noch nie. Wir werden der Welt zeigen, dass die Mountain Lions nicht nur während der regulären Season das beste Team sind, sondern auch in den Play-offs. Das ist unsere Zeit. Blendet die Leute aus, die sagen, dass wir nicht gut genug wären. Denn wir sind es. Wir werden es dieses Jahr verdammt noch mal schaffen. Wir werden es bis zum Ende schaffen. Ich kann es fühlen.«

Alex hebt sein Glas noch höher. »Wir gewinnen als Team und wir verlieren als Team. Wir sind eine Familie, und es gibt niemanden, an dessen Seite ich lieber kämpfen würde als an eurer.«

Wir sehen uns alle an. Alex hat recht. In den letzten Jahren sind wir zu einer Familie geworden. Man kann nicht das durchmachen, was wir durchgemacht haben, ohne enger zusammenzuwachsen. Jeder dieser Männer ist wie ein Bruder für mich, für den ich durchs Feuer gehen würde.

»Auf jeden Einzelnen von euch. Auf unsere Mannschaftskameraden. Auf all unsere Trainer. Gebt da draußen auf dem Spielfeld alles. Gebt in dieser Season alles, was ihr habt. Ich stehe hinter euch, genauso wie jeder andere von uns das auch tut. Auf die Mountain Lions!«

»Auf die Mountain Lions!«

Kapitel Fünf

KNOX

»Na, wie sieht die Offense von San Diego aus?«, fragt Alex und lässt sich auf den Stuhl neben mir fallen.

Ich zucke mit den Schultern. Wir haben uns in einen öden Hotel-Konferenzraum zurückgezogen, um Videomaterial zu studieren. »Ihre Offensive Line ist schwach. Sie haben zu viele talentierte Spieler getradet. Wenn wir diese Lücken ausnutzen können, wird es für sie ein ganz schön harter Tag werden.«

»Weißt du«, Colin zeigt mit einem Finger auf mich und schaut von seinem iPad hoch, »du hörst dich selbst dann noch überheblich an, wenn du versuchst, es so klingen zu lassen, als wäre es deren Problem.«

»Ich will es nicht verschreien. Aber wenn wir nicht mindestens ein paar Fumbles erzwingen, werde ich stinksauer sein.«

»Das klingt schon besser«, sagt Jackson, der gerade den Raum betritt. Er wirft jedem von uns eine Wasserflasche zu.

»Wie geht's Tenley?«, fragt Alex.

»Sie ist ziemlich erschöpft. Noah hat Fieber und schläft nicht besonders gut.« Auch Jackson sieht müde aus. Ich kann mir nicht vorstellen, wie man es schafft, das Vatersein und unsere vielen Auswärtstermine unter einen Hut zu bekommen.

»Bist du sicher, dass es das ist, was du willst, Alex?«, fragt Colin. »Kranke Kinder und kein Schlaf?«

Er nickt. »Ganz sicher. Und es könnte sogar früher dazu kommen, als wir dachten.«

Ich lege mein iPad ab und schwinge meine Beine auf den langen Tisch. »Ist mit der Leihmutter alles gut gelaufen?«

»Jepp. Es sollte klappen, den Prozess in den nächsten paar Wochen zu starten. Und wer weiß? Vielleicht haben wir dann nächstes Jahr um diese Zeit schon ein Baby.«

Colin klopft mit seiner Hand auf den Tisch. »Alter! Verschrei es nicht.«

Jackson schüttelt den Kopf über ihn. »Man kann ein Baby nicht verschreien. Babys kommen, wann immer sie wollen, und wenn sie dann einmal da sind, wird man sie über alles lieben.«

»Ganz genau«, stimmt Alex ihm zu.

»Knox.« Frankie steckt ihren Kopf durch die Tür des Konferenzraums. »Ich muss mit dir für morgen noch ein paar Spielzüge durchgehen. San Diego hat einige Änderungen in der Startaufstellung vorgenommen und ich will sicher sein, dass du fit bist.«

Ich verdrehe die Augen. »Was glaubst du, was wir hier drin gerade machen? Uns gegenseitig die Haare flechten?«

Mir entgeht nicht, wie es in ihren Augen belustigt aufblitzt. »Gut. Dann wird es dir ja bestimmt nichts ausmachen, mit mir mitzukommen.«

Bevor ich einen weiteren bissigen Kommentar zurückfeuern kann, ist sie auch schon wieder verschwunden.

»Wann wirst du endlich lernen, die Trainer nicht zu verärgern?«, fragt Alex seufzend. »Insbesondere Coach Rose.«

»Sie hat es schon seit dem ersten Tag auf mich abgesehen.« Darüber lachen wir immer noch. Aber das ist etwas, was ich den Jungs nicht erzählen werde.

»Wenn du ihr den gleichen Respekt entgegenbringen würdest wie den anderen Trainern, müsstest du vielleicht nicht immer so viele zusätzliche Intervallsprints machen.« Jackson erschaudert. »Ich habe keine Ahnung, wie du so viele davon machen kannst, ohne zu kotzen.«

Ich klopfe ihm beim Verlassen des Raums auf die Schulter. »Weil ich eben so viele machen muss, deshalb. Wenn ihr mich jetzt bitte entschuldigen würdet: Ich muss noch ein wenig trainieren.«

Ich schaue nicht zurück, als ich die Tür hinter mir schließe und in Richtung des Aufzugs laufe. Bald beginnt die Sperrstunde, weshalb auf den Fluren keine Footballspieler mehr zu sehen sind, während ich in die verspiegelte Kabine steige und den Knopf für Frankies Stockwerk drücke. Jazzmusik dringt aus den Lautsprechern, bis sich schließlich die Türen wieder öffnen. Den Weg zu ihrem Zimmer lege ich in Windeseile zurück.

Nachdem ich mich vergewissert habe, dass die Luft rein ist, klopfe ich an. Die Tür öffnet sich einen Spalt und ich schlüpfe hinein.

»Du weißt schon, dass du nicht so ein Arsch zu mir sein musst, oder?«, fragt Frankie, bevor ich meine Lippen auf ihre presse. Die Art, wie wir beide darum kämpfen, die Kontrolle über unsere Küsse zu erlangen, turnt mich immer wieder an. Keiner von uns beiden mag es, die Kontrolle aus der Hand zu geben.

Und das macht den Sex auch so verdammt gut.

Und fuck, es ist schon viel zu lange her, seit ich das

letzte Mal mit Frankie zusammen war. Diese Frau treibt mich in den Wahnsinn.

Die meisten der Jungs freuen sich auf die Off-Season.

Ich nicht.

Frankie hat strikte Regeln festgelegt, als wir diese Sache angefangen haben. Es gäbe keinen Grund, warum wir uns in der Off-Season treffen sollten, hat sie gesagt. Wie würden wir es also erklären, wenn wir zusammen gesehen werden würden? Mit der Position, die sie innehat, steht für sie deutlich mehr auf dem Spiel.

Das verstehe ich. Aber in letzter Zeit reicht mir das nicht mehr.

Ich will mehr, als nur während der Season in der einen oder anderen Nacht mit ihr zu schlafen.

Ich weiß nicht, ob ich es jemals satthaben könnte, Zeit mit ihr zu verbringen.

Ich hebe sie in meine Arme und schließe die Tür. Das Zimmer sieht genauso aus wie jedes andere Hotelzimmer, in dem wir schon zusammen waren. Triste Vorhänge, eine dazu passende Bettdecke und ein Bild der Stadt über dem Bett.

Ich greife in ihr Haar und vertiefe den Kuss. Bei jeder Berührung unserer Zungen wird mein Schwanz in meiner Jogginghose steifer.

Fuck! Ich liebe, was diese Frau mit mir anstellt. Sie bringt mich in Sekundenschnelle in Fahrt.

Ihre Lippen sind geschwollen, als ich mich zurückziehe. »Wenn ich nett zu dir wäre, würden alle denken, dass etwas nicht stimmt.«

Das Lächeln, das ihr Gesicht ziert, ist bedrohlich. »Wäre es schlimm, wenn ich sagen würde, dass es mir gefallen hat?«

Ich lasse sie aufs Bett fallen und beobachte, wie sie in

die Mitte davon rutscht. Dann presse ich mich an sie und lasse sie jeden harten Zentimeter von mir spüren. »Du würdest also sagen, dass dich das anturnt?« Ich gleite mit meiner Nase an ihrem Hals entlang und atme ihren süßen Duft ein.

Frankie ist ein einziges Rätsel.

Sie ist rau und sanft zugleich.

Sportlich und doch feminin.

Eine Frau in einer traditionellen Männerdomäne.

Irgendwie bekommt sie es hin, dass das alles funktioniert.

»Du weißt, dass es das tut, Knox.« Sie umfasst meine Wange, zieht mein Gesicht zu ihrem hinunter und stiehlt sich einen weiteren Kuss.

Dieses Mal überlasse ich ihr die Kontrolle und drehe uns um, sodass sie auf mir liegt. Ich stoße gegen sie, während sie sich an mir reibt.

Gott, es ist so lange her, dass ich jetzt schon abspritzen könnte.

Zarte Hände gleiten über meine Brust und schlüpfen unter den Saum meines Shirts. Zierliche Finger wandern über meine definierten Bauchmuskeln.

»Da scheint jemand in der Off-Season ganz schön trainiert zu haben.« Frankie richtet sich auf und sieht mich an. Ihre Pupillen sind geweitet. Ich stemme mich auf dem Bett hoch, ziehe mir das T-Shirt über den Kopf und spanne dabei unverhohlen meine Bauchmuskeln an.

»Ich muss ja schließlich mit den Rookies mithalten können.«

Frankie saugt mich mit ihrem Blick förmlich auf. »Und ein paar neue Tattoos hast du auch, wie ich sehe.«

Mit ihren Fingern streicht sie über die neuen Linien auf der linken Seite meiner Brust. Ich mag es, dass sie solche Dinge bemerkt. Sie beugt sich hinunter und fährt mit ihrer Zunge die Zeichnung des vitruvianischen Mannes nach.

»Fuck, Frankie.«

Ich kann ihr Lächeln auf meiner Haut spüren. »Gefällt dir das?«

»Das weißt du ganz genau.«

Ich ziehe sie unter mich. Durch ihr glänzendes Haar, das sich fächerförmig auf dem Kissen ausbreitet, sieht sie wie ein verdammter Engel aus.

Ich werde nie genug davon bekommen, sie anzusehen. Diese dunkelbraunen Augen, in denen nur ich zu lesen vermag. Dieses Lächeln, das ihre wahren Gefühle verbirgt, wenn sie auf dem Spielfeld steht.

Wie kann es nur sein, dass gerade ich der Glückliche bin, der sie so sehen darf?

Ich packe ihr Shirt und ziehe es ihr aus. Ihre Brust ist gerötet und ihre Titten heben und senken sich, als ich ein Körbchen herunterziehe und einen steinharten Nippel in meinen Mund nehme.

»Mmm. Wie sehr ich deinen Mund vermisst habe.«

»Oh, das hast du, nicht wahr?« Ich zwirble ihre Brustwarze mit meiner Zunge. Ich genieße, ich sauge, ich lasse mir verdammt noch mal Zeit, denn es ist mir scheißegal, dass die Sperrstunde immer näher rückt.

Ich will Frankie.

Doch diese verpasst mir einen Schlag auf den Hintern. »Allerdings habe ich keine Ahnung, warum.«

»Ich kann dir ein paar Gründe zeigen, falls deine Erinnerung etwas aufgefrischt werden muss.«

Ich küsse mich an der zarten Haut ihres Bauchs entlang und lasse meine Finger folgen. Sie windet sich unter mir, als ich den Bund ihrer Shorts nach unten und über ihre Knöchel ziehe.

»Und hat deine Muschi mich auch vermisst?«, frage ich, während ich mit einem Finger über den feuchten Fleck auf ihrer Unterwäsche fahre.

Fuck. Ich liebe es, dass ich das bei ihr auslöse.

»Das fragst du noch?«

Ich lächle, während ich ihre Beine auseinanderschiebe. »Nein, das frage ich nicht.«

»Ich habe keine Ahnung, warum ich mich überhaupt mit dir abgebe«, meint Frankie und legt einen Arm über ihre Augen.

»Ich glaube, das weißt du ganz genau.« Ich lecke mit meiner Zunge über den Stoff ihrer Unterwäsche, und Frankie windet sich noch mehr.

»Wenn du mir nicht so gute Orgasmen bescheren würdest …«

Es ist mehr als das, aber im Moment ist mir das egal. Denn ich bin bereit, ihr einen verdammt geilen Orgasmus zu verschaffen.

Es ist schon viel zu lange her. So lange, dass ich fast vergessen habe, wie sie aussieht, wenn sie kommt.

Fast.

»Nur gute? Ts, ts, Frankie. Es ist wohl an der Zeit, mein Spiel zu verbessern.«

»Das hier ist kein Wettbewerb.«

Ich blicke an ihrem Körper hoch und sehe, dass ihre Augen auf mich gerichtet sind.

»Oh, ich denke schon.« Ich krabble zu ihr hoch und gebe ihr einen leidenschaftlichen Kuss.

Sie knabbert und saugt an meiner Unterlippe, was mir ein Stöhnen entlockt. Meine Hände erforschen die Rundungen ihres Körpers, die ich während der Off-Season so sehr vermisst habe, aufs Neue, während ihre meinen Rücken hinab und unter meine Jogginghose wandern.

Jedes Mal, wenn sie ihre Hände an mich drückt, werde

ich näher zu ihr herangezogen. Unser beider Verlangen ist förmlich greifbar; eine lebende, atmende Kreatur.

»Ich will dich in mir spüren, Knox«, sagt sie mit lustverhangener Stimme.

»Noch nicht.«

Ich stehe auf, entledige mich meiner restlichen Klamotten und streiche langsam über meinen steifen Schwanz. Frankie sieht mit der einen Titte, die ihr aus dem BH hängt, und der Unterwäsche, die sie noch trägt, regelrecht sündig aus.

»Warum stehst du dann einfach so rum?« Frankie greift hinter sich, nimmt ihren BH ab und schleudert ihn mir entgegen.

Ich komme einen Schritt näher und knie mich mit einem Bein aufs Bett. Frankie streckt ihre Hand aus und legt diese auf meine, während ich mit meiner freien Hand auf Erkundungstour gehe.

Ich lasse einen Finger in sie gleiten, während sie mir die Aufgabe abgenommen hat, mir einen runterzuholen.

»Gott, das fühlt sich so gut an.« Frankie gerät mit ihrer Hand ins Stocken, während ich immer wieder mit meinem Finger in sie eindringe.

»Das Gleiche kann ich auch zu dir sagen.« Ich stoße in ihre enge Faust, während ein Lusttropfen aus meinem Schwanz läuft.

»Mmm.« Frankie schließt ihre Augen und wirft ihren Kopf zurück, während ihre Bewegungen immer langsamer werden. Sie ist kurz davor, zu kommen. Ich kann bereits spüren, wie sich ihre Muschi um meinen Finger zusammenzieht.

»Wirst du für mich kommen?« Ich beuge mich über sie; unsere Lippen berühren sich, aber wir küssen uns nicht.

»Ja.«

Ich halte inne und ziehe meinen Finger fast komplett aus ihr heraus. Mit einer Hand greife ich in ihr Haar und ziehe ihren Kopf zurück. Ihre braunen Augen weiten sich vor Schreck. »Ich möchte hören, wie du lieb darum bittest.«

Sie beißt sich auf die Lippe und sieht mich schüchtern an.

Scheiße, ist das sexy!

»Bitte, Knox?«

»Bitte *was*?« Ich schiebe meinen Finger wieder ein bisschen weiter in sie hinein, während Frankies Griff um meinen Schwanz fester wird. Verdammt! Sie ist gut.

»Bitte, lass mich kommen«, sagt sie und blinzelt mich mit ihren vollen Wimpern unschuldig an.

»Dein Wunsch sei mir Befehl.« Ich gebe ihr einen leidenschaftlichen Kuss, während ich zwei Finger in sie schiebe. Ich schlucke jedes einzelne Keuchen von ihr hinunter. Mit meinem Daumen streiche ich über ihre Klitoris, und schon bei dieser kleinen Berührung beginnt sie, sich krampfhaft um mich herum zusammenzuziehen.

»Ja!« Sie reißt sich von meinen Lippen los. »O Gott, ja!« Ihre Schreie hallen durch das stille Zimmer, während meine Finger weiter in sie stoßen, als ihr Höhepunkt langsam abebbt. Ihr Griff um mich hat sich so weit gelockert, dass ich mich zurückziehen kann.

Frankie sieht vollkommen glückselig aus. Ihre Haut ist von ihrem Orgasmus gerötet und ihre Muschi noch ganz feucht.

»Du bist die verdammt noch mal geilste Frau der Welt, weißt du das?« Ich lege mich auf sie und verschränke meine Finger mit ihren, während ich sie küsse. Ich gebe ihr nicht viel Zeit zum Erholen und ziehe meinen steifen Schwanz durch ihre feuchten Schamlippen.

»Warum zeigst du es mir nicht einfach?« Frankie

wandert mit ihren Lippen meinen Hals hinab und saugt an dem rasenden Puls an meinem Hals.

»Negativ getestet?«, frage ich.

Sie nickt. »Und du?«

»Ebenfalls negativ. Du verhütest?«

»Wie eh und je.«

Ich lege mich auf sie und versinke in ihr.

Fuuuuck.

Es gibt nichts Besseres, als unverhüllt in ihr zu sein. Kondome benutzen wir schon lange nicht mehr. Seit geraumer Zeit gibt es nur noch Frankie für mich. Niemand kommt an sie heran.

»Ich vergesse manchmal, wie groß du bist«, flüstert Frankie mehr zu sich selbst.

Ich lächle. Ihre Mitte schmiegt sich eng um mich, während ich in sie eindringe. »Fuck, du fühlst dich so gut an.«

Ich küsse ihre Schulter. Ihren Hals. Ihren Kiefer. Jede Stelle, die ich erreichen kann, während sie sich an meine Größe anpasst. Das verschafft mir einen Moment Zeit, wieder etwas runterzukommen. Nach all diesen Monaten will ich meine Ladung nicht sofort verschießen, sobald ich in ihr bin.

»Bereit?«, flüstere ich ihr ins Ohr.

Sie hebt ihre Hüften und nimmt mich noch tiefer in sich auf. »Ja.«

»Dann halt dich jetzt gut fest.«

Ich schaue ihr in die Augen und ziehe mein langes Glied aus ihr heraus, bevor ich wieder in sie eindringe. Nach ein paar kräftigen Stößen lege ich eines ihrer Beine auf meine Hüfte, um besseren Halt zu finden.

»Genau da.« Frankies Worte sind gedämpft, während sich unsere Körper im gleichen Rhythmus bewegen. Sie kommt jedem meiner Stöße entgegen. Ihre Fingernägel graben sich in meinen Rücken und steigern meine Lust ins Unermessliche.

»Du musst kommen«, stoße ich aus. Scheiße, ich bin so nah dran. Aber ich will nicht kommen, bevor sie kommt.

Ihre Augen, die vor Verlangen leuchten, funkeln mich an. »Brauche ich dafür deine Erlaubnis?«

»Scheiße, Frankie. Wenn du nicht gleich kommst, verliere ich noch den Verstand.«

Sie schlingt ihre Arme um mich und zieht mich ganz nach unten auf sich. Ihre Nippel streifen meine Brust, was mich meinem Höhepunkt nur noch näher bringt.

Ich greife zwischen uns und finde ihre Klitoris. Ich muss Frankie dort gar nicht lange stimulieren, bis sie sich schließlich um meinen Schwanz herum zusammenzieht und erneut kommt.

Endlich, verdammt noch mal!

Ich nehme jedes einzelne Stöhnen von ihr in mich auf, während ich immer fester in sie stoße. Der Schweiß läuft mir den Rücken hinunter und jede Berührung von ihr raubt mir den Verstand ein kleines bisschen mehr.

»Fuck.« Ich werfe meinen Kopf zurück und meine Nackenmuskeln spannen sich an, während ich in ihr komme. Mit ihren Beinen hält sie mich fest, als ich mit meinem gesamten Gewicht auf ihr zusammenbreche.

»Ich hatte schon ganz vergessen, wie gut sich das anfühlt«, meint Frankie, während sie mit einem Finger meine Wirbelsäule entlangfährt.

»Das kannst du laut sagen.« Ich drücke ihr einen Kuss auf die Brust und mache mir gar nicht erst die Mühe, mich zu bewegen. Ich möchte ihre wärmende Nähe noch nicht verlassen.

Das hier ist einer der Gründe, warum ich mich immer so sehr auf die Football-Season freue. Versteht mich nicht falsch: Ich liebe diesen Sport. Ich liebe es, die gegnerische

Offense zu zerpflücken und ein hart umkämpftes Spiel für unser Team zu entscheiden.

Aber mit Frankie zusammen zu sein?

Fuck, sie ist das Allerbeste an Football.

Und ich werde unser Geheimnis mit ins Grab nehmen.

Kapitel Sechs

KNOX

Die Musik pulsiert durch meinen Körper, als ich in die Umkleidekabine gehe und die Jungs um mich herum sehe. Ich bin vollkommen in meinem Element. Ich habe hart gearbeitet. Nicht nur beim Training, sondern auch beim Studieren des Videomaterials. In meinem siebten Jahr in der Liga habe ich etwas zu beweisen.

Das letzte Jahr war hart. Wir haben im Championship Game gegen San Diego verloren. Jeder hat sich selbst die Schuld daran zugeschrieben, aber ich habe einfach nicht mein Bestes gegeben. Ein paar verpasste Treffer und unnötige Strafen waren dann noch das Tüpfelchen auf dem i.

Ich bin gierig.

So nah dran zu sein, den Super Bowl förmlich schon greifen zu können und es dann doch nicht zu schaffen? Auf eine schlimmere Weise hätten wir nicht scheitern können.

Und ich möchte nicht, dass sich das wiederholt.

In der Umkleidekabine geht es schon voll ab, als ich reinkomme. Die Jungs tanzen zu Musik, die ich nicht hören kann, während ich zu meinem Spind laufe.

Ich werde von meinem schwarz-gelben Trikot begrüßt, was mir ein Lächeln aufs Gesicht zaubert. Ich liebe es, meinen Namen auf dem Rücken zu lesen. Ich hole es heraus und streiche über das Kapitänsabzeichen auf der Vorderseite. Eine verantwortungsvolle Aufgabe, die ich noch nie auf die leichte Schulter genommen habe.

Jackson tippt mich an und ich nehme meine Kopfhörer ab. »Bist du bereit, Knoxy?«

Ich grinse. »Du weißt, dass ich das bin.«

»Verdammt. Ich würde es hassen, San Diegos Quarterback und somit das potenzielle Ziel von Knock-out-Knox zu sein.«

»Heute wird es keine Knock-outs geben. Nur gute, saubere Treffer.«

Ich habe diesen Spitznamen gehasst, den ich nach meinem ersten großen Treffer verliehen bekommen habe, als ich noch ein Rookie war. Es war zwar ein legaler Treffer, aber nicht unbedingt ein sauberer. Und so ist es zu diesem Spitznamen gekommen.

»Das wird heute kein Zuckerschlecken.« Alex lässt seine Tasche in seinen Spind neben meinem fallen. »San Diego wird nach der Niederlage im Super Bowl mit einem Sieg in das Jahr starten wollen. Sie müssen sich noch mehr beweisen als wir und haben immer noch ein Topteam mit einer guten Defensive Line.«

»Entspann dich, wir haben doch hier nur ein wenig Spaß«, meint Jackson lachend.

»Fuck. Wenn Jackson dir sagt, dass du dich entspannen sollst, dann weißt du, dass etwas nicht stimmt«, meint Colin und legt seinen Arm um Alex und mich.

»Ich weiß ja nicht, wie das bei dir ist, aber *ich* will stark in die Season starten. Besonders nach dem, wie wir sie letztes Jahr beendet haben.«

Nun taucht auch noch Logan neben uns auf. »Das heißt nur, dass es noch nicht unsere Zeit war.«

»Du siehst das ja ziemlich gelassen, Rookie.« Colin zieht sich seine Krawatte über den Kopf und wechselt von dem obligatorischen Anzug, den wir vor einem Spiel tragen müssen, in seine Trainingsklamotten. »Wann bist du denn zu dieser Erkenntnis gekommen?«

»Glaub mir, das war nicht einfach. Aber sich auf diese Niederlage zu fixieren, bringt einen auch nicht weiter.«

»Okay, jetzt mal im Ernst. Dieser ganze Vibe, den du da ausstrahlst, macht mir etwas Angst.« Colin schnappt ihn sich und wuschelt ihm durchs Haar. »Wer bist du und was hast du mit Logan Winchester gemacht?«

Logan schubst ihn weg und zuckt mit den Schultern. »Mein Opa wollte mich nicht einfach so traurig rumsitzen lassen. Also hat er mir etwas zu arbeiten gegeben.«

Ich lache. »Das ist eine Möglichkeit, damit umzugehen. Ich habe mit meiner Oma viel Bingo gespielt.«

»Nicht ganz so viel Bingo«, korrigiert mich Colin.

Ich verdrehe die Augen, knöpfe meine Anzugjacke auf und hänge sie in meinen Spind. Dann ziehe ich mich aus und wechsle ebenfalls in meine Trainingsklamotten. »Richtig, da Bingo als zu gefährlich eingestuft wurde. Und Colin hat nicht gerade zur Entspannung der Situation beigetragen.«

Er wirft mir einen beleidigten Blick zu. »Ich? *Ich* war nicht derjenige, der mit Bingo-Chips geworfen hat! Ich habe nur einen ins Auge bekommen!«

»Aber *du* hast zu ihnen gesagt, dass sie schummeln würden!«

Colin folgt mir, als wir uns auf den Weg zum Spielfeld machen.

Es ist der perfekte Tag für Football. Es ist heiß und

sonnig und die Tribünen füllen sich langsam. Bis schließlich der Anpfiff ertönt, wird es auf den Tribünen voll abgehen.

»Vielleicht solltet ihr etwas weniger quatschen und euch etwas mehr aufwärmen, Jungs?« Frankie ist bereits mit einigen der Jüngeren draußen auf dem Feld.

»Alles klar, Coach.« Ich verstecke mein Lächeln, während ich ihr dabei zusehe, wie sie den anderen Jungs hilft.

Verdammt, ich liebe den Beginn der Football-Season. Nicht nur wegen des Spiels, sondern wegen Frankie.

Mit ihr zusammen zu sein, macht einen ganz schnell süchtig danach. Ich weiß nicht, wann dieser Schalter bei mir umgelegt wurde, aber Frankie ist die einzige Frau, die das wachsende Biest in mir befriedigen kann.

Ich habe miterlebt, wie jeder einzelne meiner Waffenbrüder einen Partner oder eine Partnerin gefunden hat. Sie haben sich in Trottel verwandelt, die von ihren Herzblättern nur so schwärmen.

Doch ich nicht.

In den letzten Jahren haben sie mich aufgrund meines Liebeslebens immer wieder aufgezogen. Nicht, dass es mich gestört hätte. Schließlich hatte ich ja immer Frankie.

Auch wenn ich sie nicht haben darf.

Ich absolviere mein übliches Aufwärmprogramm, mache ein paar Dehnübungen und jogge um das Feld. Da ich weiß, dass Frankie mir dabei zusieht, strenge ich mich ein kleines bisschen mehr an als sonst. Ich wollte schon immer besser für sie spielen.

Als ich mich wieder auf den Weg nach drinnen mache, gebe ich den Kindern, die entlang des Tunnels warten, noch ein paar Autogramme.

Je näher wir dem Anpfiff kommen, desto mehr Adrenalin strömt durch meinen Körper.

Ich lebe für dieses Gefühl. Es gibt nichts Besseres, als auf das Spielfeld zu rennen, während die Zuschauermenge deinen Namen ruft.

»Okay, Leute, es ist so weit.«

Die Stimme des Trainers, der in der Mitte der Umkleidekabine steht, holt mich zurück in die Gegenwart. Alle Augen sind gespannt auf ihn gerichtet.

»Dies ist der Beginn einer neuen Season. Die letzte Season hat nicht so geendet, wie wir das wollten, aber darauf sollt ihr euch nicht konzentrieren. Ich will, dass ihr nur nach vorn schaut.«

Alex und ich sehen uns an. Wir beide tragen diese Niederlage mehr mit uns herum als die meisten anderen, und ich weiß, dass der Coach mit diesen Worten direkt uns angesprochen hat.

»Ein Spiel nach dem anderen. Konzentriert euch auf euer Spiel. Das ist alles, was ihr tun könnt. Und denkt an das, was am wichtigsten ist. Wir sind eine Familie. Blendet die Geräusche von außen aus. Die Experten werden spekulieren. Lasst sie. Steht zu den Männern an eurer Seite, dann haben wir alles, was es braucht, um es weit zu bringen.«

Der Coach sieht mich an und nickt mir zu.

»Alles klar, Jungs!«, hallt meine Stimme durch die stille Umkleidekabine. »Ihr habt gehört, was der Coach gesagt hat. Wir sind eine Familie. Kämpft für den Mann neben euch. Spielt euer Spiel und wir werden es weit bringen.«

Ich gehe in die Mitte der Umkleidekabine und recke meine Faust in die Luft, während sich alle um mich versammeln. »Familie auf drei. Eins, zwei, drei …«

»Familie!«, schreien die Jungs um mich herum, bevor sie aus der Umkleide strömen.

Der Stadionsprecher heizt die Menge an, während die

Cheerleader das Spielfeld betreten und sich für den Einmarsch der Mannschaft bereit machen.

Wir durchlaufen die traditionellen Abläufe, die vor dem Spiel stattfinden und singen die Nationalhymne, bevor wir uns zum Münzwurf in die Mitte des Felds begeben. Wir gewinnen und starten in der zweiten Halbzeit mit dem Ball.

»Ein toller Tag für ein Footballspiel, Jungs.« Während der Ball gekickt wird, schart Frankie die Defense noch einmal um sich. »Trefft sie hart und trefft sie sauber.«

Wir alle nicken ihr zu, als wir auf das Spielfeld gehen.

»Ihr habt gehört, was Coach Rose gesagt hat. Ein guter, sauberer Start. Lasst sie keinen zweiten First Down bekommen.«

San Diego ruft den Spielzug aus – ein Run. Der Runningback kommt keine zwei Yards weit, bevor er zu Boden gerissen wird. Beim Second Down versuchen sie es mit dem gleichen Spielzug noch einmal und kommen ebenfalls nicht weit.

Dieses Mal stellt sich ihr Quarterback in der Pocket auf. Ich beobachte den Guard, der sich auf die Defensive Backs konzentriert. So kann ich mich an ihm vorbeischlängeln, nachdem der Ball gesnapt wurde, und einen soliden Treffer auf den Quarterback landen.

Verlust von sieben Yards. Fourth Down.

Der beste Start ins Spiel, den wir uns hätten wünschen können.

Frankie wartet an der Seitenlinie, als die Defense vom Feld kommt.

»Gute Arbeit, Fisher. Weiter so.«

Ich nicke und nehme einen Schluck von meinem Wasser. Ich unterdrücke das Lächeln, das ich ihr aufgrund ihrer lobenden Worte so gerne schenken würde. »Danke, Coach.«

Das komplette Team liefert während des gesamten Spiels eine super Leistung ab, weshalb wir San Diego letztendlich mit vierunddreißig zu siebzehn plattmachen.

Ein perfekter Start in die neue Season.

Kapitel Sieben

FRANKIE

Ganz ruhig, Frankie. Es gibt keinen Grund, nervös zu sein.

Aber das hilft auch nicht dabei, meine angespannten Nerven zu beruhigen. Als die Einladung für das heutige Event im Altersheim von Knox' Oma an das Team rausging, konnte ich nicht Nein sagen.

Ich sehe Knox nie außerhalb unserer Football-Blase. Nie!

Ist es riskant, heute Abend hierherzukommen? Ja. Aber da das gesamte Team eingeladen ist, sollte niemand misstrauisch werden.

Ich biege in einen weiteren Gang ein und stehe erneut vor einer Sackgasse.

»Sie sehen aus, als hätten Sie sich verlaufen. Kann ich Ihnen helfen?«, fragt mich eine ältere Frau, als ich den Weg zurückgehe, den ich gekommen bin.

»Tut mir leid. Man hat mir gesagt, dass der Gemeinschaftsraum in dieser Richtung sei. Ich bin auf der Suche nach den Mountain Lions.«

Ihr Gesicht erhellt sich. »Ahh, ja. Es ist so schön, dass

sie hierherkommen.« Sie zeigt mir die Richtung und geht neben mir her. »Gehören Sie mit zum Team?«

Ich nicke. »Ich bin eine Assistenztrainerin.«

»Oh.« Den schockierten Gesichtsausdruck, den sie macht, kenne ich in der Zwischenzeit nur zu gut. Trotzdem versetzt er mir immer wieder einen Stich. »Ich weiß nicht, ob ich schon jemals einem weiblichen Trainer begegnet bin.«

Ich zwinge mir ein unechtes Lächeln aufs Gesicht.

»Nun, wenn Sie bei den Mountain Lions sind, müssen Sie ganz schön gut sein. Sie sind gleich da drin.« Sie schenkt mir ein zaghaftes Lächeln, bevor sie wieder geht.

Ich wage mich hinein und lächle die Gruppen von Menschen an, die sich um die Tische scharen.

»Frankie. Was machst du denn hier?«

Die Stimme von Knox lässt mich abrupt innehalten, woraufhin er von der Frau neben sich einen Schlag auf die Brust verpasst bekommt. Ihr Gesicht ist von Falten durchzogen, doch sie hat ein strahlendes Lächeln. Ihre Augen haben die gleiche Farbe wie die von Knox. »So habe ich dich doch nicht erzogen.« Sie sieht ihn grimmig an, bevor sie ihren Blick auf mich richtet. »Bitte ignorieren Sie meinen Enkel. Ich bin Darlene. Wie schön, dass Sie uns Gesellschaft leisten.«

Ich reiße meinen Blick von Knox los. Mit dem engen schwarzen T-Shirt, das seine starken Arme und Tattoos besonders hervorhebt, ist es schwer, ihm keine Aufmerksamkeit zu schenken.

»Danke«, sage ich an Darlene gewandt. »Ich habe gehört, wie einige Coaches darüber gesprochen haben, heute hierherzukommen, also habe ich mich entschlossen, das auch zu tun.«

Darlene hängt sich bei mir ein. »Sie sind eine Trainerin von Knox?«

Ich nicke. »Assistenztrainerin.«

»Ganz egal, Schätzchen.« Ihr Gesicht erhellt sich, als sie mich zu einem Tisch in der Ecke zieht. »Warum schließen Sie sich nicht unserer Gruppe an?«

»Was wird denn gespielt?«

»Domino«, sagt sie, als wäre das das schrecklichste Spiel auf der Welt.

»Sie mögen Domino nicht?«, frage ich, nehme ihr die schlichte Blechdose ab und stelle sie auf den Tisch.

»Erzähl ihr ruhig, warum wir kein Bingo mehr spielen können, Oma.« Knox schüttet die Spielsteine aus, wobei seine Finger ganz leicht meine berühren. Das bringt meine Nerven erneut zum Flattern. Schon die kleinste Berührung von ihm besitzt die Macht, mich förmlich dahinschmelzen zu lassen.

»Es ist nicht meine Schuld, dass die neugierige Nellie nicht gewinnen kann, ohne zu schummeln«, poltert Darlene.

»Sie hat nicht geschummelt, nur weil sie die Tafel nicht sehen konnte«, meint Colin verteidigend und lässt sich auf den Platz neben mir fallen.

»Sie hat sie gut genug gesehen, um sie umzuschmeißen.«

»Brauche ich etwa eine Footballausrüstung zum Domino spielen?«, frage ich und lehne mich in meinem Stuhl zurück.

Colin wirft mir einen misstrauischen Blick zu, was mich unruhig auf meinem Platz hin und her rutschen lässt. Ich weiß, dass Knox keinem der Jungs erzählt hat, was wir tun, doch Colins prüfender Blick ruft in mir ein Gefühl des Unbehagens hervor.

»Mit dieser Gruppe vielleicht schon.« Knox lehnt sich in seinem Stuhl zurück, wodurch man einen fantastischen Blick auf seine Muskeln bekommt. Es ist, als wüsste er, dass mich das wahnsinnig macht und ich nichts dagegen tun kann. »Colin hat ein paar Bingo-Chips ins Auge bekommen.«

»Das hat verdammt wehgetan«, sagt er und zeigt auf Knox.

»Wenn du nicht aufpasst, Knox Henry, werde ich die hier nach dir werfen. Und ich glaube nicht, dass deine Trainerin hier besonders gut auf mich zu sprechen sein würde, wenn du am Sonntag nicht spielen könntest«, meint Darlene.

Colin bricht neben mir in Gelächter aus, während ich versuche, mein Lächeln zu unterdrücken. Knox sinkt in seinem Stuhl zusammen wie ein mürrisches Kleinkind, dem gerade eine Auszeit verordnet wurde.

»Und wenn *du* nicht aufpasst, Darlene, wirst du Peyton noch richtig Konkurrenz machen«, sagt Colin und zwinkert ihr zu.

Darlene klimpert mit den Wimpern. »O Schätzchen, da hör sich einer an, wie du einer alten Dame schmeichelst.«

»Um Himmels willen, hör auf damit«, stöhnt Knox.

»Was denn?« Colin stößt ihm mit dem Ellbogen in die Seite. »Würdest du mich etwa nicht gerne Opa nennen?«

»Frankie, würdest du mich am Sonntag auf die Bank setzen, wenn ich Colin hier und jetzt eine verpassen würde?«, fragt er und zeigt mit dem Daumen in Colins Richtung.

»Ich glaube, das würde ich dir durchgehen lassen. Wir können es uns nicht leisten, unseren Stamm-Linebacker vor dem härtesten Spiel der Season zu verlieren.«

Colin sieht beleidigt aus. »Aber unseren besten Wide Receiver zu verlieren, das können wir uns leisten?«

»Wide Receiver gibt es wie Sand am Meer«, meint Knox. Seine Augen bewegen sich keinen Millimeter von mir weg. Niemand sonst würde das spielerische Funkeln darin bemerken, doch ich tue es.

Er ist so leicht zu durchschauen. Er trägt sein Herz auf der Zunge.

»Darlene, wirst du wirklich zulassen, dass sie weiter so mit mir reden?«

»Oh, fick dich, Colin. Spiel einfach deinen Dominostein«, meint Knox und winkt ab.

Colin zeigt ihm den Mittelfinger, während er seinen Stein spielt.

»Tut mir leid, dass ich deine Illusionen zerstören muss, aber du bist nicht der Typ Mann, den ich mit nach Hause nehmen würde«, eröffnet ihm Darlene, während sie ihren eigenen Stein spielt.

»Wen würdest du denn mit nach Hause nehmen?« Colin beugt sich vor und sieht Darlene an, als hätte sie den besten Klatsch und Tratsch auf Lager. »Sag mir nicht, dass es ein anderer Footballspieler ist.«

»O nein. Die Welt dreht sich nicht nur um Football, so gerne ihr drei das vielleicht auch hättet.« Sie tätschelt Knox am Arm. »Harry Connick Jr. Seine Stimme ist der Grund, warum er es mir so angetan hat. Mm-hmm.«

»Ich dachte, du stehst auf Nicolas Cage?«, fragt Knox, während er seinen Stein aufs Spielfeld legt.

»Nicolas Cage? Ich bitte dich.« Sie schüttelt den Kopf und runzelt die Stirn. »Ich habe ja schließlich Geschmack.«

Knox sieht irritiert aus, während er einen weiteren Dominostein legt. »Was hast du denn gegen ihn, Oma?«

»Hast du dir jemals einen Film angesehen, in dem er mitspielt? Er ist schrecklich. Danke, Nächster bitte.« Sie winkt ab und spielt ihren Zug.

Knox fährt sich mit einer Hand durchs Haar, bevor er

seinen Zorn gegen Colin richtet. »Ich gebe dir die Schuld für das Ganze.«

»Was?« Er wirft seine Hände verteidigend nach oben. »Es ist ja nicht so, als ob ich sie gefragt hätte.«

Knox verpasst ihm einen Schlag auf den Hinterkopf. »Natürlich hast du sie gefragt und es *ist* deine Schuld.«

Darlene dreht sich zu mir herum, während sich die beiden weiter zanken. »Sind sie beim Training auch immer so?«

»In der Regel schon, aber da sind sie auf dem Spielfeld und wir hören nichts davon.«

»Wie lange sind Sie schon Trainerin, Schätzchen?«

»Dreizehn Jahre.«

»Wow. Eine beachtliche Laufbahn. Der kleine Knox hier war ja förmlich noch ein Baby, als Sie angefangen haben.«

»Na ja, nicht ganz«, erwidere ich und lache unbehaglich.

Das ist etwas, worüber ich ständig nachdenke und das ich immer im Hinterkopf habe, wenn wir zusammen sind.

Knox war in der Highschool, als ich meine Karriere als Trainerin begann. Er durfte noch nicht einmal legal Alkohol trinken, als er in die Liga kam, da er mit zwanzig Jahren gedraftet wurde.

Warum kann ich nicht einfach einen anständigen Kerl in meinem Alter finden?

»Also, Sie verdienen eigentlich einen Orden dafür, dass Sie sich mit all diesem Testosteron herumschlagen müssen.« Darlene umfasst meinen Arm und drückt ihn. »Ich weiß nicht, wie Sie es mit diesen ganzen Männern aushalten.«

Ihre Äußerung bringt meine auf Abwege geratenen Gedanken zum Entgleisen. »Und ich hätte gedacht, dass Ihnen so etwas gefallen würde.«

»Zu viele Männer sind auch nichts.«

»Worüber zur Hölle redet ihr beiden da eigentlich?«, unterbricht uns Knox.

»Darüber, wie es ist, mit so vielen Männern zu arbeiten.« Ich stütze meinen Ellbogen auf den Tisch und lehne mich ein wenig in Knox' Richtung. Ich liebe es, wie leicht er sich in Gegenwart seiner Oma aus der Ruhe bringen lässt. Die große Zuneigung der beiden zueinander ist mehr als offensichtlich. Und erinnert mich daran, wie sehr ich meine eigenen Großeltern vermisse.

»Wenn du nur ein Wort sagst, das sie in ihrer Meinung bestärkt ...« Knox sieht mich böse an.

Ich beuge mich näher zu ihm und schenke ihm mein schmierigstes Lächeln. »Dann was? Es ist ja schließlich nicht so, als könntest du mich auf die Strafbank setzen.«

Darlene stößt ein gackerndes Lachen aus. »Sie sind wirklich entzückend, Schätzchen. Ich wünschte, ich könnte dasselbe von meinem Enkel hier sagen. Er ist ungefähr so unterhaltsam wie eine zerkochte Kartoffel.«

»Genau, hör auf, wie eine Kartoffel zu sein, Knox.« Colin ist ganz aufgedreht.

Knox schlägt seinen Kopf gegen den Tisch. »Ich hasse euch wirklich alle.«

»Na, na«, sagt seine Oma und tätschelt ihm beruhigend den Rücken. »Spiel endlich diesen Stein, den ich da sehe, damit ich das Spiel gewinnen und die alte Nellie dort drüben besiegen kann.«

Knox schießt bei ihren Worten in die Höhe. »Hast du etwa die ganze Zeit über geschummelt, Oma?«

Sie sieht ihn aufgrund dieser Anschuldigung beleidigt an. »Warum sollte ich denn schummeln? Es ist nicht meine Schuld, dass ich die ganze Zeit über deine Steine sehen konnte.« Darlene beugt sich zu mir herüber. »Er war nie besonders gut bei Gesellschaftsspielen, als er noch klein war.«

»Das ist der Grund, warum bestimmte Spiele hier verboten werden. Weil Leute schummeln und wütend werden.«

»Na, wie läuft es hier drüben bei euch?« Peyton kommt zu uns herüber, bevor Darlene die Chance hat, auf Knox' Kommentar zu reagieren.

»Einfach super«, murrt dieser.

»Die Kartoffel da drüben ist sauer, weil Darlene schummelt«, erklärt Colin und sieht Peyton strahlend an.

»Habe ich etwas verpasst?« Peyton lächelt Colin an, als wäre er der tollste Mensch auf der ganzen Welt.

»Knox ist mal wieder launisch. Das ist nichts Neues.« Darlene lässt ihre Spielsteine auf den Tisch fallen und steht auf. »Ich glaube, ich werde jetzt gehen und mit den Mädels spielen. Der arme Knox hier macht mir zu viel Theater, weil er verloren hat.«

»Oma«, stöhnt er.

Sie beugt sich hinunter und gibt ihm einen Kuss auf die Wange. »Ich liebe dich, mein Junge. Hör gut auf das, was Frankie sagt. Ich will nicht hören, dass du deinen Trainern das Leben schwer machst.«

»Wir sind hier nicht beim Kinderfootball. Wie solltest du also davon hören?« Er sieht sie irritiert an.

»Frankie ist hier jederzeit willkommen.«

»Ich würde gerne einmal wiederkommen, Darlene. Vielleicht können Sie mir dann einen Tipp geben, wie ich Knox dazu bringe, beim Training besser aufzupassen.«

»Uuuund vorgeführt worden!« Colin lacht.

»Okay. Geben wir ihnen eine Minute.« Peyton zieht Colin von seinem Stuhl hoch. »Darlene, es war toll, dich wiederzusehen. Meinst du, du könntest in ein paar Wochen wieder eine Spendenaktion abhalten?«

»Sag mir einfach nur, wann.«

Colin beugt sich vor und gibt ihr einen Kuss auf die Wange. »Bis zum nächsten Mal, Darlene.«

»Fang du weiter schön deine Pässe. Ich will euch endlich im Super Bowl sehen.« Sie zeigt mit einem Finger auf Colin, um sicherzustellen, dass er ihre Worte auch hört.

»Ich werde mein Bestes geben. Schließlich will ich ja meinen größten Fan nicht enttäuschen.«

»Verdammt richtig.«

Peyton und Colin fassen sich an den Händen und gehen gemeinsam zu einem anderen Tisch, wie das glückliche Bilderbuch-Pärchen, das sie eben sind. Ich wünschte, Knox und ich könnten das auch tun.

Aber das wird nie passieren. Wir stillen lediglich unser Verlangen während der Season – ein Verlangen, das nur wir beide füreinander stillen können. Eine Beziehung mit diesem stressigen Football-Terminplan in Einklang zu bringen, ist alles andere als einfach.

Ich warte eigentlich immer auf den Tag, an dem er mir eröffnet, dass er eine andere Frau kennengelernt hat. Eine in seinem Alter, die keine Angst davor hat, dass herauskommt, dass sie mit ihm schläft.

Das ist falsch. Das ist so falsch, dass es mich manchmal wirklich verblüfft, dass wir diese Sache immer noch weiterführen.

»Frankie?« Knox' Stimme klingt, als würde er schon eine ganz Zeit lang versuchen, meine Aufmerksamkeit zu erlangen.

Ich versuche, meine negativen Gedanken abzuschütteln, und wende mich noch einmal Darlene zu. »Es war schön, Sie kennengelernt zu haben.«

»Das Vergnügen war ganz meinerseits. Wir sehen uns dann nächste Woche, Knox.«

Sie gibt ihm erneut einen Kuss und dann sind wir allein.

»Alles okay?«, fragt er mich.

»Alles okay.« Der Schmerz, der mich durchfahren hat, sitzt immer noch in meiner Herzgegend fest.

»Soll ich dich hinausbegleiten?«

»Gerne.«

Die Sonne ist schon längst untergegangen und eine kühle Brise weht über den Parkplatz. Ich schlinge meine Arme um mich herum und versuche, die Kälte dadurch abzuwehren.

»Ich würde mich ja für das Verhalten meiner Oma am heutigen Abend entschuldigen, aber sie ist immer so«, sagt Knox mit einer gewissen Heiterkeit in der Stimme.

»Du hast Glück, dass du sie hast. Ich wünschte, ich hätte auch Familienmitglieder, die in meiner Nähe wohnen.«

»Sie ist schon etwas Besonderes.« Knox kickt mit seinem Schuh gegen den Boden und es wird still um uns herum. »Es hat mich gefreut, dass du heute Abend gekommen bist.«

Ich sehe mich um und bemerke, dass wir die Einzigen hier draußen sind. Deshalb lege ich kurz meine Hand auf seinen Bizeps und drücke sanft zu. »Mich auch.«

»Du weißt, dass du jetzt noch mal herkommen musst, oder?«

»Täte ich das nicht, würde deine Oma mich wahrscheinlich einfach selbst herschleifen.«

Knox lächelt mich an. Mit jenem Lächeln, bei dem ich immer weiche Knie bekomme. Dem Lächeln, das mich daran erinnert, warum ich das hier weiterhin tue, obwohl ich damit aufhören sollte. »Da hast du nicht ganz unrecht.«

Es ist, als wüsste keiner von uns, was er als Nächstes

sagen soll, aber es will auch keiner von uns gehen. Also mache ich als Erste einen Schritt zurück, auch wenn es mir nicht leichtfällt.

»Schönen Abend dir noch, Knox.«

»Sehen wir uns Samstagabend?«, fragt er, um diesen Moment noch ein wenig hinauszuzögern.

»Wie immer.«

Als ob ich ihn jemals abweisen könnte.

Kapitel Acht

KNOX

»Hey, Mann. Wo gehst du hin?« Logan fängt mich im Flur auf dem Weg zum Aufzug ab.

Mist. Ich kann ihm ja schlecht sagen, dass ich gerade auf dem Weg zu Frankie bin. Nachdem ich sie Anfang dieser Woche im Altersheim meiner Oma getroffen habe, kann ich nur noch an sie denken.

»Ich wollte gerade draußen noch einen Spaziergang machen.«

»Willst du vielleicht was mit mir trinken gehen? Die anderen Jungs sind alle nur am Trübsal blasen, weil wir nicht zu Hause sind.« Logan verdreht die Augen, aber ich weiß, dass er das nur macht, weil er nicht mit Audrey reden kann. Soweit ich weiß, ist sie gerade in einem anderen Land und trainiert für die Weltmeisterschaft.

»Klar, warum nicht.« Ich klopfe ihm auf die Schulter und schiebe ihn in den Aufzug. »Aber dir ist bewusst, dass du genauso gerne dort oben am Trübsal blasen wärst wie sie.«

Er schiebt die Hände in seine Taschen. »Warst du schon mal in einer Beziehung?«

»Ähm …« Ich versuche, mir eine Antwort einfallen zu lassen, mit der ich ihn hoffentlich zufriedenstellen kann.

»Ach ja, sorry. Ich weiß, dass du ein glücklicher Single bist. Aber ich hasse es, dass Audrey gerade auf der anderen Seite der Welt ist und ich nicht mit ihr sprechen kann.«

Der Aufzug setzt uns in der Lobby ab, während Logan immer noch darüber jammert, dass er so weit von seiner Freundin weg ist. Und plötzlich stehen wir direkt vor Frankie.

Es kostet mich alles an Willenskraft, um nicht sofort wieder in den Aufzug zu steigen und mit ihr nach oben zu fahren. Aber ich kann nicht. Nicht mit Logan an meiner Seite.

»Wo geht es denn hin, meine Herren?«, fragt Frankie, ohne dass ihr Gesicht etwas verrät.

»Wir genehmigen uns noch einen Drink. Oder ist das etwa nicht erlaubt?«

Mir entgeht nicht der bissige Tonfall in Logans Stimme. Nach allem, was ich den Jungs über sie erzählt habe, sind sie nicht gerade Frankies größte Fans. Und das ist auch besser so. So lenken wir weniger Verdacht auf uns.

»Solange ihr morgen fit seid. Philly ist ein starkes Team, also seid bereit.« Frankie sieht Logan an, bevor sie ihren Blick zu mir wendet.

Das Letzte, was ich gerade möchte, ist, mit Logan abzuhängen. Ich wäre viel lieber mit der Frau, die gerade vor mir steht, im Bett. Tief umschlungen, so wie ich es am liebsten mag.

»Die werden uns nicht gewachsen sein. Wir sind bereit.« Auf mein Zwinkern hin verdreht sie die Augen.

»Das solltet ihr auch sein.« Frankie betritt mit ihrer Tasche, die an ihrer Seite baumelt, den Aufzug. »Oder ich werde dafür sorgen, dass du es beim Training am Dienstag zu spüren bekommst.«

Diese Worte sollten nicht so sexy sein, wie sie es sind. Aber ich kenne die tatsächliche Wahrheit hinter ihnen.

Es ist das, was *nach* dem Training kommt, das mir gefallen wird.

»Kein Problem, Coach Rose.«

»Wir sehen uns dann morgen beim Spiel«, sagt sie noch, bevor sich die Aufzugtüren schließen.

Logan pfeift ihr hinterher. »Sie hat es wirklich auf dich abgesehen.«

Ich tue so, als würde ich ihm zustimmen. »Ich habe keine Ahnung, was ich ihr getan habe. Vielleicht bin ich einfach nur ein zu guter Footballspieler.«

Logan schnaubt und begibt sich zu einem freien Stehtisch in der Bar. »Oder vielleicht mag sie auch einfach nur deinen Dickschädel.«

»Ganz sicher ist es das.«

»Ganz schön mutig von euch, euch rauszuwagen.« Der Kellner erscheint an meiner Seite.

»Lass mich raten: Philly-Fan?«

»Man kann nicht in dieser Stadt leben, ohne auf ihrer Seite zu sein.«

»Das ist nichts Neues. Wir lassen ein gutes Trinkgeld da, wenn du uns ein paar Biere bringst.«

»Gut für dich, Mann.« Dann lässt er uns wieder Ruhe.

»Muss schön sein, dieses Veteranengehalt zu verdienen.«

»Hey, du bekommst auch einen schönen Vertrag, wenn dein Rookie-Vertrag ausläuft, Winchester.«

Zwei Biere in eisgekühlten Pint-Gläsern werden auf dem Tisch vor uns abgestellt.

»Bis dahin zahlst du.« Logan hält sein Glas hoch und prostet mir zu.

»Diese Runde hier vielleicht. Du nagst ja auch nicht gerade am Hungertuch.«

Logan lacht. »Nein. Aber ich plane, mir in meiner Heimat ein Haus zu kaufen.«

»Und wo ist noch mal deine Heimat?«, frage ich.

»Dixon, Idaho. Eine kleine Stadt mitten im Nirgendwo, aber ich liebe sie.«

»Bist du oft zu Hause?«

Er schüttelt den Kopf. »Nicht so oft, wie ich gerne möchte. Und wo kommst du ursprünglich her?«

»Michigan.«

»Und deine Oma lebt hier?«

»O ja. Sie hat gesagt, dass mich jemand in meinem ersten Jahr als Rookie in Schach halten müsse.« Ich lache und nehme einen Schluck von meinem kalten Bier.

»Ich kann mir gut vorstellen, dass es genau so abgelaufen ist.«

»Ich weiß nicht, ob ich mein erstes Jahr ohne sie überstanden hätte. Aber irgendwann wollte sie dann unter Leuten in ihrem Alter sein, weshalb sie in die Seniorenresidenz gezogen ist.«

»Und da gerät sie immer wieder in Schwierigkeiten«, meint Logan mit einem Schnauben.

»Du hast doch bestimmt auch Großeltern, die so sind wie sie, oder?«

Logan winkt ab. »*Ich* war definitiv ein Unruhestifter, als ich noch klein war. Ich war das mittlere von fünf Kindern.«

»Fuck. Ich wette, das hat Spaß gemacht, so aufzuwachsen.«

»Du hast keine Geschwister?«

Ich schüttle den Kopf. »Es gab immer nur meine Mutter und mich. Wir haben eine Zeit lang bei meinen

Großeltern gewohnt, aber ich hatte nie das Gefühl, etwas zu verpassen. Schließlich hatte ich ja immer Football.«

Ganz egal, welche Scheiße gerade in meinem Leben passiert ist: Football war immer für mich da. Dieser Sport hat mich nie verlassen, so wie andere Menschen das taten. Ich konnte mich immer auf ihn verlassen. Sogar während der schweren Zeiten.

»Manchmal wünschte ich, ich hätte auch so ein ruhiges Familienleben. Aber ich würde meine Geschwister gegen nichts in der Welt eintauschen wollen.« Logan kippt den Rest seines Biers hinunter. »Willst du noch eins?«

Auch ich habe gerade ausgetrunken und bin mit meinen Gedanken längst bei der Frau, die ich so gerne sehen möchte. »Nein. Wir sollten lieber wieder nach oben gehen. Ich will keinen Ärger bekommen, weil ich während der Sperrstunde noch unterwegs war.«

»Ich möchte Audrey noch mal schreiben, bevor ich schlafen gehe.«

»Hast du nicht gesagt, dass sie in einem ganz anderen Land ist? Du willst sie doch nicht aufwecken.«

»Natürlich nicht, aber ich kann einfach nicht anders. An manchen Tagen werde ich das Gefühl nicht los, dass sie nur mit mir zusammen ist, um mein Ego zu stärken.«

»Wie zur Hölle kommst du denn auf so was?«

»Alter.« Logan schlägt mir auf den Arm. »Audrey ist eine Goldmedaillengewinnerin. Sie ist älter als ich und könnte ganz einfach jemand Besseres finden als mich.«

»Quatsch. Du spielst in der NFL. Sie mag dich einfach.«

Doch seine Worte säen Zweifel in mir. Denkt Frankie etwa auch so über uns? Dass sie nur mein Ego stärkt? Bin ich vielleicht nur ein verirrter, kleiner Hundewelpe, der ihr hinterherläuft?

»Sonst noch was, Jungs?«, fragt der Kellner, der gerade wieder zu uns an den Tisch kommt.

»Nein, danke.«

»Ihr beide werdet so viel Schlaf brauchen, wie ihr kriegen könnt. Auch wenn ihr natürlich sowieso keine Chance haben werdet, uns zu schlagen.«

»Das hättest du wohl gerne«, meint Logan. »Ich werde morgen das Feld niederreißen.«

Der Kellner schüttelt den Kopf über uns, während ich einen hohen Geldschein auf den Tisch lege. »Danke, Mann.«

»Ebenfalls danke«, erwidert er mit großen Augen. »Ein gutes Trinkgeld bedeutet aber nicht gleichzeitig, dass ich euch morgen anfeuern werde.«

»Das würde ich auch nicht erwarten.«

Er winkt uns zum Abschied, während Logan und ich durch die Lobby zurückgehen.

»Bist du bereit für morgen? Ich weiß, dass der Coach dich abwechselnd mit Taylor in der Startaufstellung hat.«

»Fuck. Ich bin so was von bereit.« Logan steckt seine Hände in die Taschen und sieht mich aufgeregt an. »Hat es sich für dich auch so angefühlt, als du das erste Mal mit in der Startaufstellung warst?«

Ich lächle ihn an, und ein breites, dümmliches Grinsen erscheint auf meinem Gesicht. »Auf jeden Fall. Es gibt kein besseres Gefühl auf der Welt. Ich bin mir sicher, dass du einen guten Job machen wirst.«

Ich klopfe ihm auf die Schulter, als der Aufzug auf unserem Stockwerk anhält und sich die Türen öffnen. Ich weiß, dass Frankie eine Etage über uns ist und überlege fieberhaft, wie ich mich aus dem Staub machen kann. Seit Logan das mit seiner Freundin erwähnt hat, machen sich Zweifel in meinem Kopf breit.

»Fuck. Ich habe meine Brieftasche unten vergessen.

Wir sehen uns dann morgen.« Ich tue so, als würde ich meinen Körper danach absuchen, obwohl ich ganz genau weiß, dass sie sicher in meiner Arschtasche verstaut ist.

»Klar, kein Problem. Wir sehen uns dann im Bus.« Logan winkt mir kurz zu, und ich drücke den Knopf für Frankies Stockwerk.

Diesmal sind die Flure menschenleer, während ich schnell zu ihrer Tür eile. Ich klopfe leise und höre, wie der Fernseher im Zimmer auf stumm geschaltet wird.

»Was machst du denn hier?«, zischt Frankie, zerrt mich ins Zimmer und schließt die Tür hinter mir. »Ich habe doch gesagt, dass wir uns morgen beim Spiel sehen.«

»Ich dachte, das wäre nur eine Ausrede, um uns abzuwimmeln.«

Der Schein der Hotelzimmerbeleuchtung lässt Frankie in einem ganz anderen Licht dastehen. Ihre sonst so streng zurückgesteckten Haare umrahmen ihr Gesicht wie sanfte Wellen. Anstelle der üblichen Khakihose und des Poloshirts trägt sie ein Kleid, das ihre Kurven umspielt und einen äußerst tiefen Ausschnitt hat. Bunt lackierte Fußnägel ragen darunter hervor. Dieser Anblick von ihr macht mich ganz kirre.

»Knox, ich habe heute früh meine Tage bekommen. Das Letzte, was ich gerade will, ist, mit dir rumzumachen.«

Ich gehe einen Schritt zurück.

Sie verpasst mir einen Schlag auf die Brust und geht zurück ins Zimmer. Ihr Kleid schwingt in einem bunten Mix aus Farben um sie herum. »Sei kein Neandertaler, Knox. Frauen haben nun mal Perioden.«

»Tut mir leid.« Ich schüttle meinen Kopf, um die Benommenheit daraus zu vertreiben. »Brauchst du irgendwas?«

»Ich bin nicht in der Stimmung, Knox.«

»Das war nicht …«

Frankie lässt mich nicht ausreden, dreht sich auf dem Absatz um und kommt auf mich zu. »Ich bin nicht in der Stimmung, um zu vögeln. Ich habe höllische Unterleibskrämpfe. Wenn du also mit mir romantische Komödien anschauen und Eis essen willst, dann darfst du bleiben. Ansonsten kannst du dir in deinem eigenen Zimmer einen runterholen.«

Ich greife nach dem Finger, den sie mir gegen die Brust drückt. »Hey. Das war nicht meine Frage.«

»Wirklich nicht?« Frankie stemmt eine Hand in die Hüfte und sieht mich mit jenem wütenden Blick an, der meine Teamkollegen beim Training in die andere Richtung davonlaufen lassen würde.

»Bin ich deswegen hergekommen? Ja, und das leugne ich auch gar nicht, denn du weißt das ganz genau. Aber ich bin kein Neandertaler.«

»Dann beweis mir das Gegenteil.«

Ich lasse ihre Hand los, ziehe meine Turnschuhe aus und lasse mich aufs Bett fallen. Dann greife ich nach dem Telefon und wähle die Nummer des Zimmerservices.

»Was machst du da?«

Ich halte einen Finger hoch, als sich ein Mann am anderen Ende der Leitung meldet. »Hi. Könnten Sie uns bitte zwei große Portionen Minzeis mit Schokostücken aufs Zimmer bringen lassen?«

»Selbstverständlich. Möchten Sie sonst noch etwas?«

Ich lege eine Hand auf den Hörer und schaue zu Frankie hinüber, die ihre Arme vor der Brust verschränkt hat. »Willst du sonst noch was?«

Frankies Lippen beben. »Eis ist in Ordnung.«

»Sonst nichts, danke.«

Ich lege den Hörer auf und halte der Frau, die immer noch vor mir steht, die Hand hin. »Und welchen Film sehen wir uns an?«

»Hast du wirklich vor, hierzubleiben?«

Frankie klettert über mich drüber und setzt sich neben mich. Unsere Seiten berühren sich, von den Schultern bis zu den Zehen. Diese unschuldige Berührung lässt eine wohlige Wärme durch meinen Körper strömen.

»Natürlich. Ich bekomme ein Eis und kann Zeit mit dir verbringen. Also«, sage ich und sehe sie eindringlich an, »welchen Film sehen wir uns an?«

»*Was Mädchen wollen.*« Frankie greift über mich hinweg nach der Fernbedienung und macht den Fernseher wieder an.

Wir lassen den Film laufen, während wir auf den Zimmerservice warten. Je weiter wir in der Story voranschreiten, desto irritierter werde ich.

»Moment mal, wie kann sie denn einfach so nach London abhauen? Sie ist doch erst achtzehn.«

Frankie neben mir lacht. »Es ist ein Film, Knox. Stell doch nicht solche Fragen.«

»Aber wie soll das denn bitte glaubhaft sein?«, frage ich und wedle mit der Hand Richtung Fernseher. »So was kauft denen doch niemand ab.«

»Sie flüchtet aus einem ganz bestimmten Grund.« Frankie zieht meinen Arm nach unten und hält ihn fest. »Schau einfach weiter.«

Als es an der Tür klopft, setzt sich Frankie neben mir auf.

»Lass mich aufmachen.« Ich will sie aufhalten, aber sie ist schon auf dem Weg zur Tür.

»Das ist mein Zimmer. Also mache ich auch auf«, höre ich sie sagen, während sie einen Wagen hineinschiebt. Sie schnappt sich zwei Becher mit Eis, nimmt die Deckel ab und nimmt sie mit zum Bett.

»Woher wusstest du eigentlich, dass ich Minzeis mit Schokostücken mag?«, fragt sie, während sie mit dem

Löffel etwas von der grünen Eiscreme abschabt und sie sich in den Mund schiebt.

»Weil ich dich kenne.«

Ich tue es ihr gleich und nehme ebenfalls einen Bissen von meinem Eis.

»Ich schätze, das tust du.« Sie zieht den Löffel verführerisch aus ihrem Mund.

Ich muss mich wirklich zusammenreißen, um sie nicht einfach aufs Bett zu werfen und die Minze auf ihren Lippen zu kosten.

Aber ich schaffe es. Ich weiß, dass es ihr nicht gut geht und dass sie deshalb einfach keine Lust auf so etwas hat. Also lege ich mich neben sie, esse mein Eis und schaue mir den wahrscheinlich dümmsten Film der Welt an.

So etwas haben wir noch nie gemacht. Wann immer wir bisher zusammen waren, ging es ausschließlich um Sex. Und das war in den letzten Jahren auch okay so.

Und ganz plötzlich ist das nicht mehr genug. Und das nur wegen der Gefühle, die ich für diese Frau hege. Die kurzen Momente, die ich mit ihr außerhalb von Hotelzimmern verbringen durfte, wecken in mir den Wunsch nach mehr.

Ich will nicht einfach nur eine Frau als Ego-Booster, die mich sofort abserviert, sobald sie jemanden findet, der mehr ihrem Alter entspricht. Ich will das hier mit ihr.

Ich stelle langsam fest, dass diese Frau so viel mehr ist als nur Football. Ich will mehr Einblicke in ihr Leben. Mehr Zeit mit ihr verbringen. Mehr als nur heimliche Treffen hinter verschlossenen Türen.

Ich will mehr.

Kapitel Neun

FRANKIE

»A lso gut, Jungs, hergehört.« Ich blicke auf unsere Defensive Line, während Coach Jenkins unsere Linebacker zur Aufmerksamkeit aufruft. »Chicago hat einige Änderungen in der Aufstellung vorgenommen.«

»Ja, weil ihr Quarterback scheiße ist«, hört man jemanden von hinten kichernd sagen.

»Trotzdem«, wirft er ein, »wird Chicago ein starkes Team sein. Ich möchte sicherstellen, dass wir bereit sind, also wird Coach Rose heute mit jedem von euch ein paar Übungen machen.«

Mir entgeht nicht, wie einige genervt aufstöhnen.

»Kannst *du* diese Übungen nicht mit uns machen, Coach? Du bist nicht so streng mit uns wie Frankie«, beschwert sich Newman.

»Allein dafür läufst du ein paar extra Runden«, rufe ich ihm zu und verziehe dabei keine Miene.

»O Mann.«

»Du solltest es in der Zwischenzeit doch besser wissen. Frankie ist jemand, mit der man sich nicht anlegen will«, sagt Knox zu ihm.

»Kann ich mich damit herausreden, dass ich noch ein Rookie bin und es eben *nicht* besser weiß?«

»Nein«, sage ich ihm von meinem Platz aus. »Das ist etwas, was du irgendwann lernen wirst.«

Coach Jenkins bläst in seine Trillerpfeife und die Jungs verteilen sich.

Der Wind weht die Blätter über das Feld. Der Herbst ist eingezogen und bereits in vollem Gange. Jetzt, wo die Season schon ein paar Wochen alt ist, hat sich jeder in seine Rolle im Team eingefunden.

Denver führt die Liga an und wir befinden uns in einer guten Position, bevor wir uns in den nächsten Wochen auf Reisen begeben. Gleich nach dem Chicago-Spiel geht es für uns nach London. Wir haben dafür zwar ein paar Tage frei, aber trotzdem wird sich das noch auf unseren Zeitplan in der Woche danach auswirken, selbst mit einer spielfreien Woche.

»Was liegt heute an, Coach?« Knox erscheint an meiner Seite. Lange Ärmel verdecken seine Tattoos. Was für eine Schande.

»Da Chicago seine Offensive Line umgestellt hat, werden wir an eurer Reaktionsfähigkeit und Beinarbeit arbeiten.«

Knox zwinkert mir zu, bevor er seinen Helm aufsetzt. »Ihr habt den Coach gehört. Auf die Line, Jungs.«

Wenn Knox redet, hören die Jungs zu. Er ist jetzt schon seit ein paar Jahren der Kapitän und hat sich den Respekt der Mannschaft erarbeitet. Ich habe schon Jungs gesehen, die länger als er in der Liga sind und ihr Talent einfach vergeuden.

Aber nicht Knox. Er ist einer der talentiertesten Linebacker, mit denen ich je zusammengearbeitet habe. Und wir hatten schon einige der besten bei uns im Team.

Als ich den Jungs dabei zusehe, wie sie sich aufstellen,

kann ich mir ein Lächeln nicht verkneifen. Es ist immer wieder eine Herausforderung, wenn neue Spieler ins Team kommen. Man weiß nie, wie die einzelnen Persönlichkeiten miteinander harmonieren werden.

Aber bei diesen Jungs mache ich mir da keine Gedanken. Sie ziehen ihre Übungen konsequent durch. Wenn jemand einen Fehler macht, springt der Nächste ein, um zu helfen.

Ich korrigiere sie nur, wenn es wirklich nötig ist.

»Na, wie sieht es denn hier drüben aus, Coach Rose?« Coach Brooks taucht neben mir auf.

»Gut.«

»Das ist alles?«

Ich lächle ihm zu. »Ich hasse es, mich selbst zu loben ...«

»Lob dich ruhig. Du hast es dir verdient.«

»Wir sind wirklich gut in Form. Chicago hat keine Chance gegen unsere Line.«

Der Coach klopft mir auf die Schulter. »So was höre ich gerne, Frankie.«

Wir sehen Newman dabei zu, wie er seine Übungen absolviert. Seine Beinarbeit hat sich um einiges verbessert, seit er zu uns gekommen ist. Er hatte ein paar schlechte Angewohnheiten aus dem College, die er sich erst wieder abgewöhnen musste.

»Ich bin wirklich beeindruckt. Du bringst diese Jungs wirklich weiter.«

»Ich liebe eben, was ich tue.«

»Mach weiter so. Dann wirst du es weit bringen.«

»Danke, Coach.« Ich bin nicht besonders gut darin, Lob anzunehmen.

»Ich meine es ernst. Wenn du weiter so hart arbeitest, wirst du mal eine sichere Kandidatin für die Stelle als Linebacker-Coach sein.«

Ich schlucke mein Bedauern hinunter. Meine Augen suchen nach Knox. Er lacht mit den Jungs auf dem Spielfeld. Ein Lachen, das ich so gerne höre.

Bis vor ein paar Wochen bestand diese Sache zwischen Knox und mir lediglich aus Sex. Es ist einfacher so, weil auf diese Weise Gefühle außen vor gelassen werden.

Doch nach der letzten Woche? Nachdem wir die Nacht damit verbracht haben, Eis zu essen, fängt es an, kompliziert zu werden. Die Regeln, die ich vor all den Jahren aufgestellt habe, haben alles so einfach gemacht.

Eine Affäre während der Football-Season? Kein Ding. Wir haben ja einfach nur Spaß. Ich weiß, dass Knox irgendwann mit einer Frau zusammenkommen wird, die besser zu ihm passt, auch altersmäßig. Wie das mal bei mir aussieht? Keine Ahnung.

Wann ist alles nur so verdammt schwierig geworden mit dem Mann, der hier gerade mit mir auf dem Feld steht?

Ich habe so viel Respekt vor Coach Brooks, dass es mir umso schwerer fällt, diese Affäre fortzuführen.

»Ich liebe meinen Job, Coach.«

»Du bist auf jeden Fall engagierter als viele der Jungs hier.«

»Es ist nicht meine Absicht, sie bloßzustellen.«

Er hält eine Hand hoch, um mich zu stoppen. »So habe ich das nicht gemeint. Was ich damit sagen wollte, ist, dass ich dein Engagement sehr schätze. Mach weiter so, Frankie.«

»Danke, Coach.«

Ich atme erleichtert aus, als er zur Offense hinübergeht.

Shit.

Knox' Augen treffen auf meine und er hebt fragend die Brauen.

Ich schüttle den Kopf, weil ich ihn nicht auf die Gedanken aufmerksam machen möchte, die gerade in meinem Kopf wüten.

Football war mein gesamter Lebensinhalt. Bis zu dem Moment, als Knox Fisher auf mein Feld gelaufen kam. Doch in letzter Zeit? Da muss ich ganz schön gegen meine wachsenden Gefühle für ihn ankämpfen.

Jetzt, wo ich so nah an einer weiteren Sprosse auf der Karriereleiter bin, kann ich mein Ziel fast sehen.

Vielleicht bin ich deshalb schon immer Single. Ich war noch nie eine, die unbedingt eine Beziehung wollte. Football ist eine klare Sache. Du führst einen Spielzug aus und entweder er funktioniert oder nicht.

Aber Gefühle? Gefühle sind nicht so einfach – wie diese Gefühle für Knox, die immer stärker werden und die ich immer schwerer vor mir selbst leugnen kann.

Warum können meine Gefühle für Knox nicht so einfach sein wie ein Sack gegen einen gegnerischen Quarterback?

Warum kann ich nicht einfach Knox *und* Football haben?

Kapitel Zehn

KNOX

Mein Klopfen hallt leise durch den stillen Flur. Die Sperrstunde hat vor zwanzig Minuten begonnen. Doch ich musste noch warten und sicherstellen, dass die Luft auch wirklich rein war. Die Tür öffnet sich und ich schiebe mich hinein.

»Hat ja lange genug gedauert.« Ich bin kaum im Zimmer, als Frankie sich auf mich stürzt und mich leidenschaftlich küsst. Es ist erst ein paar Stunden her, dass ich sie das letzte Mal gesehen habe, aber es fühlt sich an wie eine Ewigkeit. Ihr Kuss hat eine Dringlichkeit an sich, die ich nicht gewohnt bin.

»Alles okay bei dir?«, frage ich, als ich mich von ihren Lippen löse.

»Alles okay. Ich habe nur auf dich gewartet.«

»Tut mir leid. Ich wollte nicht erwischt werden.«

»Wenn du noch länger gebraucht hättest, hätte ich schon mal ohne dich anfangen müssen.«

Fuck. Wenn das wieder so ablaufen würde wie das eine Mal damals, würde ich nur zu gerne zusehen.

Jedes. Verdammte. Mal.

»Führ mich nicht in Versuchung«, flüstere ich gegen ihre Lippen.

Frankie stößt mich von sich weg und ich lande mit dem Hintern auf dem Bett. »Ich habe für heute Nacht eine Idee.«

»Ach ja?«

Sie kommt zwei Schritte auf mich zu und stellt sich zwischen meine Beine. Von ihrem Finger baumelt eine Maske. »Ich hätte da an ein kleines Spiel gedacht.«

»Das Ganze gefällt mir jetzt schon.« Ich will sie ihr aus der Hand nehmen, doch sie zieht sie zurück.

»Wie wäre es, wenn du sie trägst?«

»Ist das dein Ernst?« Ich packe sie an der Hüfte und lege meinen Kopf zwischen ihre Titten.

»Du magst doch Spiele. Also dachte ich, dass wir heute Nacht eins spielen könnten.«

»Bin dabei«, sage ich wie aus der Pistole geschossen. Sexspielchen mit Frankie?

Keine Frage – da will ich mitmachen.

»Gut. Jetzt zieh dich aus.«

Ich stehe auf, meine Hände immer noch auf ihrer Hüfte. »Immer so herrisch.«

Frankie hebt eine Augenbraue. »Was soll ich sagen? Ich mag es eben, dich herumzukommandieren.«

Ich ziehe mein Shirt und meine Hose aus und lege mich in die Mitte des Betts auf ein paar Kissen. Mein Schwanz in meinen Boxershorts ist bereits steif.

»Das Safeword ist Chicago.«

»Echt jetzt?«

»Es ist besser, wir haben eins«, meint sie und setzt sich neben mich aufs Bett.

»Aber warum gerade der Name des Teams, gegen das wir morgen spielen?«, frage ich und verschränke die Arme hinter dem Kopf.

Sie lächelt. »Kann man sich leicht merken.«

»Okay, und wie läuft dieses Spiel jetzt ab?«

Frankie streicht mit einer Hand über meine Brust und fährt mit ihrem Finger meine Brustwarze nach. »Du musst erraten, was ich dir auf deine Brust reibe.«

»Und was bekomme ich, wenn ich richtig rate?«

Frankie beugt sich über mich und hakt die Maske hinter meinem Kopf ein. »Ich bin mir sicher, dass du da selbst draufkommen wirst. Aber hier hast du einen kleinen Tipp.«

Mit ihrer freien Hand greift sie nach unten und reibt über die Beule in meinen Boxershorts.

»Fuck.«

»Okay. Jetzt mach die Augen zu.«

Ich gehorche und sie zieht mir die Maske über die Augen. Alles wird dunkel. Selbst wenn ich durch die Maske etwas sehen könnte, würde ich es nicht wollen.

»Du kannst nichts sehen?«

»Nein, gar nichts.«

»Sehr schön. Für den Anfang erst einmal etwas Leichtes.«

Ich höre neben mir ein Rascheln, zu dem ich mich umdrehe, bevor mir etwas Nasses und Kaltes über die Brust läuft.

»Shit. Musste es unbedingt Eis sein?«

»Ich wollte dir nur eine Vorstellung davon geben, was dich erwartet.«

Bevor ich mich versehe, werden mir die Boxershorts heruntergezogen und Frankie saugt eines meiner Eier in ihren warmen Mund.

»Fuck, ist das geil.«

Viel zu schnell zieht sie sich wieder zurück.

»Das war's schon?«

»Geduld, Knox. Geduld.« Sie drückt noch einmal meine Eier, bevor sie ihre Hand wieder wegnimmt.

»Wenn ich an dicken Eiern sterbe …«

»Dann was?«, fragt sie. Ich neige meinen Kopf in Richtung ihrer Stimme und kann mir den Ausdruck auf ihrem Gesicht nur vorstellen.

»Dann werde ich dich für immer heimsuchen.«

»Ooh, was für eine schreckliche Drohung«, sagt sie und lacht.

Das Bett senkt sich, als Frankie sich über mich beugt. Auch ohne sie zu sehen, kenne ich diese Kurven, die sich so wundervoll anfühlen.

»Und was ist das?«

Sie lässt etwas an meiner Brust hinunterrollen. Dieses Mal ist es nicht so einfach.

»Wie oft darf ich raten?«

»Du gibst schon auf?« Ihr Atem ist warm an meinem Ohr.

»Auf keinen Fall. Aber ich muss ja wissen, wie viele Versuche ich habe.«

Sie lässt den Gegenstand noch einmal meine Brust hinabrollen. »Zwei. Danach geht es weiter.«

»Ein Geldstück?«

»Bist du dir sicher?«, fragt sie und leckt mir über die Ohrmuschel.

»Ja.« Auch wenn ich alles andere bin als das.

»Korrekt.«

»Verdammt noch mal, ja!« Ich hebe triumphierend meinen Arm, als Frankie mein Kinn packt. Sie legt ihre Lippen auf mich und leckt mit ihrer Zunge über meinen Mundwinkel. Ich öffne mich für sie. Sie übernimmt die Kontrolle und ich überlasse sie ihr. Während sie meinen Mund erkundet, als ob sie das heute zum ersten Mal machen würde, kämpfe ich gegen das Bedürfnis an, die

Führung zu übernehmen. Ein Kuss und mein Schwanz hinterlässt bereits eine Sauerei auf meinem Bauch.

Mit jeder Berührung ihrer Zunge versinke ich tiefer in diesem Kuss. Fuck, wie sehr ich es liebe, diese Frau zu küssen. Ich könnte das ewig tun und würde trotzdem nicht genug davon bekommen.

»Sehr gut, Knox.«

Die Art, wie sie meinen Namen sagt, lässt eine heiße Woge der Lust durch meinen Körper wandern. Ich will mehr. Jeder Teil von mir sehnt sich nach mehr von ihr.

»Okay, wie sieht es damit aus?«

Frankie positioniert ihre Beine zu beiden Seiten meiner Brust, während sie sich an mir reibt.

Das würde ich immer erkennen.

»Deine Muschi.«

»Das ging aber schnell.«

»Liegt vielleicht daran, dass ich so süchtig nach ihr bin.«

»Da du so schnell geantwortet hast, darfst du dir deine Belohnung selbst aussuchen.«

»Deine Muschi.«

Ich kann förmlich spüren, wie sie ihre Augen verdreht. »Du hast doch schon geantwortet.«

»Ich will deine Muschi als Belohnung. Ich will, dass du auf meinem Gesicht sitzt, während ich dich kommen lasse.«

»Ich glaube, du verstehst nicht, wie dieses Spiel funktioniert.«

»Ich bekomme einen Preis, wenn ich richtig rate. Ich habe deine Muschi erraten und jetzt will ich sie. Na los, Frankie.«

Ich greife blindlings nach ihren Beinen und ziehe sie über meine Brust nach oben. Ihren süßen Duft nehme ich noch intensiver wahr als sonst.

Wir sollten dieses Spiel wirklich öfter spielen. Wenn es so etwas als Belohnung gibt, bin ich sofort dabei.

Ich ziehe meine Nase durch ihre Schamlippen, während ich meine Hände zu ihrem Hintern wandern lasse.

»Ich liebe deine Muschi.«

»Das hast du bereits erwähnt.«

Ich lasse mir Zeit und ziehe sie näher zu mir. Meine Zunge taucht in sie ein, was ihr ein Keuchen entlockt.

»Gefällt dir das?«, flüstere ich.

»O Gott, ja.«

Sie ist bereits feucht, als ich ihren Kitzler in meinen Mund nehme und mit meiner Zunge daran herumzwirble.

Ich lasse meine Zunge tiefer gleiten, und mein Angriff auf ihre Muschi ist langsam und ausschweifend. Ich lasse mir Zeit beim Lecken und Saugen.

Ich weiß, wie geil sie das macht, denn sie lässt sich noch weiter auf mein Gesicht sinken.

»Warum bist du nur so gut darin?«, flüstert sie.

Anstatt zu antworten, treibe ich sie einfach weiter auf ihren Orgasmus zu. Ich weiß, dass dieses Spiel für mich gedacht war, aber ich will, dass sie kommt. Auch wenn sich mein Schwanz ebenfalls nach seiner Erlösung sehnt.

»Knox. O Gott«, wimmert sie, als ich erneut mit meiner Zunge in sie eindringe und von ihr koste. »O Gott.«

Und dann kommt sie auf meinem Gesicht. Ich halte ihre Hüfte fest und hindere sie so daran, sich zu bewegen, während ich jeden einzelnen Tropfen ihres Orgasmus in mich aufsauge. Kurze Zeit später erschlafft ihr Körper auf mir.

»Heilige Scheiße.« Frankie rutscht von mir herunter, was dazu führt, dass die Maske nun schief über meinen Augen sitzt. Doch es ist zu schwer, Frankie zu erkennen.

»Dieses Spiel gefällt mir wirklich, Frankie.«

»Was willst du als Nächstes?«, fragt sie atemlos.

»Was willst denn *du*?«

Mit ihren Fingern fährt sie über meine Brust und nimmt mir die Maske ab. »Ich will dich in mir spüren.«

Ich drehe uns um und kann sie endlich in ihrer vollen Pracht sehen. Sie sieht schon ganz schön durchgevögelt aus, und dabei sind wir noch nicht einmal beim besten Part angekommen.

»Was soll denn das für ein Spiel sein?« Ich hebe eines ihrer Beine auf meine Schulter und dringe in sie ein.

»Ein Spiel, bei dem wir beide gewinnen?«

»Fuck, so sei es.«

Unsere gemeinsame Zeit ist sowieso schon knapp bemessen, also verschwende ich nicht noch mehr davon. Schnell und heftig stoße ich in sie. Jedes Mal, wenn sich ihre perfekte Muschi um mich herum zusammenzieht, komme ich der Erlösung etwas näher.

Ich lege meine Stirn auf ihre und sehe dabei zu, wie ich in sie hinein- und wieder herausgleite. Was für ein geiler Anblick.

»Fester.«

Ich ziehe das Tempo an und dringe noch tiefer in sie ein.

Frankies geflüsterte Worte – *fester, genau da, ja* – bringen mich meinem eigenen Höhepunkt immer näher. Aber den möchte ich nicht ohne sie erreichen.

»Komm schon«, stoße ich aus. Ich sauge an der weichen Haut ihrer Brust und knabbere leicht daran.

»Aaaah!« Ihre Fingernägel graben sich tief in meinen Rücken.

»So ist es gut, Frankie. So ist es gut.« Mit jedem Stoß lasse ich meine Hüfte ein wenig kreisen.

Ihre braunen Augen sind unablässig auf meine gerichtet. Die Luft um uns herum ist wie elektrisiert. Lust. Hitze. Verlangen. Das alles ist da. Ganz zu schweigen von noch etwas anderem, das knapp unter der Oberfläche brodelt.

Doch bevor ich dieses Etwas zu fassen bekomme, kommt Frankie unter mir. Ihre leisen Schreie bekomme ich kaum mit, da kurze Zeit später mein eigener Orgasmus durch mich hindurchrauscht.

»Fuck! Fuck, fuck, fuck«, schreie ich.

Heilige Scheiße! Ich komme so heftig wie nie zuvor.

»O Gott, Knox.« Frankies Muschi zieht sich noch zweimal zusammen, bevor ich mich aus ihr zurückziehe und neben ihr zusammensacke.

Ich bin fix und fertig. Jedes letzte Fünkchen meiner Energie habe ich der Frau gewidmet, die jetzt neben mir liegt.

Frankie dreht ihren Kopf und sieht mich mit sanften Augen an.

»Das war ...«, fängt sie an.

»Ich weiß.«

Das hier ist schwer in Worte zu fassen. Was wir gerade getan haben, fühlt sich nach mehr an als nur Sex. Da war Vertrauen, ja – aber da war noch mehr.

Eine Intensivierung der Verbindung zwischen uns beiden. Ich ziehe sie in meine Arme, weil ich sie jetzt brauche. Es fühlt sich fast so an, als könnte aus uns beiden mehr werden.

Scheiß auf den Altersunterschied.

Scheiß auf die Tatsache, dass sie meine Trainerin ist und wir das hier nicht tun sollten.

Scheiß auf alle anderen Gründe, mit denen ich mir immer wieder versuche einzureden, dass das hier nicht funktionieren wird.

Alles, was ich will, ist diese Frau in meinen Armen.

»Solltest du nicht zurück auf dein Zimmer gehen?«,

fragt sie, immer noch atemlos. Während ihre Worte mich hinausdrängen, schlingt sie ihren Arm um mich und hält mich fest an sich gedrückt.

»In ein paar Minuten«, flüstere ich.

Frankie dreht sich in meinen Armen und legt ihren Kopf auf meine Brust. Ich kann ihr glückliches Lächeln auf meiner Haut spüren.

»Woran denkst du gerade?«, frage ich.

»Dass das das beste Spiel aller Zeiten war.«

Kapitel Elf

KNOX

»Okay, Jungs. Das heute wird ein hartes Spiel werden.«

Das ist eine krasse Untertreibung. Was als eiskalter Regen begonnen hat, hat sich in der Zwischenzeit zu Schnee gewandelt, der nun das Feld bedeckt. Das hat das Aufwärmen vor dem Spiel um einiges schwieriger gemacht. Wie sich das auf das tatsächliche Spiel auswirken wird, mag ich mir gar nicht ausmalen.

»Chicago hat mit demselben Wetter zu kämpfen wie wir. Uns wird nichts geschenkt werden. Also strengt euch an.«

Der Coach sieht jeden Einzelnen von uns nacheinander an.

»Spielt heute euer Spiel. Ihr habt das Zeug dazu.«

Alex tritt in die Mitte des Raums und stellt sich über das Logo der Mountain Lions.

»Ihr habt gehört, was der Coach gesagt hat. Es wird ein hartes Spiel werden. Aber wenn ihr den Mann neben euch unterstützt, haben wir das Zeug dazu, den Sieg nach Hause zu holen. Mountain Lions auf drei …«

Er zählt runter und »Mountain Lions« hallt durch die Umkleidekabine. Anschließend machen wir uns auf den Weg zum Spielfeld. Ein eisiger Wind schlägt uns entgegen, als wir als ein Team aus dem Tunnel stürmen.

Der Schnee fällt stark und in großen Flocken und bedeckt das Feld schneller, als es geräumt werden kann. Die Scheinwerfer über uns durchbrechen die Dunkelheit des Spätnachmittags.

Es ist, als hätte Denver den Herbst komplett übersprungen und wäre direkt in den Winter übergegangen.

Die Fans auf den Tribünen sind nur verschwommen zu erkennen, doch ihr Jubel ist im ganzen Stadion zu hören. Sie sind voller Vorfreude auf das heutige Spiel.

Alex und Jackson begeben sich zum Münzwurf in die Mitte des Felds. Die Münze geht im Schnee verloren, doch ich sehe, dass die Schiedsrichter auf Chicago zeigen.

Perfekt.

Alex und Jackson laufen zu uns zurück.

»Glaubst du, du kannst sie an der Seitenlinie halten?«, fragt er mich.

Ich schenke ihm ein Lächeln. »Dafür bin ich doch bekannt. Vielleicht könntest du ja in der Zwischenzeit herausfinden, wie man richtig als Quarterback spielt.«

»Arschloch.«

»Ich tue, was ich kann, Kapitän.«

»Konzentriert euch aufs Spiel, Jungs«, meint Frankie, die gerade mit kritischem Blick an uns vorbeiläuft. »Ein guter, starker Start, um das Momentum in unsere Richtung zu lenken.«

»Alles klar, Boss.«

Ich verkneife mir ein Zwinkern, doch ihr Blick verweilt noch einen Moment länger auf mir.

Wahrscheinlich wegen all der Dinge, die ich letzte Nacht mit ihr angestellt habe.

Fuck. Das ist nichts, worüber ich zehn Sekunden, bevor ich auf dem Feld stehe, nachdenken sollte.

Chicago wird an der Zwölf-Yard-Linie gestoppt, da ihr Returner ausrutscht und hinfällt, bevor er das offene Feld erreichen kann.

Ich schnappe mir meinen Helm und laufe aufs Spielfeld. Während ich die Aufstellung der gegnerischen Offense beobachte, wende ich mich an meine Jungs.

»Sieht aus, als würden sie einen Passspielzug machen. Achtet auf die kurze Route.«

Der Ball wird gesnapt und wie vorhergesehen beginnt Chicago das Spiel mit einer kurzen Route.

Aber das lassen wir nicht zu. In der Sekunde, in der der Ball in den Händen des Receivers landet, bin ich zur Stelle.

Verlust von einem Yard.

Die Menge rastet vollkommen aus, als wir in der ersten Runde des Spiels einen Three and Out erzwingen.

»Sehr gut gespielt, Jungs.« Als wir uns auf die Bänke setzen, kommt Frankie zu uns herüber. »Ich schätze, sie werden diesen Spielzug verwerfen, weil sie damit nichts erreicht haben. Wir müssen auf den Run achten.«

Frankie schaut mich mit ihren tiefbraunen Augen an.

»Meinst du, du schaffst das?«

»Aber so was von. Kein Grund zur Sorge, Coach.«

»Sehr schön. Dann tu das.«

Frankie geht an der Seitenlinie entlang, als Newman mir auf die Schulter klopft. »Verdammt. Selbst nach so einem Tackle hat sie kein bisschen Liebe für dich übrig.«

Wenn der wüsste.

»Das spornt mich nur dazu an, noch besser zu sein.«

Wir sehen dabei zu, wie die Offense das Feld betritt und Alex selbst bei diesem Wetter agiert, als wäre es ein ganz normaler Sonntag.

Präzise und genau lässt er die Offense über das Feld marschieren.

Direkt in die Endzone. Auf den Tribünen bricht Jubel aus, als Logan mit Leichtigkeit einen Touchdown erzielt.

»Verdammt geil, Junge!« Ich klopfe ihm auf den Helm, als er breit grinsend zurück zur Seitenlinie gerannt kommt.

»Das hat sich echt gut angefühlt.« Er öffnet seinen Kinnriemen und lässt sich neben mir auf die Bank fallen.

»Toller Zug gegen den Linebacker«, lobe ich ihn.

»Genau, wie du es mir beigebracht hast.«

Das ist der Grund, warum ich so gerne Kapitän bin. Auch wenn Logan in der Offense ist, kann man ihm ganz einfach Spielzüge zeigen, die ihm weiterhelfen. Der Junge ist wie ein Schwamm – er saugt alles auf, was man ihm sagt.

Als wir den Ball dieses Mal kicken, fängt Chicago ihn in der eigenen Endzone und geht aufs Knie.

Frankies Vermutung war richtig. Statt eines Passspiels versucht Chicago es mit einem Run.

In Erwartung dieses Spielzugs will ich den Block machen, doch ich rutsche auf dem Schnee aus. Der Runningback läuft sich frei und rennt an der Seitenlinie entlang. Schließlich kann unser Safety ihn einholen und stößt ihn Out of Bounds, direkt dort, wo unser Team sich befindet.

Chaos bricht aus, während ich zur Seitenlinie jogge. Schiedsrichter sind zur Stelle und ziehen Spieler von Chicagos Runningback weg.

Und mittendrin liegt Frankie auf dem Boden. Jemand ruft den Mannschaftsarzt zu ihr hinüber, während sie versucht, abzuwinken.

Das Herz schlägt mir bis zum Hals. Ich will zu ihr hinüberstürmen und mich selbst davon überzeugen, dass mit ihr alles okay ist.

»Mir geht's gut«, meint sie und versucht, das Gesicht dabei nicht zu verziehen. Mir ist klar, dass sie zwischen all den Männern nicht schwach wirken will.

»Was zur Hölle ist passiert?«, frage ich, während ich diverse Spieler aus dem Weg schiebe.

Frankie sieht mich wütend an und gibt mir zu verstehen, dass meine Anwesenheit hier nicht erwünscht ist.

»Fisher, geh zurück aufs Feld. Wir kümmern uns um Coach Rose.«

Der Mannschaftsarzt schiebt mich beiseite und beginnt, seine Fragen zu stellen. »Hat sie das Bewusstsein verloren?«

»*Sie* ist genau hier und kann für sich selbst antworten«, murrt Frankie.

»Sie ist mit dem Kopf auf dem Rasen aufgeschlagen.« Einer der Trainer ignoriert sie einfach und beantwortet stattdessen die Frage.

»Mir geht es gut«, wiederholt sie an den Arzt gewandt.

»Mir wäre wohler, wenn ich dich untersuchen würde«, meint dieser, nun schon ein wenig eindringlicher.

»Knox! Aufs Feld!«, schreit Jenkins mich an.

Ich werde auf das Feld geschoben, während Frankie auf die Beine geholfen wird.

Die nächsten Snaps vergehen wie im Flug. Chicago verlässt das Feld ohne einen Punkt, während ich zu unserer Seitenlinie zurückrenne. Ich weiß nicht, ob ich die ausgerufenen Spielzüge mitbekommen habe oder nicht.

Meine Gedanken haben sich nur um eine einzige Sache gedreht.

Ich habe schon ein paar Mal miterlebt, wie Leute an der Seitenlinie getroffen wurden. Das gehört zum Spiel dazu, aber deshalb ist es auch nicht einfacher mit anzusehen.

Unser Defensive Coordinator empfängt uns.

»Coach Rose wird für den Rest des Spiels ausfallen.«

»Wie geht es ihr?« Newman stellt die Frage, die ich nicht stellen darf.

»Die Ärzte sind gerade bei ihr.«

Mehr verrät er uns nicht. Das Spiel vergeht in einem Wirbel aus Schnee und Wind.

Die Mountain Lions fahren einen Sieg ein, aber nicht dank mir.

Meine Hände fühlen sich an, als wären sie Eisblöcke, während ich mein Trikot ausziehe und mich auf den Weg zur Dusche mache.

Ich lasse das heiße Wasser über mich laufen, bis sich meine kalten und müden Muskeln wieder entspannen.

Normalerweise liebe ich es, bei so einem Wetter zu spielen. Die Elemente geben mir irgendwie immer das Gefühl, als wäre ich wieder beim Kinderfootball – und erinnern mich daran, warum ich diesen Sport so liebe.

Doch heute nicht.

Heute konnte das Spiel gar nicht schnell genug zu Ende gehen.

Denn ausnahmsweise ist mir mal nicht Football am wichtigsten.

Sondern Frankie.

Ich schnappe mir mein Handtuch, wickle es um meine Hüfte und gehe zurück zu meinem Spind.

»Alles in Ordnung, Knox?« Alex verpasst mir einen Schlag auf die Brust. »Du wirkst irgendwie ein wenig verpeilt.«

»Ich glaube, mein Gehirn ist vereist. Keine Ahnung, ob ich jemals wieder warm werde«, sage ich lachend.

»Ganz sicher?«

Sein fragender Blick gefällt mir gar nicht. Alex ist einfühlsamer, als gut für ihn ist. »Ganz sicher. Und jetzt geh nach Hause zu deinem Mann.«

Das zaubert ein breites Grinsen auf sein Gesicht. Und damit bin ich aus dem Schneider.

»Das lasse ich mir nicht zweimal sagen.«

»Sag Carter einen schönen Gruß von mir.«

»Mach ich.« Alex zieht seine Jacke an, verabschiedet sich von mir und geht.

Die Umkleidekabine leert sich langsam, nachdem die Interviews nach dem Spiel alle abgeschlossen sind. Von Frankie gibt es immer noch nichts Neues. Ich ziehe mir meine Jogginghose an und treffe eine Entscheidung.

Scheiß drauf.

Ich kenne die Regeln.

Ihre Regeln.

Wir beschränken unsere gemeinsame Zeit so weit wie möglich. Das macht es einfacher, unsere Spuren zu verwischen.

Scheiß drauf.

Ich ziehe mir ein Sweatshirt über den Kopf, schnappe mir meine Schlüssel und gehe.

Zum Teufel mit den Regeln.

Kapitel Zwölf

FRANKIE

Wenn so das Leben eines Footballspielers aussieht, möchte ich niemals in ein Trikot schlüpfen.

Andererseits hätte ich als Spieler Schutzpolster getragen, als dieser Typ in mich reingerannt ist.

Ich mache dem Jungen aus Chicago keinen Vorwurf. So etwas kann passieren. Das gehört zum Spiel dazu.

Aber jeder einzelne Teil meines Körpers schmerzt. Zum Glück hatte ich keine Gehirnerschütterung. Ich habe die strikte Anweisung bekommen, mich bis zur Abreise nach London in dieser Woche auszuruhen.

Das kriege ich hin.

Der Kamin knistert in meinem winzigen Bungalow und ich lasse mich noch tiefer in meinen XXL-Sessel sinken, während draußen der Schnee fällt. Mit dem Muskelrelaxans, das mir der Arzt mitgegeben hat, könnte ich hier auf der Stelle einschlafen.

Wenn nicht ein Klopfen an der Tür meine Ruhe stören würde.

Stöhnend hieve ich mich aus dem Sessel und schlurfe zur Tür.

Ich kann nicht verstecken, wie schockiert ich bin, als ich Knox – mit aufgesetzter Kapuze und Schnee auf den Schultern – vor meiner Tür stehen sehe.

»Was machst du denn hier?«

»Was dagegen, wenn ich reinkomme? Es ist arschkalt hier draußen.«

»Nein, nein, komm rein.« Ich trete zur Seite und Knox marschiert in mein Haus, als würde es ihm gehören.

»Alles okay bei dir?« Knox schiebt seine Kapuze zurück und fixiert mich mit seinen dunkelbraunen Augen. Normalerweise würden diese Augen jetzt dafür sorgen, dass es in meinem Bauch anfängt zu kribbeln, doch nicht heute Abend.

Heute Abend wirken diese Augen fast wütend.

»Mir geht's gut, Knox.«

»Das tut es nicht, Frankie. Ich habe auch schon solche Treffer einstecken müssen.« Ich kann sehen, wie er mit den Zähnen knirscht; seine Verärgerung ist deutlich zu spüren. »Sag mir, wie es dir wirklich geht.«

Ich beiße mir auf die Lippe und versuche, meine Gefühle in Schach zu halten.

»Es tut an manchen Stellen nur etwas weh.« Das Zittern in meiner Stimme ist nicht zu überhören. Und Knox' Gesichtsausdruck nach zu urteilen, glaubt er mir auch nicht.

»Blödsinn.«

»Knox …« Das bisschen Kampfgeist, das ich noch gehabt haben mag, ist verflogen.

Knox kommt einen Schritt auf mich zu. Seine braunen Augen sind fest auf meine gerichtet. Mit einer kalten Hand streicht er mir die Haare aus dem Nacken. »Du musst nicht immer stark sein, Frankie.«

»Doch, das muss ich.« Meine Stimme bricht.

Knox legt einen Arm um meine Taille und zieht mich an sich. »Lass mich stark für dich sein«, flüstert er.

Und da breche ich zusammen. All die Gefühle, die ich den ganzen Tag über versucht habe, unter Kontrolle zu halten, kommen nun aus meinen Augen geflossen.

»Ist schon okay.« Mit Knox' Armen um mich herum fühle ich mich sicher.

Ich kralle mich mit meinen Händen in sein Sweatshirt und versuche, so viel Wärme wie möglich von ihm aufzusaugen. »Wie kommst du mit solchen Treffern nur klar?«

»Ich habe viel mehr Schutzpolster an als du«, murmelt er in mein Haar. »Aber ich habe eine Idee, wie du dich besser fühlen wirst.«

»Ach ja?«, frage ich und lache schwach.

»Na komm.« Knox zieht sich zurück und nimmt meine Hand in seine. Ich wende meine Augen keine Sekunde von ihm ab, während er mich an der Küche vorbei in mein Schlafzimmer führt. Er läuft am Bett vorbei und geleitet mich in mein Badezimmer. Er war vor Jahren schon einmal hier gewesen und hat die Raumaufteilung offensichtlich nicht vergessen.

»Ein schönes Bad wird dir dabei helfen, dich besser zu fühlen.«

Knox lässt heißes Wasser in die große Badewanne laufen und fügt am Schluss noch etwas kaltes hinzu.

»Hilft dir das auch immer?«

Knox grinst mich an und zieht sich sein Sweatshirt über den Kopf. »Ich nehme normalerweise ein Eisbad, aber ich glaube nicht, dass dir das gefallen würde.«

»Nicht unbedingt, nein.«

Er schnappt sich eine der Badebomben, die in der Schüssel neben der Badewanne liegen, und wirft sie hinein. Kurze Zeit später riecht das ganze Zimmer nach Lavendel.

Knox zieht sich nun auch den Rest seiner Klamotten aus und dreht sich wieder zu mir um.

»Ein Bad zu nehmen ist ziemlich schwierig, wenn man vollständig bekleidet ist.«

Ich streife das Oversized-Shirt, das ich trage, über meinen Kopf und lasse es zu Boden fallen. Dann gehe ich einen Schritt näher an Knox heran und ziehe meine Leggings und Unterwäsche aus.

Meine Knie werden weich, doch Knox fängt mich auf, bevor ich hinfalle. »Ich hab dich.«

Er legt seine Arme um meine Taille und zieht uns beide in die Wanne. Knox macht es sich bequem und positioniert mich – ganz sanft – zwischen seinen Beinen.

»O Gott.« In dem Moment, als das warme Wasser meinen Körper umhüllt, scheint sich jeder Muskel zu entspannen.

»Fühlst du dich schon besser?«, fragt er mit rauer Stimme.

»Viel besser.« Ich atme erleichtert auf.

»Das war ein verdammt harter Zusammenstoß, Frankie.«

»Das gehört zum Spiel dazu.«

»Das gehört zu *meinem* Spiel dazu.« Knox legt seine Hand auf meinen Bauch und zieht mich näher an sich heran, bevor er das Wasser abstellt. Es schwappt sanft gegen meine Brust. »Ich konnte mich während des Spiels kaum konzentrieren. Als sie die Highlights gezeigt haben, konnte ich sehen, dass das absolut kein harmloser Zusammenstoß war.«

»Du hättest dich auf das Spiel konzentrieren sollen.«

»Wir haben gewonnen. Tut mir leid, aber ich habe mir eben mehr Sorgen um dich gemacht.«

»Wie, glaubst du, fühlt es sich an, wenn ich jede Woche dabei zusehen muss, wie du solche Treffer einsteckst?«

Knox schnaubt. »Ich habe Schutzpolster an und weiß, was ich tue. So viele Sorgen kannst du dir also gar nicht machen.«

Ich verlagere mein Gewicht und lehne mich bequemer gegen ihn. »Du hast recht. So viele Sorgen mache ich mir gar nicht. Denn ich weiß, dass das alles zum Spiel dazugehört.«

»Ich glaube, wir sind uns einig, dass wir uns nicht einig sind, Francesca.«

»Ooh. Du nennst mich bei meinem vollen Namen. Dann meinst du es wohl ernst.«

»Was soll ich nur mit dir machen?«

»Bitte nicht tackeln«, sage ich lachend.

»Ich verspreche, dass ich dich nie tackeln würde.«

Ich lasse meinen Kopf auf Knox' muskulöse Schulter sinken und genieße seine Berührung. Zum ersten Mal an diesem Nachmittag entspanne ich mich ein wenig. Im Stadion haben sie dauernd an mir herumgewerkelt, um sicherzustellen, dass nichts gebrochen ist. Ich könnte mir nicht vorstellen, ein Spieler zu sein und die gesamte reguläre Season durchstehen zu müssen, ganz zu schweigen davon, wenn man es dann auch noch in die Play-offs schafft.

»Ich werde schon wieder fit.« Ich umschlinge mit einer Hand die von Knox und drücke ihn an mich. »Ich verspreche es. Würden die Ärzte denken, dass etwas mit mir nicht in Ordnung wäre, hätten sie mich nicht nach Hause geschickt.«

Knox atmet lange aus. »Ich weiß. Es ist nur schwer mit anzusehen, wenn jemand, den man li… *mag*, verletzt wird«, korrigiert er sich schnell.

Seine Worte verschwimmen in meinem Kopf. Das warme Wasser und der Duft des Lavendels vernebeln mir langsam die Sinne. In Kombination mit dem Muskelrelaxans könnte ich hier und jetzt einschlafen. Sicher und geborgen in Knox' Armen.

Es gibt nur uns beide. Kein Football. Keine Störgeräusche von außen. Keine Leute, die uns sagen, dass wir nicht zusammen sein können.

Nur uns beide.

Knox und Frankie.

Zum ersten Mal werden alle Gedanken ausgeblendet, die immer wieder an die Oberfläche gelangen. Es ist mir egal, wie viel älter ich bin – Knox war ein Zehntklässler in der Highschool, als ich meinen ersten Job als Trainerin angenommen habe. Es ist mir egal, dass ich noch nie der Typ für Beziehungen war, weil mein Fokus immer auf Football lag.

All das spielt keine Rolle, während ich hier in Knox' Armen liege.

»Kann ich dir sonst noch etwas Gutes tun?« Knox streicht mir das Haar über die Schulter und drückt mir einen Kuss auf den Hals.

»Das tust du bereits.«

Jedes Mal, wenn wir zusammen sind, habe ich die Gründe, warum wir *nicht* zusammen sein sollten, ständig im Hinterkopf. Aber im Moment kümmert mich das alles nicht.

Denn ich bin genau da, wo ich sein will.

Warm und sicher eingehüllt in Knox' Armen.

Kapitel Dreizehn

KNOX

»Wie kommt es eigentlich, dass wir noch nie zuvor mit dir verreist sind?«, beschwert sich Oma neben mir.

»Weil ihr noch nie zuvor mit mir mitkommen wolltet.«

»Wer will denn auch schon nach Vegas? Da war ich schon. London hingegen …«, sagt sie, während sie den Palast vor sich bestaunt.

»Was sie eigentlich damit sagen will: Wir freuen uns, dass Denver ein Spiel in London hat und dass wir mitkommen durften«, wirft Mom ein.

Da die Mountain Lions in diesem Jahr bei einem der wenigen Spiele in London dabei sind, hat sich das Team dazu entschlossen, ein paar Tage früher anzureisen, damit jeder noch ein wenig Sightseeing machen kann. Wenn man bedenkt, dass ich es noch nie weiter als bis nach Kanada geschafft habe, ist das eine willkommene Abwechslung.

Außerdem konnte ich meine Mom und meine Oma mitbringen. Während der Season kann ich nicht wirklich viel Zeit mit ihnen verbringen, weshalb ich mich über diese zusätzlichen Tage sehr freue.

»Das auch.« Oma kneift die Augen zusammen und schaut sich den Palast genauer an. »Glaubst du, wir werden die Prinzessin mit den rosa Haaren sehen?«

»Sie ist keine Prinzessin mehr«, meint Mom.

»Vielleicht sollte ich mir die Haare auch rosa färben.« Oma dreht sich um und wir beginnen unseren Marsch die Mall entlang.

»Ich glaube nicht, dass du mit rosa Haaren gut aussehen würdest.«

Ich bin froh, dass Mom das ausgesprochen hat und nicht ich. Die beiden könnten nicht unterschiedlicher aussehen. Während ich nach meinen Großeltern gekommen bin, sticht meine Mutter mit ihren blonden Haaren und blauen Augen deutlich heraus.

»Ich würde mit rosa Haaren sogar ganz entzückend aussehen.«

»Zumindest würde man dich in einer Menschenmenge nicht übersehen.«

»Vielleicht würde das alle ablenken und ich könnte beim Bingo gewinnen.«

Ich unterdrücke ein Lachen. »Du willst also wieder schummeln, um zu gewinnen?«

»Ich schummle nicht, wenn ich lediglich die Fähigkeiten besitze, mir den Sieg zu sichern. Und jetzt gib mir deinen Arm. Ich bin siebenundachtzig und brauche ein wenig Hilfe auf diesen alten Straßen.«

»Bist du nicht müde? Wir können jederzeit zurück ins Hotel gehen.«

Sie schnaubt. »Ich brauche nur einen kleinen Happen zu essen, dann bin ich wieder fit wie ein Turnschuh.«

Wir führen unseren Weg Richtung Themse fort, der voller Menschen ist, da wir uns im zentralen Teil der Stadt befinden. Es ist ein perfekter Tag, um draußen zu sein und die Gegend zu erkunden. Die Sonne scheint zwar nicht, doch es ist so warm, dass man nicht friert. Das Wetter ist auf jeden Fall um einiges besser als in den letzten Tagen in Denver. Hoffentlich hat sich das winterliche Wetter aufgelöst, bis wir wieder zu Hause sind, damit wir endlich den Herbst genießen können.

In den Menschenmassen ist ein Sammelsurium von Footballtrikots auszumachen. Es sticht kein spezielles Team heraus, doch ich konnte schon ein paar Alex-Young-Trikots entdecken.

Wir überqueren den Fluss und gehen in Richtung des London Eye. Auf dieser Seite des Flusses drängen sich allerdings nur unwesentlich weniger Menschen.

»Was für eine Schande, dass dich niemand erkannt hat«, meint Oma und drückt meinen Arm. »Ich dachte, du wärst hier bekannter.«

»Willst du mir damit sagen, dass mich niemand mag?«, frage ich sie.

»Ach, Unsinn.« Sie schlägt mir auf den Arm. »Ich dachte nur, ich könnte hier vielleicht ein nettes britisches Mädchen für dich finden, das du heiraten kannst.«

»Versuchen Sie etwa, Knox unter die Haube zu bringen?«, fragt Frankie, die gerade vor uns auftaucht. Ihre Wangen sind rosa und ihre Haare zu einem wirren Knäuel auf dem Kopf zusammengebunden. Ein Oversized-Pulli verbirgt ihre Kurven, doch sie sieht verdammt sexy aus.

»Frankie! Sag doch bitte Du zu mir. Was für eine schöne Überraschung, dich hier zu treffen!« Oma lässt meinen Arm los und schließt sie in eine Umarmung.

»Sehr gerne. Ich freue mich auch, dich wiederzusehen.« Ihr Blick wandert kurz zu mir, bevor sie meine Mutter ansieht. »Hi, ich bin Frankie, die Trainerin von Knox«, stellt sie sich vor und streckt ihre Hand aus.

»Shannon. Wir gehen auch direkt zum Du über, oder?

Es freut mich, dich kennenzulernen. Und dass du bessere Manieren hast als mein Sohn.«

Ich verdrehe die Augen. »Wenn ihr mir mehr als zwei Sekunden Zeit gelassen hättet, hätte ich euch auch einander vorgestellt.«

»Wir haben schon viel von dir gehört«, sagt Mom und ignoriert mich einfach.

Frankie sieht mich mit großen Augen an. »Ich hoffe, nicht nur Schlechtes.«

»Nicht …«

»Er sagt, du bist der beste Coach, den er je hatte«, unterbricht mich Mom.

Frankies Wangen werden immer röter. »Jetzt weiß ich, dass du lügst.«

»Es kann keine Lüge sein, wenn es der Wahrheit entspricht«, erwidere ich mit ernster Stimme.

Frankie ist einer der besten Coaches, die ich je hatte. Sie ist sogar besser als der eigentliche Linebacker-Coach. Der ist zwar natürlich auch gut, aber Frankie kennt sich mit Football besser aus als sonst jemand. Ich weiß, dass sie härter arbeitet, um sich zu beweisen, weil sie eine Frau in einer Männerdomäne ist, doch sie könnte jeden Coach da draußen locker in den Schatten stellen.

»Wir wollten gerade einen Tee trinken gehen. Möchtest du dich uns vielleicht anschließen?«, fragt Mom.

»Wollten wir das?«

Sie wirft mir einen Seitenblick zu. »Ja, wollten wir. Das ist eine typisch britische Sache, und wir sind hier in London.« Sie sagt das, als wäre ich ein Idiot.

»Ich möchte mich auf keinen Fall aufdrängen.«

Oma winkt ab, bevor sie sich bei Frankie unterhakt. »Blödsinn. Wir würden uns freuen, wenn du mitkommst. Vielleicht können wir Knox dazu bringen, mal über etwas anderes als nur Football zu reden.«

»Ihr beide habt heute mehr über Football geredet als ich.«

»Ach was«, schimpft Oma. »Und jetzt kommst du mit uns mit. Ich muss mich mal ein wenig hinsetzen.«

»Das klingt wunderbar. Ich könnte jetzt tatsächlich einen Tee vertragen, nach dem ganzen Tag in der Kälte draußen.« Frankie schenkt ihr ein warmes Lächeln, das seltsame Dinge mit meinem Innenleben anstellt.

Ich laufe den beiden mit Mom an meiner Seite hinterher. »Macht dich irgendetwas glücklich?«

»Wer sagt, dass ich glücklich bin?«

»Ich kenne dich. Du versuchst, ein Lächeln zu unterdrücken. Das war noch nicht so, als wir nur zu dritt waren.«

»Ich weiß nicht, wovon du redest.«

Doch ich weiß genau, wovon sie redet. Oma kaut Frankie gerade ein Ohr ab, und was auch immer sie gerade gesagt hat, hat Frankie lachend den Kopf zurückwerfen lassen. Ich mag es, die beiden zusammen zu sehen.

Meine Mom und meine Oma sind die beiden wichtigsten Menschen in meinem Leben. Abgesehen von den Jungs, halte ich meinen sozialen Kreis klein. Du weißt nie, wer nur aufgrund deines Ruhms etwas von dir will.

Frankie ist eine der wenigen Personen, die ich in diesen kleinen Kreis hineingelassen habe. Sie weiß, welche Anforderungen dieser Job mit sich bringt, weil sie ihn jeden Tag lebt.

»Frankie, hast du eigentlich einen Freund?«, fragt Oma, als wir gerade den Teeladen betreten.

»Oma! So was kannst du sie doch nicht fragen.« Ich schwöre, man kann diese Frau nirgendwohin mitnehmen.

»Was denn?« Sie zuckt mit den Schultern. »Ich betreibe nur ein wenig Konversation.«

»Ist schon okay, Knox.« Frankie wirft mir einen durchtriebenen Blick zu. Verdammt, diese Frau wird mich noch ins Grab bringen. »Ich habe keinen Freund, Darlene. Kennst du etwa jemanden?«

Oma klatscht in die Hände, als uns eine Bedienung begrüßt und zu einem kleinen Tisch im hinteren Bereich führt. Murrend laufe ich ihnen hinterher.

»Vorsicht, Knox, man sieht deine Zähne.«

Mein Kopf schnellt zurück zu meiner Mutter, die mich mit einem wissenden Blick ansieht.

O Mann, diese Frauen in meinem Leben. Sie können in mir lesen wie in einem offenen Buch.

»Knox, warum bist du nicht ein wenig freundlicher?« Als wir an unserem Tisch ankommen, ziehe ich den Stuhl für meine Oma heraus – wie der Gentleman, zu dem sie mich erzogen hat –, doch sie scheucht mich weg. »Hilf Frankie dort drüben. Ich komme schon klar.«

Ich atme tief durch und gehe zu besagter Frau, um ihr mit ihrem Stuhl zu helfen. »Darf ich?«

Ich bin ihr so nah, dass ich die goldenen Flecken in ihren Augen sehen kann. Fuck, sie ist wirklich die schönste Frau aller Zeiten. »Du darfst.« Sie zwinkert mir zu.

Nachdem ich ihr mit ihrem Stuhl behilflich war, nehme ich selbst Platz und ignoriere die beiden Augenpaare, die ich auf mir spüre. Ich will die Blicke, die meine Mutter und meine Oma mir zuwerfen, nicht sehen. Ich wähle den Weg des Feiglings und starre auf die Speisekarte, die man uns hingelegt hat, während die anderen Small Talk betreiben.

Es steht außer Frage, dass ich mich mit Frankie niemals so sehen lassen könnte, wenn wir jetzt zu Hause wären. In Denver werde ich fast überall erkannt, doch in London interessieren sich die Leute nicht so sehr für American Football. Sie lieben ihren eigenen Fußball.

Deshalb können wir hier nun zu viert in einem

winzigen Teeladen sitzen, ohne uns irgendwelche Gedanken machen zu müssen.

Der Kellner kommt vorbei und nimmt unsere Bestellung auf.

»Wie lange bist du denn schon dabei?«, fragt Oma Frankie.

»Ich bin jetzt in meinem dreizehnten Jahr.«

»Im dreizehnten? So alt kannst du doch noch gar nicht sein.«

»Ich bin fünfunddreißig.«

Oma sieht mich an, bevor sie ihren Blick wieder zu Frankie wendet. »Warum bitte sieht Knox älter aus als du?«

Frankie versucht, nicht loszulachen, doch es gelingt ihr nicht.

»Echt jetzt, Oma?«

»Was denn? Frauen altern nun mal besser. Das ist eine Tatsache.«

»Das weiß ich sehr zu schätzen.« Frankies Antwort fällt um einiges diplomatischer aus als meine.

»Außerdem werden wir auch schlauer, wenn wir älter werden.«

»Ich bin mir ziemlich sicher, dass das bei Männern auch so ist«, murmle ich.

»Mutti, lass Knox doch mal in Ruhe. Du willst ihn doch sicher nicht vor seiner Trainerin bloßstellen.«

»Ich glaube, dafür ist es schon zu spät, Mom«, erwidere ich.

»Ich schätze, das ist etwas, was man mit dem Alter lernt.« Frankie lächelt mich an. »Du kannst deine Familie einfach nicht davon abhalten, dich bloßzustellen.«

Ich vergesse immer wieder den Altersunterschied zwischen uns, aber sie scheint mich gerne daran zu erinnern.

Frankie ist eine der wenigen Personen, die ich gerne bei mir habe. Von Anfang an war sie immer da, wenn ich mal jemanden zum Reden gebraucht habe. Außerdem versteht sie, was man als Footballspieler durchmachen muss. Das macht sie zu einer so guten Trainerin. Selbst als wir noch nichts am Laufen hatten, habe ich sie immer um ihren Rat gefragt.

Ich vertraue ihr. Bedingungslos.

Zwei Kannen Tee werden vor uns auf den Tisch gestellt. »Bitte lassen Sie mich wissen, wenn Sie noch etwas brauchen.«

»Vielen Dank«, sage ich lächelnd, als der Kellner wieder geht.

Mom gießt Tee in jede der vier Tassen und hebt ihre für einen Toast.

»Was für ein wundervoller Tag das doch geworden ist. Wir freuen uns sehr, dass du dich uns angeschlossen hast, Frankie. Auf einen Sieg der Mountain Lions. Prost.«

Wir stoßen alle mit unseren Tassen an, während Frankie mich ansieht. Bevor wir an unserem Tee nippen, schenken wir uns noch ein verstohlenes Lächeln.

Den Nachmittag mit meiner Mutter, meiner Oma und Frankie in London verbringen zu dürfen?

Das war in der Tat wundervoll.

Kapitel Vierzehn

KNOX

»Du weißt, dass du nicht den ganzen Abend mit uns verbringen musst«, sagt Mom, als ein schwarzes Taxi am Straßenrand hält.

»Wollt ihr mich etwa loswerden?«, frage ich lachend.

»Wärst du sauer, wenn wir Ja sagen würden?« Oma tätschelt mir die Wange. »Wir wollen ein wenig ausgehen und die Klubs unsicher machen.«

Ich kann Frankie hinter mir lachen hören.

»Ich würde euch ungern den Abend verderben. Aber ich glaube nicht, dass die Klubs für euch beide schon bereit sind.« Ich lenke meine Aufmerksamkeit auf meine Mutter. »Ich nehme an, dass du die Verantwortung übernimmst?«

»Ich verspreche, dass wir beide in einem Stück wieder im Hotel ankommen werden.« Mom zeigt mir mit ihrer Hand das Pfadfinderehrenwort. »Schön, dich kennengelernt zu haben, Frankie.«

»Ganz meinerseits, Shannon«, ruft sie zurück.

Ich gebe den beiden einen Kuss auf die Wange. »Wir sehen uns dann morgen früh.«

»Ich liebe dich. Habt Spaß! Und versuch, nicht in zu viel Ärger zu geraten.« Die beiden winken uns noch einmal zu und schließen dann die Tür hinter sich. Ich stecke meine Hände in die Taschen, drehe mich um und wende mich Frankie zu.

Im Licht der Straßenlaternen strahlt sie förmlich. »Wollen wir uns ein Taxi zurück ins Hotel nehmen?«

Frankie sieht sich um. »Es ist so ein schöner Abend. Wollen wir vielleicht laufen?«

Ich würde sogar durch die Themse schwimmen, wenn das bedeuten würde, mehr Zeit mit ihr verbringen zu können. Also nicke ich.

»Gefällt es dir bisher in London?«, fragt Frankie leise, während wir am Wasser entlanglaufen.

Jetzt, wo die Sonne untergegangen ist, wird die Luft gleich kühler.

»Ich glaube, meine Mutter und meine Oma haben mehr Spaß als ich.«

»Es ist schön, dass du sie mitnehmen konntest.«

»Sie haben so viel für mich aufgegeben, deshalb freue ich mich, wenn ich mal etwas Schönes für sie tun kann.«

»Ich bin mir sicher, dass sie das nicht so sehen. Sie lieben dich.«

»Auch wenn sie mir manchmal Kopfschmerzen bereiten«, gebe ich lachend zu.

Frankie deutet hinter sich. »Willst du damit sagen, dass du nicht mit ihnen zusammen die Klubs unsicher machen wolltest?«

Ich stöhne auf, drehe mich um und gehe rückwärts weiter. »Darüber will ich nicht einmal nachdenken.«

»Glaubst du, sie machen das wirklich?«

Ich nicke. »Daran habe ich keinen Zweifel.«

»Aber du kannst mir nicht erzählen, dass du keinen Spaß hast.«

Ich bleibe vor dem Big Ben stehen. »Ich war noch nie hier, von daher ist das alles schon echt interessant. Ziemlich cool, dass wir hier spielen dürfen.«

Frankie steht Schulter an Schulter mit mir. »Viele Teams hassen es, hierherzukommen.«

»Wirklich?«

»O ja. Die meisten Teams kommen freitags an, spielen und fliegen direkt wieder nach Hause. Das ist ziemlich viel Rumgereise für ein einziges Spiel.«

»Ist schon ein toller Bonus, dass wir hier tatsächlich Zeit verbringen können. Und danach haben wir auch noch unsere spielfreie Woche. Ziemlich guter Deal.«

»Vergiss aber nicht die Gala nächste Woche, zu der wir alle gehen müssen.«

Ich stöhne. »Fuck. Die vergesse ich immer wieder. Ich weiß, dass sie für einen guten Zweck ist, aber ich hasse es, einen Frack zu tragen.«

Frankie mustert mich von oben bis unten. »Wenn man bedenkt, wie gut du in deinem Anzug an einem Spieltag aussiehst, glaube ich, dass du auch darin eine gute Figur machen wirst.«

»Hast du schon eine Begleitung für die Gala?«, frage ich und beiße die Zähne zusammen.

Das ist einer der Gründe, warum ich diese Veranstaltung verdrängt habe. Alle Jungs gehen mit ihren Partnerinnen – bzw. Partnern – hin. Aber ich habe niemanden, mit dem ich gehen kann. Nicht, wenn ich nicht mit der einen Person gehen kann, mit der ich gehen möchte.

Ich will die Frau mitnehmen, die gerade neben mir steht. Ich will sie abholen, wie bei einem richtigen Date, und mit ihr vor allen angeben können.

Was das Ganze noch schlimmer macht, ist, dass sie den ganzen Abend dort sein wird. So nah und doch unerreichbar für mich.

Weil wir einfach nicht zusammen sein können.

»Hast *du* schon jemanden?«

Ich schaue mich um und stelle fest, dass wir allein auf dem Gehweg sind. Nun, größtenteils zumindest.

Ich schließe den Abstand zwischen uns und streiche ihr eine Haarsträhne hinters Ohr, die sich gelöst hat. Dann fahre ich mit meinen Fingern ihren Hals hinab. »Beantworte zuerst meine Frage.«

Frankies Augen weiten sich, während sie mit ihrer Zunge ihre weichen Lippen befeuchtet.

»Knox …« Mir entgeht nicht, wie verzweifelt ihre Stimme klingt.

»Ich weiß schon, dass wir nicht zusammen gehen können. Aber das heißt nicht, dass ich es nicht möchte.«

Frankie zögert und hält eine Hand über meine Brust, bevor sie sie wieder zurückzieht. Ich hasse es, dass es so sein muss. Dass wir nicht so zusammen sein können wie alle anderen, die ich kenne.

Doch anstatt mich darauf zu konzentrieren, sehe ich etwas. Eine Oase nur für uns beide.

»Komm.«

»Wo gehen wir hin?«

»Vertraust du mir?«

Sie nickt, während wir den kurzen Weg zu der Attraktion zurücklegen, die sich hoch über dem Fluss gen Himmel reckt.

»Das London Eye?«

Ich lächle, während ich den leeren Gang hinauflaufe.

»Nur zwei?«, fragt der Mann am Eingang.

»Ist es möglich, eine private … Kabine zu bekommen?« Ich habe keine Ahnung, wie diese Glasdinger genannt werden.

»Gondel. Das wird teuer, Kumpel«, sagt er mit starkem Akzent.

»Kein Problem.« Ich ziehe meine Brieftasche heraus und gebe ihm meine Kreditkarte.

Er lächelt mich an und zieht die Karte durch sein Gerät. »Die da drüben werden euch helfen.«

Ein paar Leute steigen gerade aus, als wir in die nächste Gondel gewunken werden.

»Ist das deine Alternative dafür, dass wir nicht zusammen zur Gala gehen können?« Frankie geht zur Glasscheibe, als sich die Tür hinter uns schließt. »Im Schutze der Dunkelheit zusammen zu sein?«

»Es ist ja nicht so, als hätte ich vor, eine Bank auszurauben.« Die Gondel setzt sich in Bewegung. Als wir uns über den Fluss erheben, beginnt die Stadt langsam zu verschwinden. Ich schleiche zu Frankie hinüber und lege meine Hände zu beiden Seiten auf das Geländer neben ihr. »Ich möchte einfach Zeit mit dir verbringen.«

Als Frankie sich diesmal bewegt, zögert sie nicht: Ihre Hände landen auf meiner Brust. Es ist noch gar nicht so lange her, seit wir das letzte Mal zusammen waren, aber ich habe sie vermisst.

Mit dem Beginn jeder neuen Season gerate ich immer tiefer in diese Sache hinein. Ich habe mich schon oft gefragt, was passiert wäre, wenn wir vor ein paar Jahren nicht in Buffalo gestrandet wären. Ob wir dann jetzt auch hier stünden.

Frankie ist zu gut für mich. Zu schön. Zu *alles*. Ich spiele so was von nicht in ihrer Liga, dass es schon nicht mehr lustig ist.

Und ich warte ständig auf den Tag, an dem Frankie das merkt. Doch zum Glück hat sie das noch nicht.

»Ich bin sehr froh, dass ich dir heute zufällig über den Weg gelaufen bin.« Sie hebt ihren Kopf. Wie ich es verdammt noch mal liebe, dass sie fast so groß ist wie ich.

Die Luft zwischen uns ist wie elektrisiert, während wir uns weiter im Kreis drehen.

»Das bin ich auch.«

Mein Mund ist nur wenige Zentimeter von ihrem entfernt. Ich atme ihren Duft ein, während sie sich mit ihren Händen in mein Shirt krallt.

»Knox.«

Ich betrachte das als Erlaubnis und gebe ihr einen leidenschaftlichen Kuss. Es ist mir egal, dass wir nicht auf die Sehenswürdigkeiten um uns herum achten.

Das Einzige, was mich interessiert, ist Frankie.

Fuck.

Sie schmeckt nach süßem Tee, als meine Zunge die ihre findet. Jede Begegnung, jede Berührung lässt mich härter werden. Was ziemlich ungünstig ist, da wir im Moment nicht wirklich viel dagegen tun können.

Ich greife mit meinen Händen in ihr Haar. Der Kuss wird drängender, während wir langsam wieder Richtung Boden sinken. Ich bin noch nicht bereit, sie loszulassen. Ich möchte hier bei ihr bleiben, mit ihren Lippen auf meinen, und mich nie mehr wegbewegen.

Aber viel zu schnell lösen wir uns wieder voneinander. Frankies Lippen sind geschwollen und feucht. Ich möchte sie mit in mein Hotelzimmer nehmen und dort über sie herfallen. Aber ich kann nicht. Nicht, wenn ich morgen in aller Herrgottsfrühe zum Training muss.

Ich gehe einen Schritt zurück und versuche, das Feuer, das mich durchströmt, herunterzukühlen. Frankie sieht mich immer noch an, und in ihren Augen lodert das gleiche Feuer wie in mir.

Wir kommen zum Stehen und die Türen öffnen sich.

Der Mann von vorhin steht bereit, um uns in Empfang zu nehmen. »Hat euch der Ausblick gefallen?«

Ich grinse, während wir aus der Gondel steigen.
»Das war der schönste Ausblick der Welt.«
Und dabei habe ich nicht das Geringste gesehen.

Kapitel Fünfzehn

KNOX

»Als du von Sightseeing gesprochen hast, dachte ich nicht, dass du so was hier meinen würdest.«

Britische Flaggen hängen über der Straße, gemischt mit der Flagge der Mountain Lions und der von Miami. Die Straße ist vollgestopft mit Menschen, und es sind die Trikots beider Mannschaften zu erkennen.

»So etwas Cooles können wir sonst nie machen.« Colin sieht sich ehrfürchtig um. »Ich habe die USA bisher noch nie verlassen. Warum sollten wir uns also nicht mal die NFL-Street in London ansehen?«

»Weil es in London eine Million anderer Dinge zu sehen gäbe?«, gibt Jackson ihm zur Antwort. Colin hat Logan, Alex, Jackson und mich aus dem Hotel geschleift und behauptet, er wolle ein wenig Sightseeing machen.

Nicht, dass es mich stören würde, nichts anderes mehr zu Gesicht zu bekommen. Ich habe bereits gestern mit meiner Mutter und meiner Oma Sightseeing gemacht und mich dann mit Frankie davongeschlichen. Mehr brauche ich nicht mehr.

»Blödsinn. Peyton und ich haben gestern schon alles

gemacht, was wir machen wollten. Außerdem arbeitet sie heute mit der Liga an spielbezogenen Dingen.«

Alex schüttelt den Kopf, während wir uns durch die Menschenmassen quetschen. Ein paar Leute haben uns angesprochen, aber nicht viele. »Zwei Tage in London und du bist schon so begeistert, dass du fast hierbleiben willst.«

»Waffles würde London lieben.«

»Dir ist schon bewusst, dass die Liga kein Team in London hat, oder?«, fragt ihn Alex.

Colin legt eine nachdenkliche Miene auf. »Vielleicht könnte ich ja mein eigenes Team gründen, wenn ich mal in den Ruhestand gehe.«

Ich lache schnaubend auf. »Na viel Glück. Du hast auf keinen Fall genug Geld, um dein eigenes Team zu gründen.«

»Vielleicht werde ich einfach nur der Geschäftsführer und verlege mein Team hierher«, sinniert er und taucht immer weiter in seine eigene kleine Welt ein.

»Wolltest du Carter nicht mitnehmen?«, frage ich Alex, während wir uns weiter durch die Menschenmenge kämpfen.

Ein trauriger Ausdruck huscht über sein Gesicht. »Das wollte ich unbedingt, aber es hat sich nicht mit seiner Arbeit vereinbaren lassen. Er konnte nicht freinehmen.«

»Das ist ja scheiße.«

»Wem sagst du das. Ich habe ihm gesagt, dass wir im Sommer noch einmal herkommen können.«

»Muss schön sein, im Sommer freizuhaben.«

Alex wirft mir einen Seitenblick zu. »Wir haben doch auch eine Off-Season.«

Den Seitenblick bekommt er direkt zurück. »Und vielleicht eine Handvoll Wochen davon haben wir tatsächlich frei. Erzähl mir nicht, dass du während dieser Zeit nicht trotzdem jeden Tag trainierst.«

»Ja, okay. Aber ich will eben nicht unvorbereitet in eine neue Season starten.«

Ich kann nur über ihn lachen. Alex ist der Inbegriff des engagierten Footballspielers. Und zwar so extrem, dass er sein wahres Ich jahrelang im Verborgenen gehalten hat. Ich weiß nicht, ob ich mich diesem Sport genauso hätte verschreiben können wie er.

»Hey, Jungs. Schaut doch mal!«, ruft Colin und zeigt nach vorn.

Mitten auf der Straße ist ein Geschicklichkeitsparcours aufgebaut. Kinder werfen auf Ziele und Erwachsene versuchen, einen Football durch ein Miniaturtor zu kicken.

Und Colin grinst wie ein Kind an Weihnachten.

»Oh, bitte nicht«, murmle ich.

»Colin, das ist für Fans«, erklärt Alex ihm sachlich. »Und nicht für dich.«

»Ach, kommt schon! Wäre es nicht lustig, zu sehen, wer von uns allen der Beste ist?« Er breitet seine Arme aus und beginnt, rückwärts auf den Eingang zuzulaufen.

»Ich bin dabei. Ich werde euch alle abziehen!«, meint Logan und reckt seine Hand in die Luft.

»Bitte ermuntere ihn nicht auch noch«, fleht Alex.

»Du siehst schon, dass nicht für alle unsere Positionen etwas aufgebaut ist«, gebe ich zu bedenken. »Ich sehe zum Beispiel keine Tackling-Dummys.«

»Weil es ja auch nicht schwer ist, jemanden zu tackeln, Dummie.« Colin klopft mir auf die Schulter.

»Und trotzdem glaube ich nicht, dass du in der Lage wärst, es mit einem Guard aufzunehmen, wenn es darauf ankommt.«

»Ich kann euch allen beibringen, wie man ein Field Goal schießt.« Jackson pustet auf seine Finger und wischt sie an seiner Schulter ab.

Colin zeigt mit dem Finger auf ihn. »Daran habe ich keinen Zweifel.«

Jackson lächelt uns belustigt an. »Deshalb habe ich nicht das Bedürfnis, mit in diese Sache involviert zu sein.« Er wedelt mit seiner Hand Richtung Parcours. »Aber ich werde gerne als Preisrichter fungieren.«

»Perfekt.« Colin reibt sich die Hände. »Also, los geht's, Knoxy. Ich bin bereit, meine Fangkünste unter Beweis zu stellen. Vielleicht zeige ich dir sogar, wie man das richtig macht.«

»Ohne Scheiß, Sherlock. Natürlich wirst du beim Fangen besser abschneiden, weil du ein *Wide Receiver* bist.« In der Zwischenzeit hat sich eine kleine Menschenmenge um uns versammelt.

»Also schön.« Colin schaut sich um und entdeckt einen Jungen in einem Alex-Young-Trikot. »Hey! Denkst du, du kannst gut fangen?«

Der Junge sieht ihn völlig schockiert an. »Ich?«

»Was meinst du? Denkst du, du kannst Knox hier schlagen?« Colin stößt mich mit dem Ellbogen in die Seite.

Der Junge nickt energisch. »Ja.«

Colin neigt seinen Kopf von einer Seite zur anderen und lässt seinen Nacken knacken. »Du wirst so was von untergehen, Fisher.«

»Der Junge ist wahrscheinlich geistig reifer als ihr beide zusammen«, meint Alex und verdreht die Augen.

»Ich kann ihn schlagen!«, meldet sich der Junge zu Wort.

»Alex, meinst du, du kannst ihm den Ball zuwerfen, während ich zu Knox werfe?«

»Warte.« Ich lege Colin eine Hand auf die Brust und halte ihn davon ab, auf das Minispielfeld zu laufen. »Du wirst es extra schlecht machen, damit ich verliere.«

»So etwas würde ich doch nie tun«, meint Colin mit einem irren Grinsen.

»Auf keinen Fall.« Ich schüttle den Kopf. »Logan, du wirst mir den Ball zuwerfen.«

»Bist du sicher, dass du diese Wette annehmen willst, Fisher?«, fragt Colin und zieht eine Augenbraue hoch.

»Ihr habt doch gar keine Wette abgeschlossen«, wirft Jackson ein.

»Sehr guter Punkt, Fields.« Ich verschränke die Arme und drehe mich zu Colin. »Was darf es sein, James?«

Er tippt mit dem Finger gegen sein Kinn und denkt nach.

»Leute, denkt bitte daran, dass wir hier draußen nicht allein sind.« Alex sieht sich um. Ein paar Leute in Mountain-Lions-Trikots stehen bereits mit gezückten Handys parat. »Macht keine Dummheiten, okay?«

»Der Verlierer muss eine Runde im Pub ausgeben. Ist das okay für dich, Dad?«, fragt Colin an Alex gewandt.

Dieser grinst wie ein Vollidiot. Ich weiß, wie sehr er sich darauf freut, Vater zu werden. »Einverstanden.«

»Man darf also annehmen, dass Colin bezahlen wird.« Ich gehe unter der Absperrung hindurch auf das kleine Feld.

Der Junge, der dort bereits auf uns wartet, strahlt mich an. »Hi, Mr. Fisher. Ich bin Joey.«

»Hey Joey. Du kannst mich Knox nennen. Ist Alex dein Lieblingsspieler?«

Er blickt auf das Trikot hinab, das er anhat. »Das gehört meinem großen Bruder. Du bist mein Lieblingsspieler.«

Ich hebe meine Hand für einen High Five und der Kleine springt hoch, um einzuschlagen. Ich wuschle ihm durch sein braunes Haar und stelle mich gegenüber von ihm und Logan auf. »Du hast einen guten Geschmack. Glaubst du, du kannst mich schlagen?«

Er nickt erneut. »Ich bin Receiver und Runningback in meinem Flag-Footballteam zu Hause.«

»Verdammt. Da wird Alex alle Hände voll zu tun haben.«

Alex macht sich bereit zum Werfen. »Er wird dich wie einen Trottel dastehen lassen.«

»Oooh! Alex wieder mit seinem Gequatsche«, brüllt Colin von der Seite. »Auf geht's, Jungs.«

»Wirf mir einen guten Ball zu, Logan.« Ich zeige auf ihn, während ich an die Linie trete. »Viel Glück, Junge.«

Wir rennen beide los, als Logan und Alex ihre Bälle über das Feld werfen. Joey fängt den Pass von Alex mit Leichtigkeit, während ich ganz schön kämpfen muss, nur um Logans wackeligen Ball schließlich durch meine Finger gleiten zu lassen.

»Ich habe dich geschlagen!«, jubelt Joey, während Alex zu ihm geht, um ihm zu gratulieren. »Ja!« Er reckt seine Faust in die Luft.

»Du könntest der nächste Colin James sein.«

Er strahlt. »Unterschreibt ihr auf dem Football für mich?«

»Na klar.«

Jemand wirft uns von der Seitenlinie einen Marker zu und wir kritzeln alle unsere Unterschriften auf den Ball.

»Das ist so cool! Danke schön!« Joey rennt hinüber zu ein paar Leuten, von denen ich annehme, dass es seine Familie ist, um ihnen seine Errungenschaft zu zeigen.

»Du weißt, was das bedeutet, Knox?«, fragt Colin, der gerade das Spielfeld betritt.

»Ja, ja, ich weiß schon. Ich werde heute Abend die Getränke zahlen.«

Colin legt einen Arm um meine Schulter. »Na ja, das

war ja klar. Ich habe dich schon mal beobachtet, wie du versucht hast, einen Ball zu fangen, und du bist echt schlecht darin.«

Ich schaue ihn finster an. »Worauf willst du dann hinaus?«

»Dass du Gott sei Dank nicht in der Offense spielst, denn sonst wären wir mit Sicherheit Letzter in der Liga.«

»Was für ein verdammtes Glück.«

Kapitel Sechzehn

KNOX

»Fuck. Es ist arschkalt hier draußen«, jammert Logan hinter mir.

»Du weißt, dass wir normalerweise in Denver spielen, oder?«, frage ich, während ich meine kalten Muskeln dehne. Es ist so kalt, dass man sogar seinen Atem sehen kann.

»Aber hier sollte es eigentlich wärmer sein.«

Ich lächle. Es ist ein bewölkter, kalter Tag. Die Art von Tag, die mir bei einem Spiel am liebsten ist. Wembley ist vollgepackt mit Fans. Das wird ohne Zweifel ein energiegeladenes Spiel.

»Willst du dich drinnen ein wenig ans Feuer setzen? Vielleicht mit einer Tasse Tee?« Ich schiebe meine Unterlippe nach vorn und sehe Logan spöttisch an.

»Fick dich, Knox«, erwidert er lachend und gibt mir einen spielerischen Schubs.

»Wir spielen heute gegen Miami. Die können mit diesem kalten Wetter wahrscheinlich gar nichts anfangen.«

»Das wird heute ein gutes Spiel werden.« Logan streckt einen Arm über seinen Kopf.

»Bist du bereit?«

Logan darf heute endlich in der Startaufstellung dabei sein. Er ist schon lange genug in dieser Liga, aber es ist nicht einfach, wenn man als Ersatz für einen der besten Runningbacks der Welt spielt.

Ich kenne dieses Gefühl. In meinen ersten Jahren mit Roberts war ich auch eher im Hintergrund und bin nur bei Third Downs – oder wenn er verletzt war – eingesprungen.

»Mehr als bereit.« Er fängt an, seine Knie zu heben. »Aber gleichzeitig habe ich auch das Gefühl, als müsste ich kotzen. Das ist doch normal, oder?«

»Ich bin mir ziemlich sicher, dass ich gekotzt habe, kurz bevor ich damals aufs Spielfeld gegangen bin. Das hat nicht unbedingt den besten Eindruck gemacht, aber immerhin haben wir gewonnen.«

»Ich will dieses Spiel heute mehr als jedes andere gewinnen.«

Ich nicke ihm zu. »Ich weiß. Spiel einfach dein Spiel. Das ist alles, was du tun kannst.«

»Warst du schon immer so entspannt?«

Ich setze mich aufs Feld und beginne damit, meine Oberschenkelmuskeln zu dehnen.

»Das kommt mit dem Alter, schätze ich.« Ich zwinkere ihm zu, als Alex und Colin zu uns stoßen.

»Wer ist hier alt?« Colin klopft mir auf den Rücken, bevor er sich neben mich setzt.

»Niemand hat hier etwas von alt gesagt.«

»Du hast dich selbst als alt bezeichnet«, witzelt Logan.

»Ooooh. Brauchst du ein wenig Franzbranntwein, um mit den Schmerzen fertigzuwerden? Deine Oma kann dir sicherlich etwas von ihrem abgeben«, meint Colin neben mir und lacht.

»Im Ernst, wie hält Peyton es manchmal nur mit dir aus?«

Colin zieht eine Augenbraue hoch. »Willst du das wirklich wissen?«

Ich verziehe das Gesicht. »Nein, nicht wirklich.«

»Dachte ich mir. Sie steht auf meinen großen …«

»Bitte sprich diesen Satz nicht zu Ende.« Alex hebt panisch seine Hand. »Ich mag euch beide wirklich sehr und will so etwas auf keinen Fall wissen.«

Colin schüttelt den Kopf. »Ich wollte ›meinen großen Charme‹ sagen. Ihr beide müsst mal aufhören, ständig an so schmutzige Sachen zu denken.«

Ich verdrehe die Augen. »Na klar, weil wir beide ja die mit den schmutzigen Gedanken sind.«

Ein Ball wird in unseren Kreis geworfen, und Colin schnappt ihn sich gekonnt aus der Luft.

»Ich war ein unschuldiger kleiner Footballspieler, als ich dieser Liga beigetreten bin. Ihr beide wart es, die mich verdorben haben.«

Ich muss laut loslachen. »Der war gut!« Ich wische mir eine imaginäre Träne aus dem Auge. »Ich glaube nicht, dass du jemals unschuldig warst, Colin.«

Colin grinst mich an, während Alex versucht, nicht auch noch loszuprusten. »So sehe ich aus, wenn ich dir in meinem Kopf gerade den Mittelfinger zeige.«

Ich erwidere sein Lächeln. »Was immer du sagst, Colin. Was immer du sagst.«

»Schluss mit dem Kaffeekränzchen, meine Damen.« Frankie taucht wie aus dem Nichts hinter mir auf. »Fisher, du musst mit Newman ein paar Dehnübungen machen. Er ist heute ein wenig angespannt.«

»Klar doch, Coach.« Meine Knie knacken, als ich aufstehe.

»Lass sie am besten nicht warten.« Alex wackelt mit den Augenbrauen. »Du bist sowieso schon bei ihr in Ungnade gefallen.«

»Weise Worte, Young.«

Von wegen in Ungnade gefallen. Nach den letzten Tagen, die wir zusammen verbracht haben, bin ich alles andere als bei ihr in Ungnade gefallen. Ich beobachte sie, während sie auf die restliche Defense zuläuft. Ihr Hintern sieht in der Jogginghose, die sie trägt, so hinreißend aus wie immer.

Ich gehe gemächlich und genieße ihren Anblick, während ich zu Newman hinüberlaufe.

»Wie fühlst du dich?«, frage ich, als ich mich neben ihn stelle.

»Nicht schlecht.«

»Wo tut es weh?«

»Wo tut es in der Zwischenzeit nicht weh?«, erwidert er schnaubend.

Da hat er nicht unrecht. Zu diesem Zeitpunkt der Season sind die Schmerzen allgegenwärtig und gehen nie wirklich weg.

»Achte darauf, dass du dir genug Pausen vom Training gönnst und dir Tipps von den Trainern geben lässt. Glaub mir, in der Zwischenzeit schaffe ich es nur noch so durch die Season.«

Rookies wollen nie zugeben, wenn sie sich mal nicht gut fühlen. Sie wollen nicht schwach wirken, um nicht schon vor der regulären Season aus dem Team geworfen zu werden. Ich war früher auch so und habe meinen Körper bis ans Äußerste getrieben. Erst nach Jahren in dieser Liga habe ich nun raus, besser auf meinen Körper zu achten.

Auch das ist etwas, was ich von Frankie in jener schicksalhaften Nacht gelernt habe, als wir zum ersten Mal etwas miteinander hatten.

Newman und ich absolvieren unsere Dehnübungen, während sich die Tribünen langsam füllen. Die Spieler von

Miami trainieren auf der anderen Seite des Felds. Ein paar von ihnen erkenne ich. Wenn man so lange in der Liga ist, freundet man sich irgendwann auch mit Spielern anderer Teams an.

Obwohl ich diese Spieler weniger als Freunde, sondern eher als Bekannte bezeichnen würde.

Letztendlich sind sie die Einzigen, die wissen, wie es ist, in der Liga zu spielen und welchen Tribut dein Körper dafür zu zahlen hat.

»Okay, Jungs. Zeit, sich umzuziehen«, ruft Frankie. Sie trägt einen Beanie und ihr Haar fällt ihr um die Schultern. Ihr Gesicht ist von dem Wind, der in der Zwischenzeit durchs Stadion weht, leicht gerötet.

Sie sieht einfach hinreißend aus.

Ich gehe einen Schritt hinter ihr, als wir zurück in die Umkleidekabine gehen. Sie bespricht gerade den Spielplan mit dem Linebacker-Coach.

Es gibt nichts, was so sexy ist, als ihr dabei zuzuhören, wie sie über Football redet. Meine Freundin in der Highschool hat es geliebt, mein Trikot am Spirit Day zu tragen. Doch wenn ich versucht habe, mit ihr über den Sport an sich zu reden, wurden ihre Augen immer ganz glasig und sie schaltete geistig ab.

Bei Frankie ist das ganz anders.

Es gibt einen Grund, warum sie diesen Job bekommen hat. Die Art, wie sie die Linebacker herumkommandiert, wenn neue Spieler anwesend sind, bringt mich in Fahrt wie nichts anderes.

Es ist wie eine Droge, ihr dabei zuzuhören, wie sie über Football redet.

Ich schiebe meine Hände in die Taschen meines Sweatshirts und versuche, mein kleines Problem für mich zu behalten. Als ich die Umkleidekabine betrete, laufe ich wie gegen eine warme Wand.

Fuck. Da draußen ist es viel kälter, als ich dachte. Dadurch werden die Treffer heute um einiges härter ausfallen.

»Bist du bereit, Knox?«, fragt Alex, als ich an meinem Spind ankomme.

»Aber so was von. Das wird ein super Spiel werden.«

»Sie haben einen guten neuen Runningback. Hab gehört, dass er ein richtiges Biest sein soll.«

Ich schüttle den Kopf. »Kein Problem für mich.«

»Ich bin jedenfalls froh, dass ich nicht in deiner Haut stecke. Hab gehört, dass er über hundertdreißig Kilo stemmen kann.« Alex schüttelt den Kopf. »Er könnte dich auf den Rücken nehmen und mit dir da draußen rumrennen.«

Ich winke ab, während ich meine Trainingsklamotten ausziehe und meine Schutzpolster anlege. »Mit dem werde ich schon fertig.«

»Hast du dir gestern Abend das ganze Videomaterial über ihn angesehen?«, fragt Colin, während er sich sein Trikot über den Kopf zieht.

»Du weißt, dass ich das habe. Frankie verlangt nicht weniger als Perfektion.«

»Du schaust dir an einem Wochenende mehr Video- material an als ich in einer ganzen Season«, meint Colin.

Ich lächle ihn verschmitzt an. »Vielleicht bedeutet das, dass du dir einfach viel zu wenig ansiehst.«

»Autsch.« Colin legt eine Hand auf sein Herz. »Das nehme ich dir jetzt aber übel.«

»Ich schätze, das bedeutet, dass ich der bessere Spieler bin.« Ich zwinkere ihm zu.

»Oooh. Wenn sich das mal nicht nach einem Streitge- spräch anhört«, meint Logan und sieht uns an.

»Du könntest nicht mal einen Pass für einen Touch- down fangen«, behauptet Colin und verschränkt die Arme.

Alex steht nun zwischen uns beiden und seine Augen huschen hin und her.

»Und wir haben noch nie gesehen, dass du es tatsächlich mit einem hundertdreißig Kilo schweren Linebacker aufnehmen kannst.«

»Und ich wette, dass keiner von euch ein Field Goal aus fünfzig Yards Entfernung bei Windstärken von fast fünfzig Stundenkilometern schießen kann«, wirft Jackson ein. »Streitet ihr euch immer noch darüber, wer von euch beiden besser ist?«

»Ja«, antworten wir gleichzeitig.

»Wirklich sehr erwachsen«, meint Alex.

»Ich kann auch nichts dafür, dass ich der beste Wide Receiver in der Liga bin.« Colin schenkt mir sein typisches, selbstgefälliges Grinsen.

»Genauso wie ich nichts dafür kann, dass ich der beste Linebacker in der Liga bin.«

»Können wir jetzt bitte mit diesem Ego-Streit aufhören?« Alex legt einen Arm um meine Schulter. »Ihr seid beide die Besten.«

»Und was ist mit mir?«, fragt Logan. »Bin ich auch der beste Runningback?« Er sieht Alex an und klimpert mit den Wimpern.

»Verdammt noch mal. Was in aller Welt habt ihr beide da nur angefangen?«, jammert Alex.

»Ich habe gar nichts angefangen.« Colin zeigt auf mich. »Das war Knox.«

»Meine Herren. Wenn es euch nichts ausmacht, wäre es schön, wenn ihr eure Meinungsverschiedenheit vielleicht ein anderes Mal austragen könntet«, meint Coach Brooks, der gerade hinter uns aufgetaucht ist. »Und ich dachte, Alex könnte euch im Zaum halten.«

»Die brauchen einen Vollzeit-Babysitter«, erwidert

dieser. »Und diesen Job werde garantiert nicht ich übernehmen.«

»Also schön, dann lasst uns loslegen.«

Coach Brooks tritt in die Mitte der Umkleidekabine. Die Musik aus dem Stadion hallt in den Raum.

»Das wird ein hartes Spiel werden, Mountain Lions. Miami ist dieses Jahr ein starkes Team. Sie haben einen großartigen neuen Runningback, der es uns nicht leicht machen wird. Die Defense wird alle Hände voll zu tun haben.«

Ich schaue zu Colin hinüber und forme mit dem Mund die Worte: *Ein Glück, dass ich der Beste bin*, woraufhin dieser die Augen verdreht.

»Wir haben eine starke Offense und ich weiß, dass wir da rausgehen und alles geben werden. Spielt hart. Spielt schnell. Spielt klug. Lasst uns mit einem Sieg in die spielfreie Woche gehen.«

Ich trete in die Mitte des Raumes und nehme den Platz vom Coach ein. Die Umkleide hier ist kleiner, da sie für Fußballer konzipiert wurde und nicht für Footballspieler mit ihren übergroßen Schulterpolstern.

»Ihr habt gehört, was der Coach gesagt hat«, rufe ich. »Spielt hart. Spielt schnell. Familie auf drei. Eins, zwei, drei …«

»Familie«, hallt es um mich herum wider, als wir uns auf den Weg aus der Umkleidekabine ins Stadion machen. Die Defense rennt auf das Spielfeld, als die Starting-Offense angekündigt wird.

Die Luft um uns herum ist erfüllt von der freudigen Erwartung, dass der Anpfiff kurz bevorsteht. Auch wenn wir als Heimmannschaft gelten, hat keines der beiden Teams einen Vorteil. Es sind Fans von allen Teams vertreten.

Mit einem Sieg heute wird unsere Mannschaft auf einem soliden ersten Platz in der Liga stehen.

Genau, wo wir sein wollen.

Alex, Colin, Jackson und ich machen uns auf den Weg zur Mitte des Felds, um die Münze zu werfen.

»Hier sind ja nur die Besten der Besten.« Colin stößt mir mit dem Ellbogen in die Seite und grinst mich breit an.

»Verdammt richtig.« Ich erwidere sein Lächeln. »Keiner kann mit uns mithalten.«

»Gott sei Dank ist das vorbei«, sagt Alex lachend, als wir auf die Spieler von Miami treffen und ihnen die Hände schütteln.

Nachdem wir den Münzwurf gewonnen haben, entscheiden wir uns dafür, mit dem Ball in der zweiten Halbzeit zu starten, und ich mache mich bereit, das Feld zu betreten. Es gibt nichts, was ich mehr liebe, als das Spiel mit einem starken Defensivstopp zu beginnen.

Unser Punter macht den Anstoß und der Ball segelt durch die Endzone, während ich mir meinen Helm schnappe und aufs Feld renne.

Miami stellt sich auf. Ihre Offenseline sieht stark aus und steht vor ihrem Quarterback und Runningback.

Alex hat nicht übertrieben. Dieser Typ ist riesig. Sein Bizeps sieht aus, als wäre er breiter als meine Oberschenkel.

Der Ball wird gesnapt und alle setzen sich in Bewegung. Die Safeties lassen sich zurückfallen, während ich mich auf den Quarterback zubewege und mich vom Guard wegdrehe. Doch er kann den Ball werfen, bevor ich ihn erreiche.

Ihr Receiver kommt allerdings nicht weit, denn unsere Safeties bringen ihn drei Yards hinter der Line of Scrimmage zu Fall.

Das ist es, was ich an unserer Defense so liebe. Sie alle

arbeiten zusammen, um die Gegner daran zu hindern, das Feld zu erobern.

Zwei weitere Blocks und Miami verlässt das Feld. Die Menge jubelt begeistert.

»Gute Arbeit, Jungs«, ruft Frankie uns allen zu, als wir zu unserer Bank gehen. »Eine tolle Art, das Spiel zu starten.« Ihr Blick wandert die Bank entlang, bleibt kurz an meinem hängen und wandert dann weiter.

Das Funkeln darin ist mir nicht entgangen. Sie kann ihren Stolz darüber, wie wir die Spielzüge ausgeführt haben, nicht verstecken.

Alex und die Jungs marschieren mit Leichtigkeit über das Feld. Ein Wurf hier, ein langer Lauf von Logan dort und schon sind wir in der Endzone.

»Verdammt noch mal, ja!« Ich recke meine Faust in die Höhe und schlage mit Newman ein.

»Bei Alex sieht das so einfach aus.«

Und das tut es in der Tat. Aber wir alle wissen, wie viel Arbeit er in sein Spiel steckt. Auch, wenn der Sport für ihn zum ersten Mal in seinem Leben in den Hintergrund gerückt ist, da er endlich jemanden hat, der seinen Fokus vom Spiel ablenkt.

Es ist aber nicht so, als ob sich das irgendwie negativ auswirken würde. Jetzt studiert er sein Videomaterial eben einfach mit Carter an seiner Seite.

Dem Sohn vom Coach. Wer hätte das jemals vermutet?

Ich schnappe mir meinen Helm und mache mich bereit, zurück auf das Spielfeld zu rennen, während Jackson den Extrapunkt macht.

»Sie werden ihre Fehler aus dem ersten Drive ausgebügelt haben«, meint Frankie, die uns um sich geschart hat. »In der Mitte sind wir zwar eng aufgestellt, aber passt auf die Seiten auf.«

Ich nicke und jogge auf das Feld hinaus.

»Newman, pass auf die linke Seite auf«, rufe ich ihm zu, als Miami anfängt, sich in Bewegung zu setzen und den Spielzug direkt an der Linie zu ändern.

Sie bewegen sich schnell, snappen den Ball und geben ihn an den Runningback weiter. Dieser läuft direkt auf mich zu. Ich lasse die Schulter sinken, bereit, einen Treffer zu landen und ihn zu Fall zu bringen.

Doch er ist schneller. Er stemmt sich mit seinem gesamten Gewicht gegen mich und walzt mich einfach nieder. Die Wucht des Aufpralls reißt mich von den Füßen und lässt mich auf den kalten, harten und gnadenlosen Boden knallen.

Es fühlt sich an, als wäre jegliche Luft aus meiner Lunge gekickt worden.

Ich versuche, tief einzuatmen.

Fuck.

»Knox, alles okay?« Newman erscheint über mir. »Das war ein ganz schön krasser Treffer.«

Ich rolle mich mit schmerzendem Rücken in eine sitzende Position.

»Fuck.«

Der Trainerstab kommt auf das Feld. Mir tut alles weh.

Ich habe in der Vergangenheit schon einige böse Schläge einstecken müssen, aber dieser hier war kein Spaß.

»Wie fühlst du dich?« Paige, unsere Physiotherapeutin, lässt sich vor mir auf die Knie fallen.

»Mir ist nur kurz die Luft weggeblieben.« Ich strecke meine Hand aus und Newman hilft mir hoch. »Mir geht's gut.«

»Wir gehen lieber auf Nummer sicher. Raus mit dir.«

Ich gehe behutsamer zur Seitenlinie, als ich zugeben möchte.

Verdammt! So einen Treffer habe ich tatsächlich schon lange nicht mehr abbekommen. Ein Sturz, bei dem man ungünstig landet, kann dich für Wochen ins Aus befördern.

»Alles okay?«, fragt Frankie, als ich an ihr vorbeilaufe. Sie sieht besorgt aus.

»Mir geht's gut.«

Paige weist mir den Weg zum blauen Sanitätszelt. Dort hilft man mir aus den Schulterpolstern und untersucht meine Rippen.

»Es fühlt sich nichts gebrochen an«, erkläre ich dem Mannschaftsarzt.

Mit seinen Händen drückt er auf die betroffenen Stellen, um diese zu untersuchen.

»Wir werden es ein wenig verbinden, nur um sicherzugehen.«

Bis ich wieder angezogen bin und das Zelt verlasse, hat Miami schon ein Unentschieden erreicht. Fuck.

»Alles klar bei dir?«, fragt Frankie.

»Alles klar.«

Sie sieht mich einen Moment lang prüfend an, bevor sie sich wieder dem Spiel zuwendet. Unsere Offense ist gerade auf dem Feld, kommt aber nicht über die Dreißig-Yard-Linie hinaus.

Frankie kommt rüber zur Bank, auf der Newman und ich gerade sitzen. »Ihr Laufspiel funktioniert. Ihr beide seid die erste Line of Defense. Lasst nicht zu, dass sie uns heute überrennen. Verstanden?«

»Verstanden«, antworten wir beide.

Aber genau das tun sie. Den ganzen Tag über beherrscht Miami das Feld. Egal, was ich tue, ich komme nicht an den Runningback heran und schaffe es somit auch nicht, ihn zu Fall zu bringen. Nach jedem verpassten Treffer stehe ich ein wenig langsamer wieder auf. Dieser erste Schlag hat mich wirklich umgehauen und es fühlt sich an, als könnte ich einfach nicht mehr das Level erreichen, auf dem ich sonst spiele.

Unsere Defense kann es einfach nicht mit ihrem Runningback aufnehmen. Er zerstört uns mit fast zweihundert Yards und zwei Touchdowns.

Anstatt London mit einem Sieg zu verlassen, verlieren wir. Einundvierzig zu vierundzwanzig.

Was für eine Blamage.

Ich habe mein Team im Stich gelassen. Und jetzt müssen wir mit einer Niederlage in die spielfreie Woche gehen.

Manchmal kann Football echt scheiße sein.

Kapitel Siebzehn

KNOX

»Will jemand noch etwas Bourbon?«, fragt Colin und hält uns die Flasche hin. Alle schütteln den Kopf, nur ich strecke meine Hand mit meinem Glas aus. »Guter Mann.«

Ich werde ihn brauchen, wenn ich diesen Abend irgendwie überstehen will.

Wenn ich hier mit meinen engsten Freunden und ihren Partnerinnen und Partnern stehe, wird nur umso deutlicher, dass ich der einzig verbliebene Single bin. Ich möchte den Abend mit Frankie an meinem Arm verbringen und mit ihr vor allen angeben – aber ich kann nicht.

»Warum wolltest du nicht, dass ich dich mit Ashley verkupple?«, fragt Tenley. »Ihr zwei wärt so süß zusammen.«

»Tenley, lass den Mann doch in Ruhe.« Jackson legt ihr einen Arm um die Schultern und zieht sie in eine Umarmung. »Lass uns einfach einen schönen Abend haben.«

»Nun, in diesem Fall, mein liebster Ehemann, sollten wir vielleicht die Limousine genießen, die Colin besorgt hat, und ein wenig Bourbon trinken.«

»Ihr zwei werdet in der Limo keine schmutzigen Sachen machen!« Colin zeigt mit einem Finger auf die beiden. »Widerlich. Einfach nur widerlich.«

»Es fahren auch noch fünf andere Leute mit, Colin.« Peytons Stimme klingt gereizt.

»Wo ist Logan heute Abend eigentlich?«, frage ich, nachdem mir aufgefallen ist, dass er immer noch nicht da ist.

»Der ist für heute entschuldigt. Er sagte, er müsse früher wieder nach Hause, als er eigentlich geplant hatte.« Peyton schnappt sich ihre Jacke und zieht sie sich drüber.

»Ist alles okay bei ihm?«, frage ich. Logan ist eine größere Plaudertasche als alle anderen Jungs zusammen. Es ist nicht seine Art, uns nichts davon zu erzählen.

»Es ist alles okay. Er hatte nur einen traurigen Hundeblick aufgesetzt und irgendwas davon gesagt, dass er seine Freundin noch einmal sehen wolle, bevor die Olympiaqualifikation beginnt.«

»Oooh. Wer hätte gedacht, dass mein Mädchen so weich ist«, meint Colin und verteilt Küsse auf ihrem gesamten Gesicht.

»Knox, willst du heute Abend vielleicht sein Date sein?« Peyton versucht zwar, Colin von sich wegzuschieben, lacht aber dabei.

»Ich weiß nicht, ob Colin mit all dem hier umgehen könnte.« Ich zeige mit einer Hand auf meinen Körper und zwinkere ihm zu.

»Wie hältst du es nur mit diesen ganzen egozentrischen Persönlichkeiten aus?«, fragt Carter lachend an Alex gewandt.

»Indem ich dich habe, zu dem ich nach Hause kommen kann.« Alex drückt ihm einen Kuss auf die Lippen.

»Sehen wir auch so aus?«, flüstert Tenley Jackson zu, doch alle können es hören.

»Ihr seht alle so aus«, erwidere ich, bevor es jemand anderes tun kann.

»Darlene muss wirklich jemanden für dich finden. Du gehörst mal wieder so richtig gevögelt, um diese ganze Anspannung loszuwerden.«

»Wenn du wüsstest, Colin. Wenn du wüsstest.«

Allerdings ist es tatsächlich schon ein paar Wochen her, seit Frankie und ich uns das letzte Mal getroffen haben. In London haben wir nicht miteinander geschlafen, weil unser Terminkalender zu voll war.

Und davor? Als sie diesen Schlag abbekommen hat.

Es ist, als ob ich meinen Körper darauf trainiert hätte, sich auf Samstagabende zu freuen. Jedes Mal, wenn wir zusammen sind, fühlt es sich richtig an. Als ob wir vielleicht wirklich zusammen sein könnten.

Aber dann schreit sie mich am nächsten Tag wieder von der Seitenlinie aus an und ich weiß, dass das unmöglich ist.

Ganz egal, wie sehr ich mit ihr zusammen sein möchte.

Colin setzt zu einer Antwort an, doch Peyton fällt ihm ins Wort. »Die Limousine ist da.«

»Gibt es einen Grund, warum du heute Abend mit einer Limo protzt?«, fragt Alex und rückt seine Krawatte zurecht, während wir alle ins Auto steigen.

»Ich wollte nur nicht, dass sich jemand Gedanken darüber machen muss, wie er heute Abend nach Hause kommt.«

»Da hat jemand mitgedacht.« Ich lasse mich auf einem Sitz nieder und atme erleichtert aus. Ich habe meine Rippen röntgen lassen, um sicherzugehen, dass wirklich nichts gebrochen ist, aber sie sind immer noch ein bisschen angeschlagen.

Die Fahrt in die Innenstadt zum Four Seasons, wo die Veranstaltung stattfindet, dauert nicht lange. Wir sammeln Geld für das Kinderkrankenhaus der Stadt, und die noble Örtlichkeit ermöglicht es den Organisatoren, mehr für die Veranstaltung zu verlangen und große Spender an Land zu ziehen.

»Denkt daran, dass ihr euch alle von eurer besten Seite zeigen müsst.« Peyton sieht jeden von uns nacheinander an, nachdem wir uns in den kleinen Aufzug gedrängt haben.

»Wir?«, erwidere ich. »Wir zeigen uns doch *immer* von unserer besten Seite.«

»Natürlich.« Peyton verdreht die Augen. »Macht mir nur bitte einfach meinen Job ab morgen nicht schwerer.«

»Ich werde schon dafür sorgen, dass die Jungs sich anständig benehmen.« Colin sieht uns alle ernst an und bleibt mit seinem Blick an mir hängen.

»Was?« Ich werfe verteidigend die Hände in die Höhe, als der Aufzug in unserem Stockwerk mit einem *Bing* anhält. »Ich werde auf keinen Fall irgendwelchen Ärger verursachen.«

»Natürlich wirst du das nicht.« Colin verpasst mir einen spielerischen Schlag, als wir alle nach draußen gehen.

Da das Wetter nun wieder etwas herbstlicher ist, findet die Veranstaltung draußen auf dem Pooldeck statt. Hier oben hört man den Lärm der Stadt nicht mehr so stark. Überall sind Lichterketten aufgehängt. Eine massive Abdeckung aus Glas liegt auf dem Pool, auf der bereits einige Leute stehen. Kellner tragen Gläser mit Champagner herum und bieten jedem von uns eines an. Menschen in schicken Anzügen und Kleidern unterhalten sich miteinander.

»Heilige Scheiße. Das sieht fantastisch aus, Peyton.« Colin drückt ihr einen Kuss auf die errötenden Wangen.

»Da hast du eine fabelhafte Arbeit geleistet, Peyton. Wirklich«, lobt Alex sie.

»Danke schön. Aber ich habe das nicht alles allein gemacht.«

»Lasst euch nicht von ihr täuschen. Sie *hat* das alles allein gemacht«, meint Colin.

Die Jungs vertiefen sich in ein Gespräch darüber, wie schön hier draußen doch alles ist, während mein Blick abschweift. Ich weiß, dass Frankie heute Abend auch hier sein wird, aber ich habe sie noch nicht gesehen.

Ich nippe an meinem Drink, während ich mich mit Leuten unterhalte, die auf mich zukommen und das Spiel vom letzten Wochenende bereden wollen.

Höflich bedanke ich mich bei ihnen für ihre Tipps, wie ich bessere Treffer erzielen kann. Der einzige Nachteil an Footballfans: Sie denken alle, sie wüssten es besser als man selbst.

Als ich Coach Jenkins sehe, gehe ich zu ihm hinüber.

»Fisher. Na, wie geht es den Rippen?«

»Gut.«

Er lacht. »Ein typischer Footballspieler. Sagt einem einfach nicht, wie er sich wirklich fühlt.«

»Nach der spielfreien Woche werden sie so gut wie neu sein.«

»Was wird so gut wie neu sein?«

Frankies sanfte Stimme dringt an mein Ohr und ich drehe mich um, um sie anzusehen.

Heilige. Scheiße.

Ich glaube, ich habe sie noch nie so wunderschön gesehen. Ihr Haar fällt ihr in Locken über die Schultern. Ihr Gesicht ist geschminkt und sie trägt ein rotes Kleid, das sich an jede ihrer Kurven schmiegt.

»Seine Rippen.« Coach Jenkins stößt mich mit dem Ellbogen in die Seite und holt mich so in die Gegenwart zurück.

Hoffentlich sabbere ich nicht.

Denn verdammt noch mal: Ich komme einfach nicht darüber hinweg, wie sexy Frankie gerade aussieht.

»Machen sie dir immer noch Probleme?«, fragt Frankie mit einem Glas Champagner in der Hand.

»Wie ich dem Coach gerade gesagt habe: Nach der spielfreien Woche werden sie so gut wie neu sein.«

»Solange du dich ausruhst.« Frankie wirft mir einen wissenden Blick zu.

»Hey, ich habe für die nächste Woche keine Pläne, außer auf der Couch rumzuhängen.«

»Warum glaube ich dir das jetzt bloß nicht?«, fragt Jenkins.

»Okay, ein paar leichte Work-outs vielleicht, aber das war's.«

Meine Augen wandern zurück zu Frankie. Ich kann mich einfach nicht an ihr sattsehen. Alles, woran ich denken kann, ist sie in diesem Kleid.

Ich zwinge mich, meinen Blick wieder auf Jenkins zu richten, damit meine Musterung von Frankie nicht zu offensichtlich wird.

»Habt ihr schon das Neuste gehört?« Einer der anderen Trainer kommt auf uns zu.

»Was denn?« Ich leere meinen Drink und nehme mir einen neuen vom Tablett eines vorbeilaufenden Kellners.

»New York hat seinen Receiver-Coach gefeuert.«

»Was hat sie denn gemacht?«, fragt Frankie.

Natürlich weiß Frankie, dass es sich dabei um eine Trainer*in* handelt, da es in der gesamten Liga nur drei davon gibt.

Nun, jetzt wohl nur noch zwei.

»Sie wurde dabei erwischt, wie sie mit einem ihrer Spieler geschlafen hat.«

Fuck. Das ist nicht gut.

»Tatsächlich?« Mir entgeht nicht, wie sich Frankies Stimme plötzlich verändert.

»Das hat einen riesigen Skandal ausgelöst.«

»Das glaube ich«, murmelt Frankie.

Ich riskiere einen kurzen Blick zu ihr rüber: Sie ist kreidebleich.

»Zum Glück musst du dir um so was keine Sorgen machen, Frankie.« Jenkins stößt sie mit dem Ellbogen in die Seite. »Du bist nur eine von uns Jungs.«

»Ja, zum Glück«, erwidert sie und ringt sich ein erzwungenes Lächeln ab. Dann kippt sie den Rest ihres Drinks hinunter. »Ich werde mir noch einen holen. Wenn ihr mich bitte entschuldigen würdet.«

Und dann ist sie schneller verschwunden, als man schauen kann.

»Und was ist mit dem Spieler passiert?«, frage ich.

»Was denkst du denn, was mit ihm passiert ist? Nichts. Oder sie erzählen es uns einfach nicht.«

Diese verdammte Doppelmoral. Ich kann mir nicht ansatzweise vorstellen, was Frankie gerade durch den Kopf gehen mag.

»Ich werde mir auch noch einen Drink holen.«

»Sieh zu, dass du dich ausruhst«, meint Coach Jenkins und zeigt zur Verdeutlichung noch mit einem Finger auf mich, bevor ich gehe.

»Na klar.«

Ich will mich gerade auf die Suche nach Frankie machen, als Alex und Carter sich mir in den Weg stellen.

»Alles okay bei dir?«

»Was? Ja, alles gut.«

Selbst ich merke, wie viel Schärfe in meiner Stimme liegt.

»Du verhältst dich schon den ganzen Abend seltsam«, meint Alex.

Hinter ihnen sehe ich etwas Rotes vorbeihuschen. Frankie ist nach drinnen gegangen.

»Kann sein, dass ich etwas zu viel Champagner hatte.«

»Vielleicht solltest du es dieses Wochenende etwas ruhiger angehen lassen«, gibt Alex zu bedenken. »Du bist jederzeit willkommen, dir die Spiele mit uns zusammen anzusehen.«

»Ist er das?«, fragt Carter. Die beiden tauschen einen stummen Blick aus.

»Keine Sorge, ich werde nicht auf dein Angebot zurückkommen. Ich fahre für ein paar Tage in die Berge.«

»Das klingt um einiges spaßiger, als mit uns abzuhängen«, sagt Carter lachend.

»Ist eine gute Art für mich, den Kopf freizubekommen.«

Ein Kellner rauscht an uns vorbei, ohne anzuhalten. Das ist meine Chance. »Ich hole mir noch einen Drink. Bin gleich wieder bei euch.«

Ohne ihre Antwort abzuwarten, schlängle ich mich durch eine Lücke in der Menschenmenge und verschwinde im Inneren des Hotels.

Fuck. Ich habe keine Ahnung, wo Frankie hingegangen ist.

Ich laufe vor den Aufzügen hin und her und versuche, einen klaren Gedanken zu fassen. In diesem Moment sehe ich sie aus einer Tür am Ende des Gangs kommen und renne auf sie zu. Als sie mich sieht, weiten sich ihre Augen vor Schreck.

Ich dränge sie mit dem Rücken gegen die Tür und stoße diese Richtung Treppenhaus auf.

»Was glaubst du, was du da tust?«, flüstert sie mir wütend zu, während die Tür hinter mir mit einem lauten Schlag, der um uns herum widerhallt, zufällt.

»Warum gehst du mir aus dem Weg?« Ich dränge sie gegen die Wand und stütze meine Hände zu beiden Seiten ihres Kopfes ab.

»Ich gehe dir nicht aus dem Weg.«

»Du bist hier reingerannt, als hättest du gar nicht schnell genug von mir wegkommen können«, knurre ich.

»Du hast doch gehört, was sie erzählt haben.« Sie deutet zurück in die Richtung, aus der wir gerade gekommen sind.

»Und? Die beiden sind nicht wir.«

Sie schnaubt, schüttelt den Kopf und richtet ein Paar grimmige Augen auf mich. Mit ihren Stöckelschuhen ist sie genauso groß wie ich.

»Knox, ich bin zu alt für dich.«

»Schwachsinn.«

»Ich bin sieben Jahre älter als du. Du kannst nicht leugnen, dass es mit jemandem in deinem Alter einfacher wäre.«

»Das ist absoluter Quatsch und das weißt du«, halte ich dagegen.

Sie schüttelt erneut den Kopf. »Aber es stimmt. Mein Fokus liegt auf Football. Und darauf sollte deiner auch liegen.«

»Ich bin mir ziemlich sicher, dass Football das Einzige ist, worauf unser beider Fokus während der Season liegt.«

»Und was, glaubst du, wird passieren, wenn jemand das mit uns herausfindet? Komm schon, Knox, stell dich nicht dümmer an, als du bist.«

»Aber es hat noch niemand herausgefunden.«

»Mit der Betonung auf *noch*.«

In ihrer Stimme schwingt eine Verbitterung mit, die mir ganz und gar nicht gefällt.

»Was schlägst du also vor?«

Ich streiche ihr eine verirrte Locke hinter die Schulter. Diese Berührung verursacht ihr eine Gänsehaut.

Was auch immer ihr gerade durch den Kopf geht: Sie kann nicht leugnen, welche Gefühle ich in ihr auslöse. Denn das ist mehr als offensichtlich.

»Vielleicht sollten wir es ein wenig ruhiger angehen lassen, bis sich die Aufregung nach diesem Skandal etwas gelegt hat.«

»Auf gar keinen Fall.«

Es ist *jetzt* schon viel zu lange her, seit wir das letzte Mal zusammen waren. Wenn ich gewusst hätte, dass unser Treffen vor dem Spiel gegen Chicago das letzte gewesen sein könnte, hätte ich jede einzelne Sekunde mit ihr ausgekostet.

Ich bin noch nicht bereit, diese Sache zu beenden. Nicht einmal annähernd.

»Ich bin dein Coach, Knox. Mal ganz von unserem Altersunterschied abgesehen …«

»Das spielt keine Rolle«, unterbreche ich sie.

Sie hebt ihre Hände und massiert sich die Schläfen, so als ob dieser ganze Abend ihr Kopfschmerzen bereiten würde. Ich spüre, wie ihr Gehirn auf Hochtouren arbeitet und sie versucht, sich jede erdenkliche Ausrede einfallen zu lassen, warum das mit uns nicht klappen wird. »Knox …«

»Fahr dieses Wochenende mit mir weg.«

Ihr entweicht ein freudloses Lachen. »Das ist das Letzte, was wir jetzt tun sollten.«

»Ich meine es ernst. Weg von allem in Denver. Dem Team. Den Nachrichten. Nur wir zwei.«

»Ich weiß nicht, ob das eine gute Idee ist.«

»Frankie, bitte«, flehe ich.

Diese Sache zwischen uns war lediglich als Affäre gedacht gewesen. Ein Weg, um während der Season ein wenig Dampf abzulassen.

Doch das Ganze geht für mich bereits so weit über eine Affäre hinaus, dass es schon nicht mehr lustig ist.

Ich will diese Frau mit einem brennenden Verlangen, wie ich es noch nie zuvor gespürt habe. Und ich werde nicht zulassen, dass sie uns wegen zwei Menschen aufgibt, die nicht gut genug aufgepasst haben.

Ich trete näher an sie heran. Diesmal sind ihre Augen nicht von Wut erfüllt, sondern von einem Feuer, das ich nur zu gut kenne. Und mit dem ich arbeiten kann.

»Ich weiß, dass du Angst hast, aber gib mir dieses Wochenende. Nur du und ich. Wenn du danach nichts mehr mit mir zu tun haben willst – fein.«

Ich lege meine Hand auf ihre Wange und fahre mit dem Daumen über ihre Lippen.

Ich will nicht, dass dies das Ende ist. Diese Frau bedeutet mir so viel. Aber wenn sie Nein sagt, werde ich damit leben. Wie? Darüber will ich lieber noch nicht nachdenken.

»Okay.«

Ich atme erleichtert aus und lege meine Stirn an ihre.

»Dann morgen früh bei mir zu Hause.«

Ich drücke ihr einen kurzen Kuss auf die Lippen und gehe einen Schritt zurück.

»Okay.«

»Ich verspreche, es wird alles gut.«

Dann drücke ich die Tür auf und gehe zurück auf die Veranstaltung.

Und hoffe inständig, dass ich mein Versprechen auch halten kann.

Denn sollte ich das nicht können, habe ich keine Ahnung, wie mein Leben ohne Frankie aussehen soll.

Kapitel Achtzehn

Niemals hätte ich gedacht, dass ich meine spielfreie Woche *so* verbringen würde. Als mein Uber gerade wieder losfährt, gerate ich vor Knox' Haustür in letzter Sekunde noch in Panik.

Wir haben noch nie so etwas wie das hier gemacht.

Aber er klang gestern so verzweifelt, dass ich ihm das einfach nicht abschlagen konnte. Oder mir. Auch wenn mich alle möglichen Stimmen in meinem Kopf anbrüllen, dass ich die Nächste sein werde. Dass jemand das mit uns herausfindet und ich gefeuert werde.

Als ich gerade an die Tür klopfen will, schwingt diese auf.

Knox lehnt sich gegen den Türrahmen und lächelt mich unbeschwert an. Er trägt ein schwarzes Sweatshirt und Jeans. Sein Haar ist noch nass vom Duschen. Locker und ungezwungen.

So wie er immer ist.

»Du wolltest absagen, nicht wahr?«

»Nein, wollte ich nicht.«

»Natürlich nicht.«

Er nimmt mir meine Tasche ab und ich folge Knox durch sein Haus, in dem ich tatsächlich noch nie war.

Ich hatte ein großes und modernes Anwesen erwartet, aber es ist ziemlich heimelig. Als ob es von einer Frau eingerichtet worden wäre. Auf übergroßen Sofas – die zweifellos angeschafft wurden, um Knox' massige Gestalt darauf unterzukriegen – sind Kissen und Decken drapiert. Bilder säumen die Bücherregale auf beiden Seiten des Fernsehers.

Von hier aus geht es direkt in die Küche, durch die Knox uns gerade führt. Es ist nicht unbedingt die modernste, aber sie sieht gut genutzt aus, was mich bei einem Footballspieler ziemlich überrascht. Die meisten Jungs bekommen ihr Essen geliefert. Aber nicht der Mann, in dessen Haus ich mich gerade befinde.

»Wo fahren wir eigentlich hin?«, frage ich und wechsle das Thema. Ich hasse es, wie gut Knox mich kennt. Aber es ist ja nicht so, als ob diese Sache zwischen uns nicht schon seit ein paar Jahren laufen würde.

»Zu einer kleinen Hütte im Wald.«

Ich muss mich zusammenreißen, um nicht aufzustöhnen. Mit Knox Zeit in einer Hütte im Wald verbringen, nach dieser bis jetzt so harten Season?

Das hört sich verdammt gut an.

»Worauf warten wir dann noch?«

Knox schenkt mir sein umwerfendstes Lächeln. Jenes Lächeln, das mich immer dazu bringt, mich direkt auf ihn stürzen zu wollen.

Aber das tue ich nicht.

Denn ich will das Wochenende mit ihm im Wald verbringen.

Ich habe mitbekommen, wie sehr ihn diese Niederlage am Sonntag belastet hat. Es ist immer hart, zu verlieren, egal gegen welche Mannschaft. Und diese völlig neue

Umgebung in London war auch nicht gerade hilfreich. Knox hat unter Schmerzen gespielt, weil er sein Team nicht im Stich lassen wollte.

Das ist einer der vielen Gründe, warum wir uns so schnell so gut verstanden haben. Wir haben beide ein unstillbares Verlangen nach diesem Sport. Danach, alles zu geben.

Wir lieben Football einfach.

»Kommst du?« Knox steht nun in einer anderen Tür, die vermutlich zu seiner Garage führt.

»Ich warte nur auf dich.« Ich tätschle ihm die Brust, als ich an ihm vorbeigehe.

Knox eilt an mir vorbei, öffnet die Beifahrertür seines Trucks und ich steige ein.

»Ich habe schon so lange auf dich gewartet.«

Er schließt die Tür, bevor ich etwas darauf erwidern kann.

Ich beobachte ihn, wie er um die Vorderseite des schwarzen Trucks herumgeht und einsteigt.

»Musik?«, fragt Knox und fummelt an seinem Radio herum.

»Ich hör mir alles an.«

Ein Rocksong dröhnt aus den Lautsprechern, als wir losfahren. Es ist, als wüsste keiner von uns, wie er sich in so einer Situation dem anderen gegenüber verhalten soll. Wir sind sonst immer von Football umgeben – doch dieses Mal nicht.

Selbst in London waren wir nur wegen des Spiels da.

Knox trommelt mit seinen Fingern im Takt der Musik auf das Lenkrad.

»Also …«

»Das fühlt sich seltsam an.«

Wir fangen beide gleichzeitig an, zu sprechen.

Ich atme erleichtert aus, dass ich nicht die Einzige bin, die nervös ist. »Fühlt es sich für dich auch so seltsam an?«

Knox wirft mir einen kurzen Blick zu, bevor er seine Aufmerksamkeit wieder auf die Straße lenkt. Er setzt den Blinker, um auf den Highway aufzufahren, der aus der Stadt hinaus nach Westen führt.

»Na ja, das ist irgendwie neu. Zusammen irgendwohin zu fahren.«

Ich nicke, auch wenn Knox nicht in meine Richtung schaut. »Unsere Auswärtsspiele zähle ich definitiv nicht mit.«

»Würdest du dich besser fühlen, wenn du mich Sprints laufen lassen würdest?«

Ich greife über die Mittelkonsole und gebe ihm einen Klaps auf den Arm. »So schlimm bin ich nun auch nicht!«

»Also laut den Jungs bist du die Schlimmste.«

Ich lache. »Glauben sie wirklich, dass du so ein schlechter Spieler bist?«

»Quatsch. Sie denken nur, dass ich meinen Mund nicht halten kann und deshalb ständig in Schwierigkeiten gerate.«

»Na ja, mit deinem Mund haben sie schon irgendwie recht.«

»Du liebst meinen Mund.«

Ich bemerke das Grinsen, das sich auf seine Lippen schleicht. »Irrelevant. Was ich nicht verstehe, ist, wie die Jungs denken können, dass du immer noch Teil des Teams wärst, wenn du so viel Ärger bereiten würdest.«

»Ich bereite nur dir Ärger.«

»Du hast mich schon von Anfang an Nerven gekostet.«

»O Gott, ich war so ein Arsch.« Knox fährt sich mit einer Hand übers Gesicht.

»Du dachtest, Coach Jenkins wäre ich. Das war unbezahlbar.«

»Ich hoffe, ich bin nicht immer noch so ein Arsch.«

»Manchmal schon.« Ich stütze meinen Ellbogen auf die Konsole, lege mein Kinn in die Hand und schaue ihn an.

»Bist du immer so frech?« Knox streckt seine Hand aus und drückt meinen Oberschenkel.

»Irgendjemand muss dich ja im Zaum halten.«

»Na dann ist es ja gut, dass ich dich habe.«

Und ganz plötzlich ist dieses seltsame Gefühl verschwunden. Unsere Fahrt verläuft ohne Komplikationen. Da es schon Ende Oktober ist, blühen die Espen zwar nicht mehr, aber sie sehen trotzdem noch wunderschön aus.

Irgendwann verlässt Knox den Highway und fährt höher die Berge hinauf. Nachdem wir an ein paar Hütten vorbeigekommen sind, parken wir in der Einfahrt von einer, die auf einen glitzernden See blickt.

»Dieses Haus ist ja riesig«, sage ich mit ehrfürchtiger Stimme, als ich zu dem Gebäude hinaufblicke, das man gut und gerne als Villa aus Holz bezeichnen kann.

»Das ist alles, was sie noch hatten.«

Knox schaltet den Motor aus und ich springe aus dem Truck. Frische Bergluft schlägt mir entgegen. Ich atme tief ein und vertreibe so jegliche negativen Gedanken aus meinem Kopf. Es ist ein klarer Tag mit einzelnen flauschigen weißen Wolken am Himmel.

»Es könnte schlimmer sein, das steht schon mal fest.«

Knox geht um den Truck herum und hält mir seine Hand hin. »Willst du es dir ansehen gehen?«

Ich verschränke meine Hand mit seiner und folge ihm zum Haus. Eine große Veranda mit Schaukelstühlen säumt die Vorderseite. Glastüren führen in ein riesiges zweistöckiges Wohnzimmer, das direkt an den Wald angrenzt.

Holzpaneele schmücken die Wände und vor dem Kamin liegt ein Shaggy-Teppich.

»Wow. Das ist ja der Wahnsinn!«

Ich streife meine Schuhe ab und lasse meine nackten Füße in den Teppich sinken. Knox grinst mich an.

»Freut mich, dass es dir gefällt.«

»Wo sind die Schlafzimmer?«

»Welches willst du denn sehen?«

Ich entdecke die Treppe auf der anderen Seite des Wohnzimmers und renne darauf zu; Knox ist mir dicht auf den Fersen. Ich steuere auf die geschlossene Tür am Ende des Flurs zu. Als ich sie aufstoße, bleibe ich abrupt stehen.

»Ähm, Knox?«

»Was ist los?«

Ich spüre seine muskulöse Brust an meinem Rücken.

»Wolltest du, dass dies hier ein romantischer Rückzugsort für uns wird?« Ich drehe mich um und sehe, wie sein Blick über den Raum vor uns schweift.

»Fuck.«

Rosenblätter sind auf dem Bett verteilt, und zwei Handtücher, die zu Schwänen gefaltet sind, küssen sich. Eine Flasche Champagner steht neben dem Fenster in einem Kübel mit Eis, während auf einem Tablett mit Schokolade überzogene Erdbeeren liegen.

»Heilige Scheiße! Ich hatte angegeben, dass ich hierherkommen wollte, um eine Auszeit vom Alltag zu nehmen. Anscheinend haben sie das aber als eine ganz andere Art von Auszeit verstanden.«

Knox blickt vollkommen entsetzt auf das vor Kitsch triefende Zimmer, und ich muss laut loslachen. »Na ja, verkommen lassen sollten wir die Sachen aber auch nicht, oder?«

Knox geht zum Fenster und zieht den Champagner

aus dem Kübel. »Da hast du recht. Ich bin mir sowieso sicher, dass sie mir viel zu viel Geld dafür berechnen werden.«

Ich gehe zu ihm hinüber, berühre mit meinen nackten Zehen seine noch in den Socken steckenden Füße, schnappe mir ein Glas und halte es ihm hin. »Na dann schenk mal ein. Das sieht nach einem guten Tröpfchen aus.«

Knox grinst, als er die Flasche öffnet und den Schampus in mein Glas fließen lässt.

»Sollen wir einen Toast sprechen?«

Knox lächelt mich an. »Das ist normalerweise Alex' Ding.«

»Also gut.« Ich halte mein Glas an seines. »Auf die spielfreie Woche. Auf dass du die Niederlage hinter dir lassen und dich auf das nächste Spiel freuen mögest.«

»Na dann, Prost!« Wir stoßen an und ich nippe an meinem Champagner, während die Perlen auf meiner Zunge zerplatzen.

»Was hast du für dieses Wochenende eigentlich alles geplant?« Ich trete einen Schritt näher an das Fenster heran.

»Was immer du tun willst.« Mir entgeht nicht der leicht anzügliche Ton in seiner Stimme.

»Ich dachte, du wolltest einfach nur mal raus und dich entspannen.«

Knox nimmt mir mein Glas ab und stellt es hin. »Man kann auf viele Arten entspannen, Frankie.«

»Ach, ja?« Ich verschränke die Arme und schaue Knox herausfordernd an.

»Soll ich dir etwa beibringen, wie man sich richtig entspannt?« Knox macht einen Schritt auf mich zu.

Ich zucke mit einer Schulter. »Eine Lektion darin könnte bestimmt nicht schaden.«

Ohne Vorwarnung packt mich Knox an der Taille und wirft mich aufs Bett. Die darauf verteilten Rosenblätter fliegen wild um mich herum.

»Was machst du denn da?«, rufe ich lachend.

»Mit dir entspannen.«

»Du wirst den Schwänen noch Angst einjagen.«

Knox blickt auf die Handtuchvögel, schnappt sich einen davon und wirft ihn vom Bett hinunter. »Besser?«

»Besser. So, und wie ist das jetzt mit der Lektion in Sachen Entspannen?«

Kapitel Neunzehn

KNOX

Jeder Teil meines Körpers ächzt, als ich aufwache. Frankie sitzt neben mir auf dem Bett und mein T-Shirt liegt auf ihren Beinen. Auf ihrem Schoß hat sie ein iPad, auf dem sie sich Videomaterial unseres nächsten Gegners ansieht.

»Hörst du eigentlich jemals auf?«, frage ich mit schläfriger Stimme, während ich mich zu ihr herumdrehe und einen Arm um ihre Taille lege.

»Wenn du nicht so lange geschlafen hättest …«

»Wenn du mich letzte Nacht nicht so fertiggemacht hättest.«

Frankie schiebt das iPad weg und dreht sich auf die Seite, um mich anzusehen. Auf ihrem Gesicht sind Abdrücke vom Kissen zu sehen. Das ist etwas, das ich sonst nicht habe: morgens zusammen mit Frankie aufzuwachen.

Wenn wir zusammen sind, dann immer nur nachts.

Wir vögeln und gehen dann getrennte Wege.

Hasse ich das?

Ja.

Muss ich damit leben, weil aus uns nicht mehr werden kann?

Ja.

»Dafür müsstest du aber bis nach zwanzig Uhr aufbleiben.«

»Steck du erst mal so einen Schlag ein wie ich am Sonntag und setz dich danach noch zehn Stunden ins Flugzeug.«

Frankie spielt an der Kette herum, die auf meiner Brust liegt. »Brauchst du vielleicht ein paar Streicheleinheiten?«

»Wenn ich herumheule und jammere, wirst du mir dann behilflich sein?« Ich schiebe meine Unterlippe vor wie ein schmollendes Kleinkind. Frankie grinst mich an.

»Du musst nicht herumheulen und jammern.« Sie drückt mich an den Schultern nach unten. »Leg dich hin und ich werde dir behilflich sein.«

»Ich dachte schon, ich müsste darum betteln.« Ich lache in das Kissen hinein, während ich es mir auf dem Bett gemütlich mache.

»Ich habe den Schlag gesehen, den du abbekommen hast. Nachdem ich ja kürzlich auch am eigenen Leib erfahren musste, wie sich so etwas anfühlt, brauchst du nach so etwas einfach nur zu fragen.«

Frankie setzt sich auf meinen Hintern und legt ihre Hände auf meinen Rücken. Allein diese flüchtige Berührung genügt, um meinen Körper in Brand zu setzen.

»Ich liebe es, in der Defense zu spielen, aber je weiter wir in der Season voranschreiten, desto schwieriger wird es für mich in meinem Alter, mich von solchen Treffern wieder zu erholen.«

Frankie drückt ihre Fäuste in meine Schultern. Fuck, fühlt sich das gut an.

»Ja, siebenundzwanzig zu sein ist ganz schön hart.«

»Hey.« Ich greife nach hinten und zwicke sie in den Oberschenkel. »Nicht alle von uns altern so gut wie du.«

»Ja, man sieht dir dein Alter wirklich an, Knox. Dein exzellenter Körperbau lässt alle Welt darüber reden, wie schrecklich es ist, älter zu werden.«

Frankie lässt ihre Hände über meinen Rücken gleiten und bearbeitet mit ihren Daumen meine schmerzenden Muskeln. »Sollte es bei dir im Footballsektor mal nicht mehr klappen, kannst du immer noch eine Karriere als Massagetherapeutin einschlagen.«

»So etwas darfst du doch nicht laut aussprechen. Du verschreist es noch!«

»Du musst dir absolut keine Sorgen machen. Ich habe dich doch schon auf dem Spielfeld zusammen mit den Jungs gesehen.«

Ihre Hände geraten auf meinem Rücken ins Stocken. »Ich wünschte, es wäre so einfach«, seufzt sie.

Ich drehe mich unter ihr, damit ich sie ansehen kann. »Machst du dir immer noch Gedanken wegen dieser anderen Trainerin?«

Ihre Hände wandern zu meiner Brust, wo sie das Tattoo auf meiner Haut nachfährt.

»Natürlich tue ich das. Da ich eine Frau bin, muss ich doppelt so hart arbeiten, um mich zu beweisen. Du hast doch mitbekommen, wie schnell sie sie fallen gelassen haben.«

Ich brumme. »Du kennst dich besser mit Football aus als die meisten aus dem Team. Ich glaube nicht, dass sie dich einfach rausschmeißen würden.«

Sie zuckt mit einer Schulter. »Es ist, wie es ist.«

Ich hasse, wie niedergeschlagen sie klingt. Anstatt eine entspannende Auszeit zu genießen, geht es gleich am ersten Morgen um die richtig ernsten Sachen. »Das bringt mich wirklich dazu, jemandem eine reinhauen zu wollen.«

Ich schiebe meine Hände über ihre Oberschenkel und komme am Saum ihres Shirts zum Stehen.

»Du musst nicht für mich in den Kampf ziehen. Das würde die Situation wahrscheinlich nur noch schlimmer machen.«

»Vielleicht könnte ich ja Newman schicken. Er hat immer noch ein Milchbubigesicht. Zu ihm kann man einfach nicht Nein sagen.«

Frankie lacht tief aus dem Bauch heraus, und das trifft mich mitten ins Herz. »Es ist sogar sehr einfach, Nein zu ihm zu sagen.«

»Und was ist mit mir?«

Ein hinterhältiges Lächeln erscheint auf ihrem Gesicht. »Du willst, dass ich Nein zu dir sage?«

»Anscheinend ist es ganz einfach, Nein zu mir zu sagen.«

»Ich denke, du glaubst, dass du mit deinem Charme bei mir mit allem durchkommst.«

Ich packe sie an der Hüfte und drehe uns um, sodass ich jetzt über ihr bin. Ihr honigbraunes Haar breitet sich wie ein Fächer auf dem Kissen aus. Die Sonne, die durch die Bäume spitzt, wirft Schattenbilder auf Frankies Gesicht.

Mein Herz macht in meiner Brust einen Sprung und es trifft mich mit so einer Wucht, als hätte mich ein Güterzug erfasst.

Frankies Lächeln. Die Art, wie ich heute Morgen neben ihr aufwachen durfte. Wie unkompliziert es zwischen uns beiden ist, wenn wir nur unter uns sind. Die Tatsache, wie sie gerade keine Sekunde gezögert hat, um sich um mich zu kümmern.

Fuck. Ich liebe diese Frau.

Ich weiß, dass sie ihre Bedenken hat, was uns beide angeht. Sie ist älter als ich. Sie ist meine Trainerin. Und ihr würden mit Sicherheit noch eine Million anderer Gründe einfallen, warum wir nicht zusammen sein sollten.

Das hier ist schon seit langer Zeit viel mehr. Am Anfang war es eine gute Möglichkeit, während der regulären Season ein wenig Dampf abzulassen.

Da wir den gleichen Terminplan hatten, war es ganz einfach. Ein kurzer Quickie hier und da. Aber über die Jahre hat sich mein Verlangen nach ihr zu etwas entwickelt, das ich nicht mehr unterdrücken kann. Zu einem lebendigen, atmenden Wesen in mir.

Heute durfte ich zum allerersten Mal neben ihr aufwachen. Am liebsten würde ich ab jetzt jeden neuen Tag damit beginnen, ihre geschmeidigen Kurven am Morgen zu spüren; sie in meinem T-Shirt zu sehen und in nichts sonst.

Aber bis sich die Realität unserer Situation ändert, wird es bei gestohlenen Nächten bleiben.

»Du bist so still geworden. Denkst du gerade darüber nach, wie du am besten deinen Charme bei mir einsetzen kannst?« Frankie fährt mit einem Finger über die Furche in meiner Stirn.

»Vielleicht könnten wir ja draußen Kaffee trinken.«

Sie strahlt mich an. »Nein.«

»Nein?«

»Siehst du? Es ist ganz einfach für mich, Nein zu dir zu sagen.«

Ich kitzle sie an ihrer rechten Seite, weil ich genau weiß, dass das die einzige Stelle ist, wo sie empfindlich ist. »Hattest du etwas anderes im Sinn?«

»Ich wollte einfach nur Nein zu dir sagen.« Sie windet sich unter mir.

Ich verlagere mein Gewicht und lege meine Stirn gegen ihre. »Was soll ich nur mit dir machen?«

»Hmm, vielleicht könntest du uns Frühstück zubereiten, das wir dann draußen essen könnten.«

Ich knabbere an ihrer Unterlippe. »Du machst mich verrückt.«

»Das hast du mir schon mal gesagt.« Frankie schlingt ihre Hände um meinen Hals und spielt mit meinen Haarspitzen.

»Ich habe keine Ahnung, warum ich dich immer noch in meiner Nähe behalte.«

Aber das weiß ich ganz genau.

»Weil du jemanden brauchst, der dir ab und zu mal einen Dämpfer verpasst. Und der dein großes Football-Ego in Schach hält.«

»Ich wusste gar nicht, dass ich so eins habe.«

»Oh, hast du auch nicht. Aber das liegt nur an mir.«

»Weil du Nein zu mir sagst.« Ich schüttle den Kopf.

»Ganz genau. Dir würde es doch gar nicht gefallen, wenn ich dir immer nur zustimmen würde.«

»Ein oder zwei Mal würde dich aber auch nicht umbringen«, grummle ich.

Frankie gibt mir einen Kuss auf den Mundwinkel. »Wie sieht es jetzt mit Frühstück aus?« Dann bekommt auch der andere Mundwinkel einen Kuss ab. Diese Aktion lässt meinen Schwanz langsam steif werden. »Und danach könnten wir ja vielleicht nach einer Aktivität suchen, der wir beide gerne nachgehen würden?«

»Dagegen habe ich nichts einzuwenden.«

Kapitel Zwanzig

FRANKIE

Den ganzen Nachmittag über ziehen schon dunkle Wolken auf. Nach dem Frühstück ist Knox eingeschlafen und ich habe es mir vor einem knisternden Feuer gemütlich gemacht.

Es war der perfekte Nachmittag bisher. Ich habe nicht ein einziges Mal an Football gedacht.

»Was machst du da?«

Knox' Stimme von hinten lässt mich zusammenzucken.

»Mein Gott, du hast mich zu Tode erschreckt.«

Knox grinst mich an. »Warum bist du denn so schreckhaft?«

Ich halte das Buch in meiner Hand hoch. »Ich lese einen Thriller.«

Knox dreht es um, um sich das Cover anzusehen.

»Benutzt du das als eine Art Ratgeber?«

»Ratgeber? Wofür denn bitte?«

Knox beugt sich über die Rückenlehne der Couch; sein Gesicht fühlt sich stoppeliger an als sonst.

»Mich in meinem Schlaf umzubringen vielleicht?«

Ich greife hinter mich und ziehe ihn über die Couch.

»Genau das habe ich vor. Du hältst beim Schlafen besser ein Auge offen.«

»Verdammt, Frankie. Und ich hätte gedacht, du magst mich.«

»Ach.«

Knox nimmt mir das Buch aus der Hand und schlägt es auf der Seite auf, auf der ich gerade war. Draußen beginnt es zu regnen. »Dieser Typ tötet jemanden mit einem Strohhalm? Das erscheint mir ziemlich unrealistisch.«

»Musst du den Dingen, die ich mag, immer so kritisch gegenüberstehen?«

»Bei welchen Dingen war ich denn sonst noch kritisch?« Ein verspieltes Grinsen erscheint auf seinem Gesicht.

»Du hast über meinen Film gelästert.«

»Welche Achtzehnjährige reist denn bitte allein nach London? Das ist doch gar nicht möglich.«

Ich fahre ihm mit der Hand durch sein strubbeliges Haar. »Warst du schon immer so?«

Er lächelt mich selbstgefällig an. »Laut meiner Mutter und meiner Oma, ja.«

»Glaub mir, wenn ich dich loswerden wollen würde, müsste ich nur ein paar Donuts mit Gift versetzen. Du sagst nie Nein zu Donuts, wenn es welche nach dem Training gibt.«

Knox sieht mich beleidigt an. »Hast du schon mal VooDoo-Donuts gegessen? Die gehören mit zu den verdammt noch mal besten Dingen auf dieser Welt.«

»Ich weiß. Deshalb würdest du es einem ja auch so einfach machen, dich umzubringen.«

Er runzelt die Stirn. »Mir gefällt nicht wirklich, in welche Richtung sich dieses Gespräch gerade entwickelt.«

»Dann sollte ich vielleicht mal die Dinge auseinandernehmen, die du so magst.«

»Machst du das nicht jede Woche?«

»Ich bevorzuge, Training dazu zu sagen …«

»Warum hast du dich eigentlich dazu entschieden, Trainerin zu werden?«, fragt Knox und sieht mit strahlenden braunen Augen zu mir hoch.

»Ganz schöner Themenwechsel.«

»Ich glaube nicht, dass ich die Geschichte schon mal gehört habe.«

»Da gibt es nichts besonders Aufregendes zu erzählen. Ich bin ein paar Mal mit meinem älteren Bruder zum Training gegangen und war sofort hin und weg. Als mein kleiner Bruder sich dann dazu entschlossen hat, zu spielen, habe ich bereits mit meinem College-Footballteam zusammengearbeitet und ihm bei seinen Spielzügen geholfen.«

»Du hast das nicht gemacht, weil du die Footballspieler so heiß fandest?«

Ich lache. »Das war wahrscheinlich der Grund, warum ich mit meinem Bruder immer wieder hingegangen bin.«

»Verdammt. Das war eigentlich nur ein Scherz.«

»Hey!« Ich schlage ihm auf die Brust. »Ich war in der Highschool. Sei mal etwas nachsichtig mit mir.«

»Tut mir leid. Ich schaffe es nur gerade nicht, mir vorzustellen, wie du dich bei anderen Spielern einschmeichelst, nachdem ich gesehen habe, wie du Newman zum Weinen gebracht hast.«

Ich verdrehe die Augen. »Ich habe ihn nicht zum Weinen gebracht.«

»Du *hast* ihn zum Weinen gebracht.«

»Wenigstens wissen wir nun, dass er langfristig dabei sein wird.«

»Ich glaube, ich habe nicht mehr wegen Football

geweint, seit mein Opa mich zu meinem ersten Training gebracht hat.«

»Das hat dich zum Weinen gebracht?« Mit meinen Fingern spiele ich in seinem Haar herum. »Das ist jetzt aber etwas, das ich nur schwer glauben kann.«

»Es war aber so!«, beteuert er. »Ich war sieben und wurde so hart getroffen, dass ich vom Spielfeld gerannt bin und es gerade noch unter die Tribüne geschafft habe, bevor ich in Tränen ausgebrochen bin.«

»Und du hast weitergespielt?«

»Mein Opa hat zu mir gesagt, wenn ich so einen Schlag einstecken könnte, würde es ab jetzt nur noch einfacher werden.«

»Und war dem so?«

Er lacht. »Auf keinen Fall. Es wurde immer nur härter, aber wenigstens wusste ich, was auf mich zukommt.«

»Du solltest wirklich mal Yoga machen. Das hilft ungemein.«

»Woher willst du das wissen?« Knox setzt sich auf und sieht mir in die Augen. Dann nimmt er meine freie Hand und verschränkt unsere Finger miteinander.

»Yoga ist gut für dich. Das hilft dabei, gelenkig zu bleiben.«

»Vielleicht kannst du mir ja mal deine Yoga-Übungen zeigen.«

»Die kommen alle aus der Hüfte.« Ich zwinkere ihm zu.

Knox stöhnt und schließt die Augen. »Du versuchst wirklich, mich umzubringen.«

»Heute nicht, nein.«

»Wenn du versuchst, mir Yoga beizubringen, dann schon.«

»Zur Kenntnis genommen. Und wenn ich irgendwann

mal versuchen sollte, für dich zu kochen. Dann werde ich dich wahrscheinlich auch umbringen.«

»Du weißt nicht, wie man kocht?« Knox hört abrupt auf, mit meiner Hand zu spielen.

Ich schüttle den Kopf. »Nicht im Geringsten. Meine Eltern waren furchtbar im Kochen, somit war das nichts, was sie an mich hätten weitergeben können.«

Knox springt von der Couch auf. »Wie wäre es dann mit einem frühen Abendessen?«

»Du willst für mich kochen?«

»O ja. Ich bin sogar ziemlich großartig darin.«

»Sieh mal einer an, was du so für versteckte Talente hast.«

Er zuckt mit den Schultern. »Ich komme nicht oft dazu, also freue ich mich umso mehr, wenn es dann mal klappt.«

»Verstehe ich.«

»Das hat mir meine Oma beigebracht. Ich glaube, sie war fest davon überzeugt, dass ich in meinem ersten Jahr in Denver draufgehen würde, wenn ich nicht wüsste, wie man kocht.«

»Das ist ja köstlich«, sage ich lachend.

Knox drückt mir einen schnellen Kuss auf die Lippen.

»Dann lehn dich zurück, entspann dich und lass mich dich mit weiteren köstlichen Dingen überraschen.«

»ERNSTHAFT, was riecht hier so gut?«

Nachdem Knox mir gesagt hat, dass er Abendessen machen würde, bin ich auf der Couch eingedöst. Das Feuer und der gegen die Fenster prasselnde Regen haben mich in einen wohligen Schlaf gelullt.

Und jetzt wache ich auf und sehe, wie der bestaussehende Mann Abendessen für mich macht.

»Das ist ein Rezept meiner Oma. Es ist einfach zuzubereiten und, wie sie so schön gesagt hat, ›etwas, das auch ein Holzkopf wie du nicht vermasseln kann‹.«

Ich versuche, den Mund zu halten und nicht laut loszulachen, aber es klappt nicht. »Deine Oma ist echt die Beste.«

Knox verdreht die Augen. »Manchmal. Sie hat zumindest dafür gesorgt, dass ich nicht angeberisch werde, weil ich in der Liga spiele.«

»Ich glaube nicht, dass dir irgendjemand vorwerfen könnte, dass du angeberisch wärst.« Ich betrachte den Mann vor mir. Er ist so entspannt, wie ich ihn noch nie zuvor erlebt habe. Während der Season stehen immer alle unter Strom. Das Adrenalin hört nie auf zu fließen, denn die Jungs müssen immer auf alles gefasst sein, was ihnen in den Weg gelegt werden könnte.

»Es freut mich, dass du so denkst.«

Ich nippe an dem Rotwein, den Knox mir eingeschenkt hat, während ich ihm beim Kochen zusehe.

Das ist etwas, woran ich mich gewöhnen könnte.

»Coach Brooks würde nicht zulassen, dass jemand, der für ihn spielt, ein arrogantes Arschloch wird«, sage ich.

»Nicht mal Colin, der wahrscheinlich von uns allen der größte Angeber war, ist zu einem geworden. Hat immer allen Mädels erzählt, dass er für Denver spielt, um sie ins Bett zu kriegen.«

»Willst du damit sagen, dass du diesen Satz nie benutzt hast?« Ich lache zwar, bin jetzt aber doch neugierig. Das ist etwas, worüber wir noch nie gesprochen haben. Als wir mit dieser Sache angefangen haben, haben wir vereinbart, keine weiteren Sexualpartner nebenher zu haben. Aber was davor war? Das wollte ich nicht wissen.

»Auf gar keinen Fall.«

»Oh, bitte.« Ich trinke den Rest meines Weins aus.

Knox lässt den Deckel auf den Topf fallen und kommt zu mir herüber. Dann schnappt er sich meinen Stuhl und dreht mich so, dass ich ihn direkt ansehe. Er beugt sich über mich, und sein berauschender Duft überwältigt mich beinahe. In seinen Augen lodert ein Feuer.

»Glaub mir, was ich dir jetzt sage, Francesca.« Gott, schon allein der Klang meines Namens aus seinem Mund lässt ein Kribbeln durch meinen gesamten Körper fahren. »Ich habe noch nie meinen Status benutzt, um eine Frau zu bekommen. Denn die einzige, die ich je wollte, sitzt hier vor mir.«

Ich denke nicht nach. Ich lehne mich näher zu ihm und gebe Knox einen leidenschaftlichen Kuss. Mit seinen Händen greift er in mein Haar und krallt sich darin fest. Er knabbert an meiner Unterlippe und ich genieße den leicht stechenden Schmerz. Unsere Zungen tanzen miteinander. Das alles führt dazu, dass sich Verlangen in jedem Winkel meines Körpers ausbreitet.

Knox übernimmt die Kontrolle und bremst uns aus. Mit meinen Händen kralle ich mich in sein Shirt und ziehe ihn an mich. Ich bin mir nicht sicher, wer lauter stöhnt – er oder ich. Aber dieser Kuss beinhaltet all das, was ich an diesem Mann so liebe.

Er ist dominierend und doch bedächtig.

Stark und doch sanft.

Viel zu schnell zieht sich Knox wieder zurück. Seine Augen sind halb geschlossen und seine Lippen geschwollen. Ich beiße mir auf die Lippe, als ich mich näher zu ihm lehne.

»Stell mich nie infrage, Frankie. Denn ich werde dich jedes Mal eines Besseren belehren.«

Er drückt mir schnell einen Kuss auf die Lippen, bevor er sich wieder dem Herd zuwendet.

Bei seinen Worten wird mir ganz heiß. »Ist das die Art, wie du mich eines Besseren belehren wirst?«

Wenn ich an diesen Kuss zurückdenke, durchfährt mich ein wohliger Schauer. Kein Mann hat jemals solche Gefühle in mir ausgelöst. Wie äußerst ungünstig für mich, dass er mein Spieler ist.

»Das war eine von vielen Arten«, meint Knox und zwinkert mir zu.

Die Schmetterlinge in meinem Bauch überschlagen sich beinahe, als Knox das Hühnchen auf Teller drapiert und auf mich zukommt.

»Und jetzt musst du schön aufessen, denn ich habe heute Abend noch etwas mit dir vor.«

Knox setzt sich neben mich und zieht meine Beine auf seinen Schoß. Seine Finger streichen an meinem Bein auf und ab, während er sich ans Essen macht.

Ich nehme einen herzhaften Bissen und erlebe eine wahre Geschmacksexplosion, weshalb ich gierig eine weitere Portion in mich schaufle. Diese Mischung aus Zitrone und Knoblauch ist wirklich sündhaft gut. »Das ist ja köstlich«, sage ich ungeniert mit einem großen Stück Essen im Mund.

Knox grinst mich an. »Ich wusste, dass es dir schmecken würde.«

»Zum Glück hat dir deine Oma das Kochen beigebracht. Ich bin in der Küche eine absolute Niete.«

»Dann solltest du mich vielleicht lieber in deiner Nähe halten.«

Ich lächle ihn an. Ich würde ihm so gerne sagen, dass ich ihn in meiner Nähe halten werde, aber das, was mit der Trainerin in New York passiert ist, belastet mich immer noch stark.

Das hätte auch leicht ich sein können. Ich habe die Bilder gesehen. Ich weiß, dass die beiden unvorsichtig waren. Aber ein falscher Schritt genügt und unser Geheimnis fliegt auf. Die Tatsache, dass ich seine Trainerin bin, ist schon schlimm genug, aber die Leute könnten auch noch denken, dass ich ihn zu dieser Sache genötigt habe, weil ich älter bin.

Und das könnte nicht weiter von der Wahrheit entfernt sein.

Knox wartet nicht auf eine Antwort von mir.

»Danke, dass du mit mir hierhergekommen bist«, sagt er zu mir.

»Ich freue mich, dass es geklappt hat«, erwidere ich und zucke mit den Schultern, als ob das gar keine große Sache wäre.

»Ich meine es ernst.« Er greift nach meiner Hand und verschränkt unsere Finger miteinander. »Mir ist bewusst, dass das für uns beide eine beschissene Woche war. Deshalb freue ich mich umso mehr, dass du mitgekommen bist.«

Ich drücke seine Hand. »Du bist so ein verkopfter Spieler. Manchmal machst du dir viel zu viele Gedanken und stehst dir deshalb nur selbst im Weg.«

»Es ist schwer, nicht so zu sein, wenn dieser Sport dein ganzes Leben ist.«

Ich lasse meine Gabel fallen und rutsche auf Knox' Schoß. Dann lege ich meine Hände an seinen Kopf und beginne, ihn zu massieren. Er stöhnt genüsslich auf.

»Deshalb muss man sich manchmal eine Auszeit nehmen. Einfach mal Football hinter sich lassen und im Hier und Jetzt leben.«

»Sagt die Trainerin.«

»Hey.« Ich drücke ihm einen Kuss auf die Schläfe, bevor ich meine Hände wieder in seinem Haar versenke.

»Ich liebe Football und selbst ich brauche ab und zu eine Pause davon.«

Knox schlingt seine Arme um mich und genießt meine Berührungen. Sein leises Knurren und Stöhnen verrät mir, dass es ihm gefällt.

Ich liebe es, diejenige zu sein, die ihm Geborgenheit gibt. Diese Sache zwischen uns ist nicht einfach. Es gibt Momente, in denen ich am liebsten zu ihm rennen möchte, um mich zu vergewissern, dass es ihm gut geht – aber ich kann nicht. Ich möchte mit ihm zusammen sein, aber unsere Jobs stehen auf dem Spiel. Und meine Beförderung.

Vielleicht könnten wir ja eines Tages, wenn er nicht mehr aktiv spielt, einen Weg finden. Aber können wir diese Sache bis dahin wirklich geheim halten?

»Warum hast du aufgehört?«, flüstert Knox gegen meinen Hals.

»Tut mir leid.«

Knox sieht mich mit müden Augen an. »Ist es zu früh, um ins Bett zu gehen?«

Ich lächle ihn an und versuche, meine Traurigkeit über den Gedanken, dass ich nie so mit ihm zusammen sein kann, wie ich es mir wünsche, zu verstecken. Ich versuche immer und immer wieder über eine Möglichkeit nachzudenken, wie das mit uns funktionieren könnte, aber mir ist noch keine eingefallen, bei der ich am Ende nicht meinen Job los bin.

Ich stehe auf und verschränke seine Hand mit meiner. Das Abendessen ist mir inzwischen egal. Alles, was ich will, ist, mit Knox zusammen zu sein.

Er folgt mir, während ich uns die Treppe hinauf in unser Zimmer führe. Kaum habe ich mich zu ihm umgedreht, hebt er mich hoch und lässt sich mit mir auf dem Bett nieder.

Unsere Küsse sind drängend. In ihnen liegt ein Verlangen, das ich vorher so noch nie gespürt habe. Es ist fast so, als könnten wir beide spüren, dass die Zeit knapp wird.

Ich verliere keine weitere Sekunde, greife in Knox' Jogginghose und umschließe sein hartes Glied.

»Fuck! Ich liebe deine Hände auf mir.«

Ich stoße Knox von mir herunter und auf seinen Rücken, damit ich sein bestes Stück in den Mund nehmen kann.

Er stößt in dem Moment in mich, als meine Lippen die Spitze seines Schwanzes umschließen. Er murmelt unverständliche Worte, während ich ihn bis zum Anschlag in mir aufnehme und mit meiner Hand an seinen Eiern spiele. Der salzige Geschmack seines Lusttropfens auf meiner Zunge lässt Hitze zwischen meinen Beinen aufsteigen.

»Du kannst das viel zu gut, Frankie«, sagt Knox mit lustverhangener Stimme. »Ich will nicht in deinem Mund kommen.«

»Wo möchtest du denn dann kommen?«, frage ich, als ich mich von ihm gelöst habe. Mit meiner Hand spiele ich immer noch an ihm herum.

»Fuck. Ich muss sofort in dir sein.«

Schnell entledigen wir uns unserer Klamotten, bevor unsere Hände sofort wieder auf dem jeweils anderen liegen. Als hätten wir Angst, dass sich einer von uns einfach in Luft auflösen könnte, wenn wir uns nicht mehr berühren.

Knox lehnt sich mit dem Rücken gegen das Kopfteil und zieht mich auf sich. Mit seinen Händen greift er in mein Haar, während er mich für einen weiteren Kuss zu sich heranzieht.

Ich kann nicht nah genug bei ihm sein. Ich sauge alles in mich auf, was er mir gibt, während ich auf ihn herabsinke. Er schluckt mein Keuchen herunter, als ich ihn in mir aufgenommen habe.

Jeder Stoß, jede Bewegung, ist drängend. Wir bewegen uns im Takt. Verlangen durchströmt meinen Körper und ich kann gar nicht schnell genug zu meinem Orgasmus kommen. Knox hält mich fest an sich gedrückt. Nichts könnte zwischen uns beide kommen. Unsere Augen begegnen sich.

Diese Verbindung zwischen uns beiden ist etwas, das ich so noch nie gespürt habe. Eigentlich sollte mir das Angst machen. Aber als es mich letztlich zu meinem Höhepunkt treibt, begrüße ich es. Mein Orgasmus triggert schließlich auch den von Knox.

Alles in mir entspannt sich wieder, als wir uns gemeinsam von diesem Rausch erholen. Diese Sache mit Knox ist alles für mich. Ich will das mit jeder Faser meines Seins.

Er hat mir die Wahl gelassen, das Ganze nach diesem Wochenende zu beenden. Doch jetzt?

Wie könnte ich das jetzt noch tun?

Das, was heute Abend zwischen uns beiden passiert ist, hat jeden Unheil verkündenden Gedanken in den Hintergrund gedrängt.

Ich bin seine Trainerin? Spielt keine Rolle.

Ich bin zu alt? Vollkommen irrelevant.

Und das alles nur wegen dieses Mannes, der mich in seinen Armen hält, als wäre ich etwas Wertvolles, das es zu ehren gilt.

Und das alles nur wegen Knox.

»Alles okay bei dir?«, flüstert er mir zu.

Ich setze mich auf und schaue ihm tief in die Augen, denn ich möchte, dass er das, was ich jetzt sage, auch wirklich versteht.

»Ich bin dabei, Knox.«

»Wirklich?«, fragt er überrascht, während sein Gesicht aufleuchtet.

»Voll dabei. Du und ich.«

»Das hört sich verdammt gut.«

Ja, das tut es in der Tat.

Kapitel Einundzwanzig

FRANKIE

»Becky! Ich freue mich so, dass du es geschafft hast.« Ich schließe meine Freundin in die Arme.

»Ich würde dieses Spiel für nichts auf der Welt verpassen wollen.«

»Wirklich?« Ich ziehe eine Augenbraue hoch.

»Okay, okay. Es hat sich zufällig ergeben, dass ich heute nicht arbeiten musste.«

Ich lache. »Ist schon okay. Ich weiß ja, dass du Football nicht magst.«

»Das stimmt. Aber ich mag die Spieler.« Sie sieht sich jeden auf dem Spielfeld genaustens an.

Normalerweise kommen die Familien zwar mit zu den Spielen, aber nicht auf das Feld. Nach der Niederlage in London dachte das Management aber, dass es vielleicht ganz nett wäre, sie während des Aufwärmens mit aufs Feld zu lassen. Als Glücksbringer quasi.

Und da meine Familie nicht hier in der Gegend wohnt und Becky die Person ist, die einem Familienmitglied am nächsten kommt, habe ich sie gefragt.

»Hey, Coach. Wer ist denn deine Freundin hier?«, fragt Newman, der gerade auf uns zukommt.

»Was für ein charmanter junger Mann.« Becky strahlt ihn an.

»Ryan Newman«, stellt er sich vor und streckt ihr seine Hand entgegen.

»Becky, glücklich verheiratet.« Er wird rot, als sie seine Hand schüttelt. »Ich bin viel zu alt für dich.«

»Das Alter ist lediglich eine Zahl.« Er zwinkert, bevor er zu Knox zurückrennt, der uns beobachtet.

»Wer ist denn Mr. Griesgram da drüben?«, fragt Becky und kommt einen Schritt auf mich zu.

Ich mische mich beim Aufwärmen nicht unter die Jungs, es sei denn, sie brauchen mich. Doch Knox' Blicke kann ich sogar von hier aus spüren.

»Knox Fisher. Der Linebacker, der mir regelmäßig Kopfschmerzen bereitet.«

»Oh, Süße, er mag dir Schmerzen bereiten, aber doch hoffentlich jene von der vergnüglichen Sorte.«

»Was höre ich da? Redet ihr zwei Damen da gerade über vergnügliche Dinge?«

Ich wirble herum und sehe Knox' Oma hinter uns stehen. »Darlene. Hi!« Ich gehe auf sie zu und versuche, ihre Hand zu schütteln, doch sie zieht mich stattdessen direkt in eine Umarmung.

»Es ist wunderbar, dich wiederzusehen, Schätzchen.«

»Das kann ich nur zurückgeben. Darf ich annehmen, dass du eine gute Zeit in London hattest?«

»Oh, es war fantastisch. Knox hat uns die ganze Zeit über nur verwöhnt. Aber du weißt ja selbst, wie wunderbar er ist.«

»Ähm …« Beckys Augen sind fest auf meine gerichtet, während besagter Mann auf uns zurennt.

»Oma, hi.« Er beugt sich hinunter und drückt ihr einen Kuss auf die Wange.

»Hallo, mein lieber Junge. Ich habe gerade Frankie und ihre Freundin hier begrüßt.«

»Becky.« Sie streckt ihre Hand aus und begrüßt die beiden.

»Ich glaube, ich habe noch nie jemanden von deinen Freunden getroffen«, meint Knox.

»Es ist auch nicht so, als würde ich sie hier oft sehen«, erklärt Becky und zeigt auf mich. »Außer Football hat sie so gut wie nichts auf dem Schirm.«

»Hey. So schlimm bin ich nun auch nicht.«

»Bei Knox ist es genauso«, wirft Darlene ein.

»Dann bin ich ja froh, dass es nicht nur mir so geht. Bei dem ganzen Gerede über Football schalte ich irgendwann ab.«

»Es gibt mehr im Leben als nur Football.«

Den beiden fallen immer neue Dinge ein, während sie Knox und mich einfach ignorieren.

»Fühlst du dich auch gerade ein wenig gemobbt?«, frage ich ihn.

»Wir reden nicht nur über Football«, grummelt Knox.

Football war das Letzte, woran wir am Wochenende gedacht haben, aber das können sie ja nicht wissen. Nicht einmal die letzten paar Male, als wir uns getroffen haben, ist das Thema aufgekommen. Wir haben einfach nur die Gesellschaft des jeweils anderen genossen.

»Sehen wir uns das Spiel zusammen an, Becky?«, fragt Darlene.

»Das können wir gerne tun.« Sie hängen sich beieinander ein, winken uns noch einmal zu und gehen dann durch den Tunnel, wo andere Familien sich bereits auf den Weg zu ihren Plätzen machen.

»Okay, ist es irgendwie komisch, dass die beiden sich mögen?«, fragt Knox.

»Sehr.«

Knox und ich haben unsere Leben immer getrennt gehalten. Das war eine meiner Regeln, als wir diese Sache begonnen haben. Weniger Ärger.

Aber zu sehen, wie zwei für uns wichtige Menschen so gut miteinander klarkommen?

Das fühlt sich schon komisch an.

»Ich habe so das Gefühl, dass sie sich gegen uns verbünden werden«, meine ich.

»Mir gefällt der Ausdruck auf ihren Gesichtern nicht.« Sie drehen sich noch einmal zu uns um, bevor sie schließlich aus unserem Blickfeld verschwinden.

»Ich schätze, das bedeutet, dass ich eine neue beste Freundin brauche.«

Knox schnaubt hinter mir. »Ich kann meine Oma nicht einfach aufgeben.«

»Sie würde dich umbringen, wenn du das tätest.«

»Wenn ich jemals auf mysteriöse Weise verschwinden sollte, weißt du ja, warum«, sagt er lachend.

»Ooooh, ich bin mir sicher, du würdest vermisst werden.«

»Na ja«, meint Knox und sieht mich an, »dein Tonfall sagt aber etwas anderes.«

Ich schiebe meine Unterlippe vor. »Armer Knoxy. Hast du Angst davor, nicht geliebt zu werden?«

»Geliebt, hm?«

Ich würde das Wort am liebsten in dem Moment wieder zurücknehmen, in dem ich es ausgesprochen habe.

Das kann unmöglich Liebe sein.

Sicher, ich habe eine tiefere Verbindung gespürt, als ich mit Knox unterwegs war, aber das kann keine Liebe sein.

Vor Kurzem war ich mir noch sicher, diese Sache mit ihm zu beenden, und jetzt soll ich ihn lieben?

Kann das wirklich Liebe sein?

»Warum darf Knox sich vom Aufwärmen entfernen?«, beschwert sich Newman und kommt auf mich zugelaufen. Zum Glück, denn so wird die unangenehme Stille durchbrochen, die eingetreten ist, als ich auf Knox' Worte nicht reagiert habe.

Newman durchläuft das normale Aufwärmprogramm vor dem Spiel, wird aber heute wegen einer Zerrung des Oberschenkelmuskels während des Trainings in dieser Woche auf der Bank bleiben.

»Du musst dein Bein dehnen. Ich bin schon aufgewärmt. Aber wenn du ein paar Liniensprints machen willst, bin ich gerne bereit, die mit dir durchzuziehen.«

»Ach, ist schon in Ordnung«, meint er und macht sich bei der Aussicht auf die härtesten Übungen, die es bei uns gibt, schnell aus dem Staub.

»Du bist ja gemein.«

»Der Junge muss eben noch lernen.« Knox läuft rückwärts von mir weg und auf seine Teamkollegen zu. »Ist es schlimm, dass ich mich schon auf das nächste Spiel freue?«

Bei diesem Gedanken durchfährt mich ein warmer, wohliger Schauer, auch wenn ich gerade mit mir selbst debattiere, was ich eigentlich genau für diesen Mann empfinde.

»Mit Sicherheit nicht so sehr wie ich.«

Kapitel Zweiundzwanzig

KNOX

»Ihr hättet ihn sehen sollen. Ehe ihr euch verseht, wird er einen Football kicken«, schwärmt Jackson. Montage sind nach einem Sieg immer chillige Tage, und in Kombination mit der freien Zeit während der spielfreien Woche sind die Jungs entsprechend gut drauf.

Da nach einem Sieg kein reguläres Training stattfindet, treffen sich die Jungs und ich normalerweise im Kraftraum, um ein paar leichte Übungen zu machen.

»Auf keinen Fall. Er wird mal Pässe fangen wie Onkel Colin.«

»Noah hat gegen einen Ball getreten und du lässt ihn gedanklich schon bei den Mountain Lions spielen?«, frage ich Jackson. Ich drücke die Hantel nach oben, lege sie ab und setze mich auf. »Was ist, wenn er Football nicht mag?«

Vier Augenpaare funkeln mich böse an.

»Warum sagst du so was?«, fragt Logan. »Das ist ja Blasphemie.«

Ein verschlagenes Grinsen huscht über mein Gesicht. »*Ihr* sagt doch immer, dass euch das alles egal ist, solange eure Kinder glücklich sind. Ich meine ja nur.« Es ist einfach zu leicht, sie zu ärgern.

»Sie werden Football schon mögen«, meint Jackson in sachlichem Ton, während er mit seinem eigenen Work-out fortfährt. »Wie könnte man Football denn bitte *nicht* mögen?«

Ich zucke mit den Schultern. »Keine Ahnung. Es ist der beste Sport der Welt.«

»Was würde man denn zum Beispiel sonst sonntags machen, wenn man kein Football schaut?«, fragt Colin. »Ich würde mich so was von langweilen.«

»Zum Glück werden wir ja nie in diese Situation kommen«, meint Alex und nimmt einen Schluck Wasser. »Um beim Thema Kinder zu bleiben …«

»Gibt es etwas Neues?«, frage ich.

Auf Alex' Gesicht erscheint ein verklärtes Grinsen. Was auch immer er uns zu sagen hat, es wird wohl etwas Gutes sein. »Unsere Leihmutter ist schwanger.«

»Heilige Scheiße!« Colin springt auf und schlingt seine Arme um ihn. Wir alle tun es ihm gleich und umarmen ihn überschwänglich.

»Du wirst also wirklich Vater?«, frage ich.

Er nickt, und in seinen Augen sammeln sich Tränen. »Ich kann nicht glauben, dass es so schnell ging. Gott sei Dank kannte Carter jemanden, denn wer weiß, wo wir sonst jetzt stünden.«

»Noah wird endlich einen Spielkameraden haben. Wir brauchen mehr Kinder hier«, meint Jackson und sieht zu Colin und mir herüber.

»Hey, lasst mich aus der Sache raus«, sagt Colin. »Peyton und ich sind glücklich mit Waffles.«

»Ich habe niemanden, mit dem ich Kinder haben könnte«, rechtfertige ich mich.

Ich habe noch nie wirklich darüber nachgedacht,

einmal Kinder zu haben. Das Thema war für mich einfach noch nie von Belang. Selbst diese Sache mit Frankie ist zeitlich begrenzt, weil sie nur während der Season stattfindet. Und es ist auch nicht so, als ob wir beide über so dieses Thema sprechen würden.

»Das sind echt tolle Neuigkeiten, Mann«, wirft Logan ein. »Wir ziehen gerade die zweite Generation Mountain Lions heran.«

»*Falls* sie Football mögen …«

»Echt jetzt, Knox?«

Ich lache. »Ihr macht es einem aber auch wirklich zu einfach.«

»Fisher. Ich brauche dich im Besprechungszimmer.« Coach Riley, der Defensive Coordinator, steckt seinen Kopf in den Kraftraum.

»Oooh. Er muss gehört haben, wie du über Football geredet hast. Da steckt jetzt aber jemand ziemlich in Schwierigkeiten«, witzelt Colin.

»Quatsch. Es ist ja nicht Frankie. Er hat nichts zu befürchten«, erwidert Alex, während ich mir eine Wasserflasche schnappe und den Raum verlasse.

Ich spüre ein Kribbeln in meinem Bauch. Ich weiß nicht, was der Auslöser für dieses spontane Meeting ist, aber ich versuche, mich nicht auf alle möglichen Dinge zu konzentrieren, die der Grund dafür sein könnten.

Zum Beispiel, dass jemand das mit mir und Frankie herausgefunden hat.

Aber wäre dann nicht eher Coach Brooks derjenige, der mir dafür einen Einlauf verpassen würde?

Ich schiebe meine Besorgnis beiseite und betrete das Besprechungszimmer, wo Frankie und der Linebacker-Coach bereits mit jemandem warten, den ich nicht kenne. Seine Präsenz ist beeindruckend. Mit seinem kräftigen

Bizeps, den kurzen Haaren und dem fehlenden Lächeln wirkt er ziemlich bedrohlich.

Er ist auf jeden Fall niemand, dem ich abseits des Spiels über den Weg laufen wollen würde. Und ich bin eigentlich nicht so leicht einzuschüchtern.

»Tut mir leid, dass wir dein Krafttraining unterbrechen mussten, Knox, aber wir haben hier jemanden, den du kennenlernen musst«, begrüßt mich Coach Jenkins, als ich eintrete.

Ich lasse meine Augen durch den Raum schweifen und nehme die lockere Haltung der beiden Trainer wahr. Die von Frankie ist nicht so locker. Sie sieht eher angespannt aus.

»Knox, das ist Lucas Black. Er kommt als einer unserer neuesten Linebacker ins Team.«

»Werde ich etwa rausgeschmissen?« Mir wird sofort kotzübel.

Riley schüttelt den Kopf. »Ganz und gar nicht. Da einige Spieler ausgefallen sind, mussten wir ein wenig umdisponieren, und Lucas hier ist ein aufstrebender Star.«

Er nickt mir zu. »Was geht?«

Was geht?

Für wen hält sich der Junge eigentlich?

Was geht?

Meine Oma hätte mir eine Tracht Prügel verpasst, wenn ich jemals jemanden so begrüßt hätte, den ich nicht kenne.

»Aber er ist noch keiner«, stichle ich gegen ihn.

Ich lasse mir mein Ego eigentlich nicht gerne raushängen. Aber ich kenne die Statistiken. Meine Werte sind in dieser Season die höchsten der Liga.

»Ganz ruhig, Knox. Niemand hier wird dir deinen Job wegnehmen. Aber wir brauchen Hilfe, weil Newman für ein paar Wochen ausfallen wird.«

Ich knirsche mit den Zähnen. Ich hasse den Gedanken, dass einfach ein neuer Typ hier auftauchen und mir meine Position streitig machen – und letztendlich auch wegnehmen – könnte.

Ich habe mir den Arsch aufgerissen, um dorthin zu kommen, wo ich jetzt in dieser Liga bin. Ich habe mich nie damit zufriedengegeben, einfach nur gut genug zu sein. Ich habe immer danach gestrebt, noch besser zu werden.

Das Gefühl, ersetzt zu werden, ist eines, das ich nur zu gut kenne. Mein Vater hat uns damals verlassen und eine neue Familie gegründet. Das hat mir das Gefühl gegeben, nur zweitklassig zu sein, und mich motiviert, mehr als hart zu arbeiten, um mich nie wieder so fühlen zu müssen.

Doch jetzt macht sich dieses Gefühl gerade wieder in mir breit. Und ich kann absolut nichts dagegen tun, denn wenn ich etwas tue, werde ich mit Sicherheit auf der Ersatzbank landen.

»Klar. Was immer nötig ist, um dem Team zu helfen.«

Riley klopft mir auf die Schulter. »Sehr schön. Und jetzt ab nach draußen. Coach Rose wird ein paar Übungen mit der Defense machen.«

Frankie nickt ihm grimmig zu, als sie alle den Raum verlassen. Mir entgeht nicht, wie Lucas mich auf dem Weg nach draußen mustert.

Arschloch.

»Knox, lass das«, sagt Frankie leise zu mir, als die Tür hinter uns ins Schloss fällt.

Ich sehe sie an. »Findest du nicht, dass ich es verdient hätte, zu erfahren, dass sie einen neuen Linebacker reingeholt haben?«

»Ich wusste es nicht«, zischt sie. »Ich habe es fünf Minuten vor dir erfahren.«

»Fuck.« Ich fahre mir mit einer Hand durchs Haar.

»Hilft der Typ wirklich nur dabei, die Lücken in der Defense zu schließen, oder steht mein Job auf dem Spiel?«

»Ich wusste nicht einmal, dass er kommen würde.«

»Wirklich nicht?«

Frankie knallt eine Hand auf den Tisch. »Auch wenn du das vielleicht denkst, aber ich weiß auch nicht über alles Bescheid, was hier vor sich geht. Ich bin nicht an den Entscheidungen des Teams beteiligt, weil ich immer noch nur Assistenztrainerin bin, Knox. Ich führe Spielzüge aus, die mir vorgegeben werden. Ich habe kein Mitspracherecht bei irgendwelchen sonstigen Angelegenheiten.«

Ich möchte irgendetwas werfen. Gegen die Wand schlagen. Irgendetwas tun, um diese Wut loszuwerden, die in meinem Inneren brodelt.

»Es fühlt sich an, als würde ich ersetzt werden, Frankie.« Die Worte sprudeln aus mir heraus, bevor ich es verhindern kann.

Frankie wirft einen Blick hinter mich, um sich zu vergewissern, dass die Tür auch wirklich geschlossen ist, bevor sie auf mich zukommt. Die Spitzen ihrer Turnschuhe stoßen gegen meine.

»Knox. Du wirst nicht ersetzt.« Sie drückt kurz meinen Bizeps, bevor sie die Hand wieder zurückzieht. »Ich verspreche dir, dass du Coach Riley vertrauen kannst. Black wurde nur als Unterstützung geholt, während Newman sich auskuriert und bis Taylor nach seiner Gehirnerschütterung wieder spielen darf.«

»Bist du dir sicher?«

»Ich verspreche es dir.«

Ich starre auf sie hinunter. Ihre Worte sollten mich eigentlich beruhigen, aber sie bewirken genau das Gegenteil. Die Angst, dass es dieser Typ auf meine Position abgesehen hat, ist immer noch da. Frankie schenkt mir ein beruhigendes Lächeln und sieht mich mit ihren braunen Augen sanft an.

»Wir sollten jetzt raus aufs Feld gehen.« Frankie macht einen Schritt zurück. »Du bist einer der besten Spieler, die ich je trainiert habe, Knox. Mach dir jetzt bitte keine Gedanken mehr darüber.«

Zu spät.

Black hat die Jungs schon zum Lachen gebracht, noch bevor ich auf dem Spielfeld bin.

»Knox, hast du Lucas schon kennengelernt? Er hat uns gerade diese geniale Geschichte über ein Mädchen erzählt, mit dem er was hatte, als er in New York gespielt hat«, berichtet mir einer der Jungs.

»Die war sicherlich irrsinnig witzig«, stoße ich aus.

»Brauchst du vielleicht Hilfe bei irgendwas?«, fragt Lucas und klopft mir auf die Schulter. »Ich habe diverse Fähigkeiten *auf* dem Spielfeld als auch *abseits* davon.«

»Kein Bedarf«, erwidere ich und schiebe seinen Arm weg.

»Weißt du, ich habe so das Gefühl, dass du meine Hilfe gebrauchen könntest.«

»Tatsächlich?« Ich verschränke die Arme und sehe ihn finster an.

Was für ein Arschloch.

»Ich habe in dieser Season mehr Treffer gelandet als du.«

»Nein, hast du nicht.«

Ich kenne die Zahlen. Der Typ ist gut, aber nicht so gut wie ich.

»Mehr erzwungene Fumbles.«

»Und? Willst du eine verdammte Medaille dafür, dass du deinen Job gemacht hast?« Meine Geduld mit diesem Kerl geht langsam zu Ende.

»Seid ihr Jungs fertig mit quatschen? Oder braucht ihr

noch ein paar Minuten, bevor wir mit dem Training beginnen können?«, blafft uns Frankie an.

Lucas nickt in ihre Richtung, während die restlichen Jungs sich aufstellen.

»Wow. Wer ist die Schnitte denn?«

»Bitte was?« Ich gehe einen Schritt näher an diesen Idioten heran. Ich weiß, dass ich nicht versuchen muss, bedrohlich auszusehen. Allein die Art, wie er Frankie ansieht, bringt mein Blut zum Kochen.

»Ganz ruhig, Mann. Ich frage ja nur. Sie ist heiß. Die würde ich auch gerne mal rannehmen.«

»Ist das dein Ernst? Sie ist unser Coach.«

»Das bedeutet aber nicht, dass sie nicht gleichzeitig heiß sein kann.«

Wenn ich jetzt nicht aus diesem Gespräch aussteige, werde ich dem Kerl eine verpassen. Und das wird nicht gut für mich enden.

Es hatte sich endlich so angefühlt, als hätten Frankie und ich sicheren Boden unter den Füßen. Ich weiß, dass sie immer Bedenken wegen unseres Altersunterschieds hatte, aber nach der letzten Woche?

Da war alles gut.

Und jetzt müssen wir uns um diesen Idioten Gedanken machen.

Warum kann es nicht auch mal einfach sein?

»Sie ist unsere Trainerin. Sie ist tabu.« Ich dränge mich an ihm vorbei und stoße mit mehr Kraft als nötig gegen ihn. Am liebsten würde ich ihn ausknocken.

Vielleicht verwenden wir heute ja keine Tackling-Dummys und ich kann ihn plattmachen.

Frankie ruft den ersten Spielzug aus und wir stellen uns auf. Es ist ein Spielzug, den ich schon hunderte Male ausgeführt habe. Ein Spielzug, den ich sogar im Schlaf könnte.

Doch mein Fokus liegt nicht auf dem Spielzug, sondern auf dem Typen, der sich schneller als ich von der Linie wegdreht und das Ziel zuerst erreicht.

»Sehr gut, Lucas. Du hast einen guten Spin-Move drauf«, lobt Frankie und lächelt ihn an. »Vielleicht kannst du ein paar von unseren Jungs zeigen, wie du das gemacht hast.«

»Na klar, Coach.«

Er zwinkert ihr zu.

Sie bemerkt es nicht, aber Lucas sieht sie an, als wäre sie sein nächstes Zielobjekt.

Als ich heute zum Training gekommen bin, war das das Letzte, was ich erwartet hätte. Es spielt keine Rolle, was der Coach gesagt hat. Meine Position hier fühlt sich nicht mehr sicher an. Es fühlt sich an, als würden sie nach meinem Ersatz suchen.

Außerdem: Wenn ich weg bin, bedeutet das auch das Ende dieser Sache zwischen mir und Frankie.

Fuck.

Montage sind einfach zum Kotzen.

Kapitel Dreiundzwanzig

KNOX

»Hast du's schon gehört?« Alex klopft mir auf den Rücken, als er sich neben mich setzt.

»Was gehört?«

»Der Quarterback von Kansas City ist raus. Hat eine Gehirnerschütterung.«

Ich fahre mir mit der Hand übers Gesicht. »Scheiße. Wirklich?«

Alex nickt. »Ihr Ersatzspieler hat trainiert, aber wie ich gehört habe, hat er so seine Probleme.«

Ein Lächeln breitet sich ganz wie von selbst auf meinem Gesicht aus. Selbst wenn ich gewollt hätte, hätte ich es nicht verhindern können. »Ist es gemein von mir, dass mich das freut?«

»Nein. Das sollte unser Spiel morgen um einiges einfacher machen.«

»Das hat die ganze Division gerade um einiges einfacher gemacht.«

Da Dallas letzte Woche Kansas City besiegt hat, ist unsere Chance, die Division zu gewinnen, nun größer.

Nach dieser Niederlage in London konnten wir wirklich etwas Hilfe gebrauchen.

»Denkst du, du bist bereit?«, fragt Alex.

»Verdammte Scheiße. Natürlich bin ich bereit.«

Da klingelt mein Handy in meiner Tasche. Ich ziehe es heraus und sehe den Namen meiner Mutter auf dem Display. Da ich weiß, dass sie mich am Abend vor einem Spiel nie anruft, gerate ich bereits in Panik, bevor ich überhaupt abgenommen habe.

»Da muss ich rangehen.«

Alex nickt und ich gehe in den Flur hinaus, wo es ruhiger ist.

»Hey, Mom.«

»Hallo, mein Schatz.«

In dem Moment, in dem meine Mutter ›Hallo‹ sagt, weiß ich schon, dass etwas nicht stimmt. Es ist diese typische Mutter-Stimme.

»Was ist los?«

»Es geht um Oma, Schatz. Sie ist … gestorben.«

Meine Knie geben nach und ich sinke gegen die Wand hinter mir. »Was?«

»Es tut mir so leid, Knox.«

»Aber ich habe doch erst heute Morgen noch mit ihr gesprochen.«

Das kann gerade nicht wirklich passieren.

Ich höre Mom durchs Telefon schluchzen. Sie hat ihre Gefühle schon immer sehr offen gezeigt, aber das ist jetzt ist einfach zu viel für mich.

»Sie meinten, dass sie nach dem Mittagessen müde geworden wäre und ein Nickerchen machen wollte, und als sie dann nicht zum Abendessen kam, haben sie jemanden zu ihr geschickt, um nach ihr zu sehen.«

»Sie ist nicht mehr da?«

»Sie ist nicht mehr da«, bestätigt mir meine Mutter.

Dicke Tränen laufen unkontrolliert über mein Gesicht. Es fühlt sich an, als würde mir jemand das Herz aus der Brust reißen.

»Ich fliege noch diese Woche zu euch. Es gibt noch ein paar organisatorische Dinge zu erledigen.«

Ich nicke zu den Worten meiner Mutter, ohne sie wirklich zu hören.

Meine Oma ist mein ganzes Leben lang für mich da gewesen.

Als mein Vater uns verlassen hat, war sie da.

Als ich nach dem Tod meines Opas jemanden brauchte, der mir beim Footballtraining hilft, war sie da.

Sie ist immer da gewesen.

Immer.

Und jetzt ist sie weg. Einfach so.

»Knox? Alles okay?« Die Stimme von Coach Brooks lässt mich aufschrecken.

»Schatz, bist du noch da?«

»Hör zu, Mom, ich muss jetzt auflegen.«

»Oh, okay. Rufst du mich später noch mal an?«

Ich nicke, auch wenn ich weiß, dass sie es nicht sehen kann. »Ich liebe dich.«

»Ich liebe dich auch.« Sie beendet das Telefonat und ich richte mich auf, während ich mir wütend die Tränen wegwische. »Brauchst du etwas, Coach?«

»Was ist denn los?«

Er sieht mich mit diesem für ihn typischen Blick an, der mir sagt, dass er sich mit nichts weniger als der Wahrheit zufriedengeben wird.

Ich atme tief durch. Ich will es nicht laut aussprechen. Wenn ich es ausspreche, bedeutet das, dass es wahr ist. Dass sie wirklich nicht mehr zurückkommen wird.

»Meine, ähm …«

Der Coach kommt auf mich zu und packt mich an den

Schultern. Das ist so ziemlich das Einzige, was mich gerade noch in der Realität hält. »Erzähl mir, was passiert ist.«

»Meine Oma ist gestorben«, flüstere ich.

Er zieht mich in eine Umarmung und die Tränen fließen erneut.

»Das tut mir so leid, mein Junge.«

Er lässt mich an seiner Schulter für wer weiß wie lange weinen.

»Gibt es irgendetwas, das ich für dich tun kann? Musst du heute Abend noch nach Hause?«

»Nein«, sage ich schnell und löse mich von ihm. »Ich muss hier sein.«

»Ich weiß nicht, ob das eine gute Idee ist.« Der Coach verschränkt die Arme und mustert mich mit ernstem Blick.

»Ich brauche das«, flehe ich. »Sonst werde ich die ganze Nacht über am Rad drehen.«

»Aber nur morgen.« Er richtet einen Finger auf mein Gesicht. »Ich will dich die komplette nächste Woche über nicht mehr sehen.«

»Verstanden.«

Ich will mich gerade auf den Weg zu den Aufzügen machen, als der Coach mich noch einmal zurückhält.

»Knox.«

»Ja?« Ich schiebe meine Hände in die Taschen.

»Verdränge deine Gefühle nicht. Suche Halt bei deinen Leuten. Jemanden zu verlieren, den man liebt, ist nie einfach und ich will nicht, dass dich das innerlich auffrisst. Nimm dir die Zeit, die du brauchst. Football kann warten.«

Ich drücke auf den Knopf für den Aufzug, doch er will einfach nicht kommen. Das Letzte, was ich jetzt will, ist, dass mich hier draußen alle so sehen können.

Endlich öffnen sich die Türen und ich trete hinein. Die

Kabine ist leer, und ich atme erleichtert auf. Doch als es daran geht, den Knopf für die Etage zu drücken, zögere ich.

Alles in mir schreit danach, zu Frankie zu gehen. In ihren Armen zu liegen, während ich alle Gefühle, die ich im Moment empfinde, herauslasse.

Traurigkeit.

Wut.

Zorn.

Die einzige Person, die ich im Moment sehen möchte, ist sie.

Aber dennoch drücke ich den Knopf für meine Etage.

Ich weiß nicht, was mich abhält. Anstatt zu Frankie zu gehen, kehre ich zurück in mein Zimmer.

Mein leeres Zimmer.

Um meinen Kummer zu ertränken.

Denn ich habe einen der wichtigsten Menschen in meinem Leben verloren.

Und ich habe keine Ahnung, was ich jetzt mit mir anfangen soll.

***

»KNOX. Du hast schon wieder einen Block verpasst.« Kaum bin ich vom Spielfeld runter, steht Frankie auch schon vor mir.

»Er ist schwer aufzuhalten.«

Ihre braunen Augen sehen mich herausfordernd an. »Du lässt dich von ihm austricksen.«

»Ich weiß, Frankie.«

»Wenn du ...«

»Ich sagte, ich weiß«, schnauze ich sie an.

»Wenn du es weißt, warum tust du es dann nicht?«

Ihre Worte sind barsch, als sie die restliche Line entlangläuft.

Fuck.

Ich ignoriere die Blicke meiner Mannschaftskameraden, die ich auf mir spüre, während ich mich auf die Bank setze. Ich dachte, ich hätte meine Emotionen besser im Griff, aber da habe ich mich wohl getäuscht.

Alex und die Offense werden beim nächsten Drive gestoppt. Ich will gerade nach meinem Helm greifen, doch Frankie hält mich auf. »Wir schicken Black rein.«

Oh, verdammte Scheiße, nein.

»Du verarschst mich.«

»Knox, du hast heute noch kein einziges Mal geblockt.« Sie wedelt mit einer Hand vor mir herum. »Irgendetwas ist los mit dir. Du bist heute überhaupt nicht bei der Sache.«

»Scheiß drauf. Ich komme schon klar.«

»Dann komm auf der Bank klar.«

Lucas joggt an mir vorbei, und ich bin kurz davor, ihm hinterherzurennen und ihn zurück an die Seitenlinie zu zerren. Vor allem, als er mich ansieht und mir zuruft: »Jetzt zeige ich dir mal, wie man das macht.«

Das ist doch nicht zu fassen.

»Echt jetzt? Dieser Typ? Er ist ein Arschloch.«

»Aber im Moment versucht er, uns dabei zu helfen, das Spiel wieder unter Kontrolle zu bekommen.« Sie sieht mich grimmig an. »Und jetzt setz dich hin, Knox.« Frankies Hand hält mich davon ab, das zu tun, was ich gerade tun will.

Ich blicke wütend auf sie hinunter und kann meinen Zorn kaum unter Kontrolle halten. »Du weißt nicht, was du da tust.«

Sie stellt sich aufrechter hin und rückt die Mütze auf ihrem Kopf zurecht. »Wir müssen Kansas City aufhalten.

Das Spiel ist noch nicht verloren, und ich brauche Spieler, die voll bei der Sache sind.« Sie geht einen Schritt zurück. »Bring mich nicht dazu, dir das noch einmal erklären zu müssen.«

Ich werfe meinen Helm in Richtung der Bank, wo das Plastik gegen Metall kracht. Ich bin mir sicher, dass jede Kamera im Stadion das gefilmt hat, aber das ist mir im Moment scheißegal.

Genau das, von dem Frankie gesagt hat, dass es nicht passieren würde, passiert gerade. Ich werde ersetzt. Durch irgendeinen zweitklassigen Vollidioten, der denkt, er wäre eine Gabe Gottes an den Football.

Das restliche Spiel über sitze ich allein auf der Bank. Niemand wagt sich in meine Nähe. Es ist, als ob meine negative Energie sich auf den Rest der Mannschaft übertragen würde. Wir verlieren knapp, bei einem Spiel, bei dem wir ganz klar mit einem Sieg gerechnet hatten. Und ich habe nichts getan, um meinem Team dabei zu helfen, sich wieder zu fangen.

Was für ein toller Kapitän ich doch bin.

Ich nehme eine extra lange Dusche, um der Presse nach dem Spiel aus dem Weg zu gehen. Und den Jungs. Ich weiß, dass ich es ihnen erzählen sollte, aber ich bin noch nicht bereit, ihnen und ihren mitfühlenden Worten gegenüberzutreten.

Bis ich mich umgezogen habe, ist die Umkleidekabine glücklicherweise leer.

Nun ja, fast leer.

»Was zur Hölle war das denn, Knox?« Ich drehe mich um und sehe Frankie vor mir stehen, die bereit zu sein scheint, mir die Leviten zu lesen.

»Du meinst, dass du mich auf die Bank gesetzt hast?«

Sie schnaubt. »Du hättest heute nicht mal ein Scheunentor blocken können, selbst wenn du direkt davor gestanden wärst. Wer auch immer das da draußen auf dem Feld war: Du warst es nicht.«

»Ich hätte schon wieder klar Schiff gemacht.«

»Ich habe getan, was für das Team am besten war«, faucht sie mich an.

»Und das war Lucas? Er ist ein arrogantes Arschloch.«

»Es spielt keine Rolle, ob er ein arrogantes Arschloch ist. Er war heute mit dem Kopf bei der Sache.«

Es ist, als würde ich die Person, die hier gerade vor mir steht, überhaupt nicht kennen. Sicher, das ist Frankie, aber sie hat ihre Maske auf. Ich konnte in ihr immer lesen wie in einem offenen Buch.

Aber jetzt? Keine Chance.

Ich weiß nicht, ob es an ihrer Wut auf mich liegt oder an meinen eigenen rasenden Emotionen, aber in diesem Moment wird es mir klar.

Frankie wird immer mein Coach sein. Sie wird ihre Position immer über mich stellen. Was auch immer sie für mich empfindet, ist zweitrangig für sie.

Das Team steht an erster Stelle.

Knox steht an zweiter.

Botschaft angekommen.

Mein ohnehin schon angeknackstes Herz zerbricht noch ein kleines Stückchen mehr. Ich kann nicht mehr.

»Dann tue ich jetzt, was am besten für mich ist«, fahre ich sie an. »Wir sind fertig miteinander.«

»Was?«, fragt sie und richtet sich auf.

Ich fuchtle mit einem Finger zwischen uns beiden hin und her. »Du und ich? Vorbei.«

»Knox.« Sie will mich berühren, zieht ihre Hand aber wieder zurück. Das bestärkt nur den Verdacht, den ich habe.

»Ich schätze, du musst dir jetzt keine Gedanken mehr darüber machen, dass du gefeuert wirst.« Ich drehe ihr den

Rücken zu und hole meine Tasche aus meinem Spind. »Du hast gesagt, du wärst voll dabei, aber du warst schon von Anfang an mit einem Bein aus dieser Beziehung raus.«

»Das ist nicht wahr.«

Ich schüttle den Kopf. »Du hast doch nur nach einem Grund gesucht, diese Sache zu beenden.«

»Und das war's jetzt? Nach allem, was wir durchgemacht haben?«

»Jepp.« Ich drehe mich um. Ihr Gesicht ist immer noch ernst und zeigt keinerlei Emotionen. Ich habe keine Ahnung, wie mein eigenes Gesicht gerade aussieht. Angepisst. Traurig. Verletzt. »Man sieht sich, Frankie.«

Und einfach so ist es vorbei.

Ich lasse die Bruchstücke meines Herzens auf dem Boden zurück, bei der Frau, der ich es eigentlich schenken wollte.

Ich schätze, man kann nicht alles haben. Es war immer nur das eine oder das andere.

Frankie oder Football.

Und jetzt weiß ich wohl, was es für mich sein wird.

Kapitel Vierundzwanzig

FRANKIE

»Newman! Du blockst schon wieder zu tief. Du musst höher zielen!«, rufe ich ihm zu, nachdem ich erneut meine Trillerpfeife in Einsatz bringen musste. Die Frustration ist mir deutlich anzuhören. Es ist, als ob alles, was er vor seiner Oberschenkelzerrung gelernt hat, aus seinem Gehirn gepustet worden wäre.

»Tut mir leid, Coach.«

»Es muss dir nicht leidtun. Blocke einfach so, wie du es normalerweise immer getan hast.«

»Triff sie hart. Triff sie sauber.« Er nickt und begibt sich zurück in die Trainingsaufstellung. Die Niederlage am Sonntag war – gelinde gesagt – erschütternd. Jeder hatte mit einem Sieg gerechnet, auch wenn es niemand von uns ausgesprochen hat. Das macht das Training diese Woche nur umso schwerer.

Seit Knox weg ist, hat der Kampfgeist der Defense einen weiteren Dämpfer erlitten. Die Jungs fragen mich schon die ganze Woche über, wo er ist, aber niemand aus dem Team hat uns etwas gesagt.

Persönliche Gründe.

Jetzt, wo Knox und ich nicht mehr … nun, was auch immer wir waren … sind, habe ich kein Recht darauf, den Grund zu wissen. Oder nachzufragen.

Und das treibt mich schier in den Wahnsinn.

Ich versuche, diese Gedanken aus meinem Kopf zu verbannen, aber das ist leichter gesagt als getan. Die ganze Woche über denke ich schon an ihn und versuche immer wieder herauszufinden, was sich verändert hat.

Der Knox in der Umkleidekabine war nicht der Knox, den ich über die Jahre lieben gelernt habe. Der, der seine Mannschaftskameraden und seine Familie über alles andere stellt. Der mit mir romantische Komödien angesehen und Eis gegessen hat. Der mich in den Arm genommen und getröstet hat, nachdem ich auf dem Spielfeld umgenietet worden bin.

Das ist der Knox, den ich liebe. Der Knox von Sonntag hat mich von sich gestoßen, als würde ich ihm absolut nichts bedeuten, und gleichzeitig auch noch mein Herz mitgenommen.

Ich blinzle und wende meine Aufmerksamkeit wieder dem Training zu. Das ist es, worauf ich mich jetzt konzentrieren muss.

»Frankie. Warum versuchen wir nicht mal, Newman auf die linke Seite zu stellen, um zu sehen, wie er sich dort so macht?« Coach Jenkins taucht neben mir auf.

»Links?« Das ist die Seite, wo Knox immer steht.

»Der Coach hat uns gerade informiert. Knox fällt diese Woche aus.«

»Ist er verletzt?«

In all den Jahren, in denen ich Knox schon trainiere, hat er nur eine Handvoll Spiele verpasst, und alle aufgrund von Verletzungen.

Coach Jenkins schüttelt den Kopf. »Du weißt genauso viel wie ich.«

»Wie lange wird er denn ausfallen?« Nervös rücke ich die Beanie auf meinem Kopf zurecht.

»Keine Ahnung.«

»Unser Kapitän fällt aus und wir wissen nicht, wie lange. Wird er für die restliche Season ausfallen? Wie sollen wir bitte für die Spiele planen, wenn wir nicht wissen, wann er wieder spielen wird?«

»Hör mal, Frankie«, erwidert Jenkins und schüttelt genervt den Kopf, »ich weiß auch nicht mehr und auch mir gefällt das nicht. Es gibt nicht viel, was wir tun können, bis uns jemand etwas sagt.«

»Aber warum sagt uns denn niemand etwas?«

Er zuckt mit den Schultern und geht zurück zur Line.

Das Training zieht sich wie Kaugummi. Seit Knox weg ist, scheint es, als würde niemand mehr richtig sein Herzblut in die Sache stecken. Und das, obwohl am Wochenende ein wichtiges Divisionsspiel ansteht.

Nach einem weiteren verpassten Block pfeife ich ab. »Okay, Jungs. Das war's. Ab in den Kraftraum mit euch und dann sind wir fertig für heute.«

Die Hälfte der Jungs geht sofort hinein, weil sie nicht zurückgerufen werden wollen. Die andere Hälfte holt sich Wasser und bleibt noch etwas auf dem Feld.

»Ich verspreche, dass ich morgen besser sein werde, Coach.« Newman sieht ziemlich niedergeschlagen aus, als er sich neben mir auf dem Feld niederlässt.

»Du bist ein großartiger Spieler. Und auch großartige Spieler haben mal einen schlechten Tag. Schau, dass du heute Nacht eine gute Portion Schlaf bekommst. Und morgen geht's dann von Neuem weiter.«

Er lächelt mich dankbar an, als Coach Brooks zu uns herübergelaufen kommt.

»Wenn du einen Moment Zeit hast, könnte ich dich mal in meinem Büro sprechen?«

»Mich?« Ich zeige auf mich, unsicher, wen von uns beiden er meint.

»Ja, dich.« Er lacht. »Wäre das okay?«

Ich versuche, die Paranoia aus meinem Kopf zu vertreiben. »Na klar.«

»Du siehst aus, als ob du gleich kotzen müsstest«, meint Newman, während ich dem Coach hinterherblicke.

»Willst du vielleicht noch ein paar Runden drehen?«

»Scheiße, nein.« Er springt auf und macht sich schnellstens auf den Weg hinein.

Ich folge ihm im Schneckentempo. Nichts am Tonfall des Coachs hat darauf hingedeutet, dass ich in Schwierigkeiten stecken würde.

Doch jedes Mal, wenn ich in sein Büro gerufen werde, habe ich genau dieses Gefühl. Dass mein Geheimnis aufgeflogen ist und ich auf der Stelle gefeuert werde.

Mit jedem Schritt, den ich mich dem Büro nähere, werde ich immer langsamer. Die Wände des Trainingsgebäudes sind mit Bildern früherer Mountain Lions und gewonnener Auszeichnungen geschmückt.

Wird das jetzt das letzte Mal sein, dass ich durch diese Hallen schreite?

Als ich das Büro vom Coach erreiche, nehme ich noch einen tiefen Atemzug, bevor ich schließlich anklopfe.

»Herein.«

Ich öffne die Tür und betrete sein Büro.

»Du brauchst nicht so besorgt zu schauen, Frankie.« Coach Brooks sieht entspannt aus und lehnt sich lächelnd auf seinem Stuhl zurück.

»Das fühlt sich immer so an, als würde man ins Büro des Schuldirektors gerufen werden.«

»Nun, das hier wird hoffentlich angenehmer werden. Nimm doch bitte Platz.«

Ich setze mich hin und schiebe meine Hände unter

meine Beine, um nicht daran herumzuspielen. »Also, warum wolltest du mich sehen?«

»Du hast den Job.«

»Bitte, was?«

»Du bist offiziell der Linebacker-Coach. Der Job gehört dir, wenn du ihn möchtest.«

Ich bin so fassungslos, dass ich erst mal kein Wort herausbekomme.

Solange ich denken kann, wollte ich schon Headcoach werden. Mich hocharbeiten und ein Team in jeglicher Hinsicht zum Sieg führen.

Angefangen habe ich als Assistentin in der Equipment-abteilung bei den Mountain Lions. Und jetzt, mehr als ein Jahrzehnt später, sitze ich hier und bekomme endlich die Chance, die Leitung für einen Teil des Teams übernehmen zu dürfen.

Das mag vielleicht nicht mein ultimatives Ziel sein, aber damit wäre ich diesem einen großen Schritt näher.

Und dennoch: Heute hier im Büro vom Coach zu sitzen, fühlt sich irgendwie falsch an.

»Ich weiß wirklich nicht, was ich sagen soll.«

Das Lächeln verschwindet langsam aus seinem Gesicht. »Ich hatte gehofft, dass ich von dir ein wie aus der Pistole geschossenes Ja hören würde.«

Und das hätte er eigentlich auch. Knox' Gesichtsausdruck vom Sonntag erscheint wieder vor meinem inneren Auge. Sein niedergeschlagener Blick. Er hat diese Sache zwischen uns beendet. Es gibt keinen Grund, warum ich diesen Job nicht annehmen sollte.

Sag einfach Ja.

Aber ich kann nicht. Wegen Knox.

»Ich kann nicht.«

»Du kannst nicht? Frankie, das ist eine einmalige Gelegenheit für dich. Ich weiß, dass du irgendwann einmal hier sitzen möchtest«, meint er und zeigt auf seinen Stuhl. »Ich dachte, das wäre, was du wolltest?«

»Das war es auch …«

»Was hat sich geändert?« Der Coach lehnt sich nach vorn, legt seine Finger aneinander und sieht mich prüfend an.

Ich atme tief durch. Jetzt ist es an der Zeit, reinen Tisch zu machen. Ihm alles zu sagen. Denn nur mit einem reinen Gewissen kann ich noch eine Zukunft mit diesem Team haben.

Oder gar keine mehr.

»Ich muss dir etwas sagen, das dir wahrscheinlich nicht gefallen wird.«

»Was denn?« Sein Gesicht wird ernst.

»Ich habe mit einem der Spieler geschlafen.«

Es wird so still im Zimmer, dass man eine Stecknadel fallen hören könnte. Meine Wangen werden feuerrot, während mich der Coach anstarrt.

O Gott, er wird mich auf der Stelle feuern.

»Bitte, was?«

»Ich …«

Er hebt eine Hand. »Ich habe dich schon verstanden. Ich kann es nur einfach nicht glauben.«

Am liebsten würde ich den Blick abwenden, doch das ist gar nicht so einfach, wenn man das Gefühl hat, dass dein Gegenüber direkt in dich hineinsehen kann. Ich kämpfe gegen den Drang an, auf meinem Stuhl hin und her zu rutschen.

»Und warum erzählst du mir das jetzt?«

»Ich liebe dieses Team, Coach. Ich wollte nie etwas tun, was meine Position hier gefährden könnte. Und auch wenn das, was dieser Spieler und ich miteinander hatten, beendet ist, könnte ich diese Beförderung nicht guten

Gewissens annehmen. Dafür respektiere ich dich viel zu sehr.«

Er fährt sich mit einer Hand übers Gesicht. »Du bist einer der verdammt besten Coaches, mit denen ich je zusammengearbeitet habe, Frankie. Das macht die Sache wirklich schwer.«

Meine Lippen beben. »Bin ich gefeuert?«

Er schüttelt den Kopf. »Ich weiß es nicht. Über so etwas musste ich mir vorher noch nie Gedanken machen. Warum erzählst du mir das überhaupt? Wenn diese Sache laut deiner Aussage doch beendet ist, warum kümmert dich das dann überhaupt noch?«

Ich versuche, den Kloß, der sich in meinem Hals gebildet hat, hinunterzuschlucken. Jeder Moment mit Knox innerhalb der letzten Jahre läuft noch einmal vor meinem inneren Auge ab.

Es war zwanglos. Es war nur während der Season. Keiner von uns wollte seine Position im Team dadurch riskieren, in der Off-Season zusammen erwischt zu werden.

Doch sosehr ich auch versucht habe, es vor mir selbst zu leugnen, habe ich mich im Laufe der Zeit in Knox verliebt. Ich habe noch nie jemanden so gewollt wie ihn.

»Ich liebe ihn. Und wenn es bedeutet, dass ich das verleugnen muss, um diese Beförderung zu bekommen, dann möchte ich sie nicht. Da draußen gibt es auch noch andere Jobs, aber es gibt nur einen Knox.«

Sofort schlage ich mir die Hand vor den Mund. Shit.

»Ernsthaft? Unser Kapitän?«

»Wäre ein Rookie besser gewesen?«

Er stöhnt auf. »Nein.«

Ich kaue auf meiner Lippe herum und versuche, meine Emotionen in Schach zu halten.

»Ich weiß noch nicht, wie ich in dieser Angelegenheit

verfahren werde, Frankie. Du hast mich in eine wirklich schwierige Lage gebracht.«

Ich nicke, aus Angst, dass ich anfange zu weinen, wenn ich jetzt etwas sage.

»Komm morgen wieder zu mir. Ich möchte, dass das Training wie gewohnt abläuft. Die Jungs haben schon genug damit zu kämpfen, dass Knox die nächsten Wochen ausfallen wird. Ich werde mit dem Management sprechen und schauen, was sie zu der Sache sagen.«

Seine Worte erregen meine Aufmerksamkeit. »Weißt du, warum er ausfällt?«

»Du weißt es nicht?«

Ich schüttle den Kopf.

»Er wollte nicht, dass ich es jemandem erzähle, aber seine Oma ist gestorben.«

»Darlene ist gestorben?«, frage ich schockiert. »Wann?«

»Vor dem Spiel letzte Woche.«

Meine Augen schließen sich wie von selbst.

Jetzt ergibt das alles viel mehr Sinn. Seine Reaktion auf seine Auswechslung war vollkommen untypisch für ihn. Doch er ist ausgeflippt, weil seine Oma gestorben ist.

Mein ohnehin schon gebrochenes Herz zerspringt nun vollends. Knox hat seine Oma mehr geliebt als sonst jemanden. Ich kann mir nicht vorstellen, was er gerade durchmacht.

»Alles in Ordnung?«, fragt mich der Coach. Sein Gesichtsausdruck ist wieder etwas weicher, aber er sieht mich immer noch ernst an.

»Knox war nach dem Spiel überhaupt nicht er selbst. Und jetzt weiß ich wohl, warum.«

»Es ist nie einfach, jemanden zu verlieren, den man liebt.« Der Coach steht auf und ich tue es ihm gleich. »Wir werden morgen weiterreden.«

Ich wende mich zum Gehen, bleibe aber noch einmal stehen. »Egal, wie das alles weitergehen wird: Ich bereue nichts.«

»Wirklich nicht?«

Ich schüttle den Kopf. »Nein. Tut es mir leid, dich in diese Lage gebracht zu haben? Mehr, als du dir vorstellen kannst. Aber ich liebe ihn. Wahrscheinlich mehr, als mir bewusst ist – und als ihm bewusst ist. Und wenn auch nur die kleinste Chance besteht, dass wir beide eine gemeinsame Zukunft haben könnten, dann will ich diese ergreifen. Wenn ich gefeuert werde und wieder ganz unten anfangen muss, dann werde ich das tun. Versteh mich nicht falsch: Das wäre die Hölle. Aber Knox ist es wert.«

Er ist alles wert.

Der Coach nickt. »Dann sehen wir uns morgen, Frankie.«

Kapitel Fünfundzwanzig

KNOX

»Das Einzige, was Darlene noch nicht ausgesucht hatte, war die Urne. Wir haben ein paar Muster hier, die Sie sich ansehen können, falls Sie sich eine aussuchen möchten.«

Die Freundlichkeit des Bestattungsunternehmers ist viel zu aufgesetzt und in seinem Gesicht ist kein bisschen Mitgefühl zu erkennen. Ich habe keine Ahnung, wie meine Mutter bei dem Typen so ruhig bleiben kann, doch sie tut es. Sie ist ein Engel. Ich hätte ihn schon längst angefahren.

»Knox?« Eine warme Hand auf meinem Arm lenkt meine Aufmerksamkeit zurück auf meine Mutter. »Würdest du sie dir gerne mal mit mir ansehen?«

Ihre Augen sind gerötet, wie die ganze Woche schon.

»Warum denn? Es ist ja nicht so, als würde es sie interessieren, wo sie drinsteckt«, murmle ich.

»Ich gebe Ihnen beiden wohl kurz eine Minute.« Der Mann vor uns verlässt den Raum und schließt leise die Tür hinter sich.

»Es gibt keinen Grund, so frech zu sein.« Ich versuche, etwas darauf zu erwidern, aber Mom fährt dazwischen.

»Und bevor du jetzt sagst, dass du das doch gar nicht bist, würde ich dir raten, noch einmal darüber nachzudenken.«

Fuck.

Die letzte Person, an der ich meine Wut auslassen sollte, ist meine Mutter. Sie hat eine genauso harte Woche hinter sich wie ich.

Allerdings kennt sie den anderen Grund nicht, warum ich so verbittert bin. Den Grund, der nichts mit meiner Oma zu tun hat, sondern nur etwas mit der Frau, die ich in Denver hinter mir gelassen habe.

»Tut mir leid. Es ist nur einfach sehr viel im Moment. Sonst lasse ich das immer an den Dummys im Training aus, aber das geht ja gerade nicht.«

»Das entschuldigt aber trotzdem nicht dein Verhalten.« Meine Mutter versteht es wirklich, mich in meine Schranken zu weisen. »Was ist wirklich los mit dir?«

Mom sieht mich mit einem grimmigen Blick an, der mich an meine Oma erinnert. Das lässt mein ohnehin schon angeknackstes Herz noch mehr aufspringen.

»Da gibt es jemanden zu Hause – na ja, *gab*. Aber jetzt nicht mehr.«

»Ahh.« Mom steht auf und streckt mir ihre Hand entgegen. »Lass uns einen kurzen Spaziergang machen.«

Ich runzle irritiert die Stirn. »Aber müssen wir das hier nicht erst noch zu Ende bringen?«

»Das läuft uns nicht davon.«

Sie öffnet die Tür und ich folge ihr hinaus auf das bewaldete Gelände. Vereinzelte Blätter klammern sich an den Bäumen und an ihrem Leben fest. Das Gras ist schon längst vergangen und der Himmel ist griesgrämig grau.

Passt perfekt zu meiner Stimmung.

»Also, was ist passiert?« Mom hängt sich bei mir ein, während wir auf dem Weg durch den Friedhof schlendern.

Den ausgetretenen Pfad, auf dem wir laufen, kenne ich gut. Oma wird direkt neben Opa beerdigt.

»Wir durften nicht zusammen sein.« Ich kicke einen Stein aus dem Weg. »Es hätte keine gemeinsame Zukunft für uns gegeben.«

»Darf ich annehmen, dass es sich bei dieser Frau um Frankie handelt?«

Ich halte inne, weil ich mir nicht sicher bin, ob ich sie richtig verstanden habe. »Woher zur Hölle weißt du das?«

»Schätzchen, ich bin nicht blind. Deine Oma und ich konnten es beide sehen. Vor allem deine Oma.«

»Wirklich?«

Sie nickt, während wir den vertrauten Weg zu der Stelle zurücklegen, wo mein Opa begraben ist. »Nachdem du und Frankie mit ihr zusammen Spiele gespielt habt, hat sie mich angerufen und mir erzählt, dass du ›deine‹ Person gefunden hast.«

»Warum hat sie mir das nicht gesagt?«

Mom lacht, ein tief aus dem Bauch kommendes, fröhliches Lachen, das ich schon seit Tagen nicht mehr von ihr gehört habe. »Dafür, dass du von zwei Frauen großgezogen wurdest, bekommst du von ziemlich vielen Dingen nichts mit.«

»Ach ja?« Ich sehe sie an und hebe eine Augenbraue. »Von was denn zum Beispiel?«

»Oma konnte sehen, wie gern Frankie dich hatte, als sie mit im Altersheim war. Und als wir in London waren, konnte sie es erneut sehen.«

Ich lasse mich auf eine Bank in der Nähe nieder. »Ich dachte, sie hätte Frankie nur aus Höflichkeit mit eingeladen.«

Mom setzt sich neben mich. »Aus Höflichkeit, ja. Aber Frankie hätte auch höflich ablehnen können. Sie wollte genauso gerne mit dir zusammen sein, wie du mit ihr.«

»Fuck.«

»Ausdrucksweise!« Mom verpasst mir einen Klaps auf den Arm. »Zum ersten Mal seit langer Zeit hast du glücklich ausgesehen.«

»Ich war doch immer glücklich.«

»Du liebst Football, ja. Aber du hast etwas abseits dieses Sports gebraucht. Und das hat sie dir gegeben. Wir waren beide immer so besorgt, dass du aufgrund dessen, wie dein Vater uns verlassen hat, niemanden finden würdest, und keine von uns wollte, dass du dein Leben allein verbringst.«

Ich hasse es, dass selbst nach all den Jahren mein uns verlassender Vater noch immer eine Wunde ist, die einfach nicht heilen will. Ganz egal, wie sehr ich mich auch anstrenge, sie will einfach nicht verschwinden. Und sie hat mich dazu gebracht, das Beste, was mir je passiert ist, von mir zu stoßen – nur weil ich Angst hatte, dass sie mich durch jemand anderen ersetzen würde.

»Ich verdiene sie nicht.«

»Das glaube ich nicht mal eine Sekunde.«

Ich strecke meine Beine aus und lasse die kalte Luft durch meine Glieder fahren. Vielleicht lindert das den Schmerz ein wenig. Den Schmerz, der immer da ist. Im einen Moment vermisse ich Oma und im nächsten Frankie. Es hört einfach nicht auf.

»Ich bin ihr gegenüber vollkommen ausgerastet. Sie hat mich aus dem Spiel genommen und ich bin einfach durchgedreht.«

»Aus einem Spiel, bei dem du gar nicht erst hättest antreten sollen«, meint Mom.

Ich stoße ein Lachen aus, das erste seit einer Woche. »Ich weiß.«

»Wäre deine Oma jetzt hier, würde sie bestimmt sagen, dass du ein Sturkopf warst.«

Ein trauriges Lächeln schleicht sich auf mein Gesicht. »Ich bin mir sicher, dass sie auch noch ein paar andere passende Wörter parat gehabt hätte.«

»Das hätte sie mit Sicherheit. Aber was da mit Frankie vorgefallen ist: Ist das etwas, wofür du dich entschuldigen kannst?«

Ich fahre mir mit der Hand übers Gesicht. »Klar. Aber das ändert nichts an der Situation an sich.«

Mom verschränkt die Arme und dreht sich zu mir um. »Liebst du sie?«

»Natürlich tue ich das.« Mein Tonfall ist defensiver, als ich es eigentlich beabsichtigt hatte.

»Dann verändere die Situation.« Sie sagt das so, als wäre es die einfachste Sache auf der Welt.

»Sie ist meine Trainerin, Mom. Das kann ich nicht wirklich ändern, es sei denn, einer von uns wechselt das Team. Und was soll das schon bringen?«

»Schätzchen, ich liebe dich, aber manchmal bist du ziemlich schwer von Begriff«, sagt Mom lachend und legt einen Arm um meine Schultern.

»Wow, vielen Dank.«

»Wenn du diese Frau so sehr liebst, wie du sagst, solltest du nicht zulassen, dass sich dir irgendetwas in den Weg stellt. In einem der letzten Gespräche, die ich mit deiner Oma geführt habe, hat sie gesagt, wie froh sie sei, dass du jemanden an deiner Seite hast. Dass du jemanden gefunden hättest, der dich in die Schranken weist und dich auf Trab hält.«

Ich bekomme feuchte Augen, wenn ich das höre. Denn das ist in der Tat genau das, was ihr gefallen hätte.

»Frankie erinnert mich an sie. Sie ist eine starke Frau. Sie lässt mich nie mit irgendetwas davonkommen, gibt mir aber immer das Gefühl, dass ich alles schaffen kann, was ich mir zum Ziel setze.«

»Und genau so jemanden brauchst du auch. Lass sie nicht einfach so wegen irgendwelcher äußeren Umstände gehen. Wenn sie so stark ist, wie du sagst, dann musst du um sie kämpfen.«

Eine Last fällt von meinen Schultern, als ich mich näher an meine Mutter lehne. »Hoffentlich wird sie immer noch da sein, wenn ich nach Hause komme, damit ich überhaupt noch um sie kämpfen kann.«

»Das bezweifle ich keine Sekunde lang. So, hilfst du mir jetzt dabei, eine Urne auszusuchen, damit wir von hier wegkönnen? Der Typ bereitet mir eine Gänsehaut.«

Ich muss laut loslachen. »Aber nur, wenn wir eine wirklich hässliche nehmen.«

Mama drückt mir einen Kuss auf den Scheitel und steht auf. »Niemand könnte jemals anzweifeln, dass du Omas Enkel bist. Na dann, lass uns gehen.«

Kapitel Sechsundzwanzig

FRANKIE

»Frankie. Der Coach will mit dir sprechen«, ruft mir einer der Assistenten von der Seitenlinie aus zu.

»Danke. Ich komme, sobald wir mit den Übungseinheiten fertig sind.«

»Er meinte gleich.«

Scheiße.

Mir ist schon seit Tagen ganz schlecht und seelisch habe ich mich schon fast darauf vorbereitet, dass dies meine letzte Woche als Trainerin sein wird. Sollte ich entlassen werden, würde ich bestimmt nirgendwo mehr eine Stelle bekommen. Ich mag eine sehr gute Trainerin sein, aber ich bezweifle, dass irgendein Team das Risiko eingehen wollen würde, mich anzustellen.

Obwohl es ja nun auch nicht so ist, als ob ich herumgehurt hätte.

Ich hatte einfach nur das Pech, mich in den falschen Typen zu verlieben.

»Okay, Jungs. Intervallsprints. Zehn Runden und dann ist Schluss.« Ich nicke dem Assistenten neben mir zu und mache mich auf den Weg zu den Büros im Trainingsgebäude.

Diese Räumlichkeiten waren mein Zuhause fernab der Heimat. Ich habe mein komplettes Ich in dieses Team gesteckt. Ich liebe diesen Sport mehr als alles andere und bin noch nicht bereit, mich davon zu trennen. Mit jedem Schritt, den ich gehe, wird das Gefühl, mich gerade auf dem Weg zu meiner eigenen Hinrichtung zu befinden, stärker.

Ich klopfe an die Tür des Büros vom Coach und werde hereingerufen.

»Du wolltest mich sprechen?«

»Setz dich, Frankie.« Der Coach legt seine Brille neben seinem Computer ab, als ich mich auf einen Stuhl vor seinem Schreibtisch setze. Durch das Fenster kann ich meine Jungs auf dem Trainingsplatz sehen. Das Gesicht vom Coach ist streng und unnachgiebig. Ich weiß nicht, wann ich ihn das letzte Mal ohne ein Lächeln gesehen habe. Dieser strenge Blick lässt in mir ein mulmiges Gefühl aufkommen. Eigentlich ist er einer der entspanntesten Menschen überhaupt.

Ich hasse es, dass ich diejenige bin, die ihm hier jetzt gerade gegenübersitzen muss.

»Du hast mich in eine wirklich schwierige Lage gebracht, Frankie.«

»Ich weiß. Und das tut mir leid.« Ich setze mich auf meine Hände und versuche, meine Nerven nicht mit mir durchgehen zu lassen. »Ich wollte nicht, dass das passiert.«

»Das ist etwas, worüber ich mir vorher noch nie Gedanken machen musste. Dass sich meine Trainer in Spieler verlieben.«

Ich schnaube. »Glaub mir, das ist auch nicht etwas, das ich gewollt habe. Es ist einfach so passiert.«

»Diese Situation hier ist ein Präzedenzfall. Es gibt

zwar ein Verbrüderungsverbot zwischen Trainern und Spielern, aber das ist das erste Mal, dass so etwas vorkommt.«

»Weil ich eine der einzigen Trainerinnen in der Liga bin«, seufze ich.

»Eine von zweien, um genau zu sein.«

»Und was bedeutet das jetzt für mich?«

»Wir können dich nicht zum Linebacker-Coach befördern. Es tut mir leid, Frankie, aber das wäre zu heikel.«

Mir rutscht das Herz in die Hose. Seit mein Bruder angefangen hat, bei uns im Garten Football zu spielen, war alles, was ich jemals wollte, Trainerin zu werden.

Und ich habe mir diese Chance komplett versaut.

»Ich verstehe.«

»Coach Reich wird die Linebacker übernehmen und du wirst in Zukunft die Safetys trainieren.«

»Wirklich?« Man hört mir deutlich an, wie schockiert ich bin.

»Ich will ganz offen mit dir sein, Frankie.« Der Coach steht auf und geht um seinen Schreibtisch herum. »Du bist ein guter Coach …«

»Für eine Frau?« Ich hasse es, dass am Ende immer dieser Zusatz kommen muss.

»Nein. Du bist ein guter Coach. Punkt. Du bist einer der besten, mit denen ich je zusammengearbeitet habe. Du lässt dir von den Jungs nichts gefallen und findest immer neue Wege, die gesamte Line zu verbessern. Deshalb wollen wir dich auch nicht gehen lassen. Auch wenn du gegen die Regeln verstoßen hast, will das Management dich nicht an ein anderes Team verlieren.«

»Wirklich?«, frage ich leise. Eine der wenigen Frauen zu sein, die in dieser Liga als Trainerinnen fungieren, war nicht einfach. Ich musste für alles, was ich erreicht habe, hart kämpfen. Und auch dann war es immer nur ein kleiner Sieg und ich musste immer weiter um den nächsten kämpfen.

»Wirklich. Aber es gibt ein paar Grundregeln.«

»Natürlich.«

»Du wirst dich nicht einmischen. Dir gefallen die Entscheidungen nicht, die bezüglich der Linebacker getroffen werden? Dann behalt es für dich. Du bekommst hier nur diese eine Chance. Wenn du deine Position dafür ausnutzt, Knox in irgendeiner Art und Weise zu bevorzugen, bist du weg.«

Ich schlucke. »Verstanden.«

»Ich meine es ernst. Ich will nicht, dass sich die Jungs bei mir ausheulen, weil die Trainer eine Entscheidung getroffen haben, nur damit dein Liebster nicht traurig ist.«

Ich muss lachen. »Ich glaube nicht, dass mir jemand vorwerfen kann, ihn zu bevorzugen, nachdem ich ihn am Sonntag auf die Ersatzbank gesetzt habe.«

Der Coach zeigt mit einem Finger auf mich. »Aber es hat gezeigt, dass du auch harte Entscheidungen treffen kannst, wenn es nötig ist. Und das ist nicht leicht, wenn man ein Coach ist. Und deshalb habe ich für dich gekämpft. Das kann dir nicht leichtgefallen sein.«

Ich verziehe das Gesicht, weil ich immer noch äußerst ungern daran zurückdenke, dass ich diese Entscheidung treffen musste. »Es war zum Wohle des Teams.«

Er nickt. »Und obwohl ich nicht glaube, dass Knox das damals auch so gesehen hat, hast du das Team an erste Stelle gesetzt.«

»Ich liebe dieses Team, Coach. Und es tut mir leid, wenn mein Handeln dieses Team in irgendeiner Art gefährdet hat. Ich werde alles tun, um dir das zu beweisen und dein Vertrauen zurückzugewinnen.«

»Mach einfach deinen Job weiterhin so gut, wie du es schon immer getan hast. Unsere Safetys brauchen ein wenig Hilfe, und wenn es jemanden gibt, der sie wieder auf Vordermann bringen kann, dann bist du das.«

»Alles klar.« Ich atme erleichtert auf. Die Beförderung, von der ich so geträumt habe, mag verloren sein, aber ich bin froh, dass ich überhaupt noch einen Job habe.

»Als Strafmaßnahme wird dich das Management für eine Woche suspendieren – ohne Gehaltskürzungen.«

»Ohne Gehaltskürzungen?«

»Richtig gehört. Ich würde dir empfehlen, diese Zeit zu nutzen, um das Playbook mit Blick auf unsere Safetys neu einzustudieren.«

Ich versuche, das Lächeln auf meinem Gesicht zu unterdrücken. »Und meine Beziehung?«

»Das musst du mit Knox klären. Aber die Personalabteilung möchte, dass ihr ein paar Dokumente ausfüllt, falls ihr euch dazu entschließen solltet, eure Beziehung fortzuführen.«

Der Coach geht um den Schreibtisch herum und nimmt wieder seinen Platz ein, womit er mich quasi aus diesem Gespräch entlässt.

Ich stehe auf. »Danke, Coach. Ich weiß, du hättest mich auch einfach feuern können, deshalb danke ich dir umso mehr, dass du dich so für mich eingesetzt hast.«

Er schenkt mir ein freundliches Lächeln. »Du hast das Zeug dazu, es weit zu bringen, Frankie. Hoffentlich ist das hier jetzt nur eine kleine Unebenheit auf deinem Weg zum Headcoach.«

Ich atme tief ein. Ja, das war schon immer mein Traum. Aber das ist das erste Mal, dass jemand anderes als ich davon spricht.

»Und jetzt raus mit dir.«

»Kann ich dich noch um einen Gefallen bitten, bevor ich gehe?«, frage ich und spiele nervös mit den Händen.

Unsere Beziehung ist nun ans Licht gekommen. Oder

was davon übrig ist. Ich weiß nicht, ob es noch eine Chance gibt, das, was wir hatten, zu retten, aber ich muss es versuchen.

Vielleicht kann ich jetzt doch beides gleichzeitig haben – Knox und Football.

»Kommt ganz darauf an, was es ist.« Der Coach lässt den Stift, den er gerade in die Hand genommen hat, wieder fallen.

»Ich weiß, dass ich suspendiert bin, aber hättest du etwas dagegen, wenn ich ein paar von den Jungs mitnehme? Ich möchte für Knox da sein und ich weiß, dass sie auch für ihn da sein wollen würden.«

»Schick sie mir einfach wieder in einem Stück vor dem Spiel zurück.«

Kapitel Siebenundzwanzig

FRANKIE

Suspendiert.

Heilige Scheiße. Das hätte um einiges schlimmer ausgehen können – ist es aber nicht.

Suspendiert. Ohne Gehaltskürzungen.

Ich habe mir zwar das mit der Beförderung versaut, aber zumindest habe ich immer noch einen Job. Es könnte zwar jetzt wieder eine ganze Weile dauern, bis ich erneut so eine Chance bekomme, aber ich werde hart dafür kämpfen.

Meine Hände zittern, als ich den Kraftraum in der Hoffnung betrete, die Jungs darin vorzufinden. Doch als ich um die Ecke biege, renne ich direkt in Colin hinein.

»Frankie. Hi.«

Ich atme tief durch. »Hi.«

»Alles in Ordnung?«

»Nun, wenn du so fragst: Ich muss mit dir sprechen.«

»Mit mir?«, fragt er und zeigt mit einem Finger auf sich. »Wieso?«

»Na ja, mit dir, Jackson, Logan und Alex, um genau zu sein.«

»Noch mal, wieso? Was solltest du von uns vieren schon wollen?«

Vielleicht war es doch kein so großes Glück, ihn getroffen zu haben. Mit Alex wäre das sicher einfacher geworden.

»Es geht um Knox. Sprichst du mit all deinen Trainern so?«

Er verlagert sein Gewicht und mustert mich, als würde er überlegen, ob er mir vertrauen kann. »Na dann komm mal mit.«

Ich folge ihm immer tiefer in das Gebäude hinein, bis wir schließlich in einem kleinen Filmraum ankommen, wo sich die anderen Jungs bereits aufhalten.

»Was macht ihr denn alle hier?«, frage ich, während mein Blick zwischen ihnen hin und her huscht.

»Du hast gesagt, dass du über Knox reden willst. Und genau das hatten wir auch gerade vor.«

Alex steht auf und durchquert den Raum. Er hat eine wahnsinnig starke Ausstrahlung. Die hatte er schon immer. Er ist mehr als nur der Kapitän und der Quarterback. Er ist der Anführer, und zwar einer, der gleichzeitig mitfühlend und autoritär ist. Niemand möchte ihn enttäuschen, da er immer alles für seine Jungs gibt – und das Gleiche erwartet er im Gegenzug auch von ihnen.

»Hat der Coach euch erzählt, was passiert ist?«, frage ich und sehe jeden Einzelnen nacheinander an.

Footballspieler schüchtern mich nicht ein. Das haben sie noch nie. Ich bin mit ihnen groß geworden und schon seit dreizehn Jahren Trainerin. Ich komme mit ihren Egos klar.

Aber in der Nähe dieser Jungs werde ich ein wenig nervös. Ich weiß, wie eng Knox mit ihnen befreundet ist und dass ich hier eine klare Außenseiterin bin.

»Das hat er. Hat er dich auch schon eingeweiht?«, fragt

Colin, der sich neben Alex gestellt hat. Diese Jungs sind definitiv die erste Line of Defense, wenn es darum geht, an Knox heranzukommen.

Spoileralarm. Ich weiß es bereits.

»Ja. Und da ich jetzt etwas mehr Zeit habe, werde ich auf die Beerdigung gehen.«

»Und warum bitte? Ihr beide hasst euch doch.« Logan stellt sich auf die andere Seite von Alex, während Jackson die Situation von seinem Sitzplatz aus beobachtet.

»Und zwar abgrundtief«, stimmt Colin zu. »Du reitest immer nur auf ihm rum, wenn er etwas im Training falsch gemacht hat, oder lässt ihn zusätzliche Gewichte stemmen. Warum solltest du zu dieser Beerdigung gehen, wenn ihr euch doch so hasst?«

Männer. Wie immer vollkommen ahnungslos.

»Knox und ich hassen uns nicht …«

Colin unterbricht mich mit einem Schnauben.

»Würdest du sie bitte ausreden lassen?«, flüstert Alex ihm zu.

»Es ist ja nicht so, als würden sie …« Logan dreht sich zu mir und sieht mich mit weit aufgerissenen Augen schockiert an. »O Shit! Ihr beide schlaft zu hundert Prozent miteinander!«

»Auf keinen Fall.«

»Ist das dein verdammter Ernst? Nein.«

»Mh-mh. Auf keinen Fall. Das kann nicht sein.«

»Und wie lange geht das schon so?«

Alle schreien sie durcheinander und diskutieren. Ich lasse sie gewähren und setze mich neben Jackson, der mich weiterhin einfach nur ansieht.

»Hast du auch etwas dazu beizutragen?« Ich zeige auf die drei Jungs vor uns, die in der Zwischenzeit ein Streitgespräch begonnen haben.

»Seid ihr beide glücklich?«

»Na ja, wir waren es.«

»Wart?« Er beugt sich vor. »Leute. Könnt ihr bitte mal mit eurem Gestreite aufhören?« Er sieht ziemlich verärgert aus, doch sie sind sofort still.

Ich sehe zuerst die Jungs und dann Jackson an. »Du musst mir unbedingt verraten, wie du das machst. Bei mir klappt das nicht immer so gut, wenn mir die Jungs beim Training zuhören sollen.«

»Das funktioniert nur bei Leuten, die sich wie Fünfjährige aufführen«, meint er und grinst.

»Hey. Ich bin auf jeden Fall reifer als die beiden hier«, beschwert sich Alex.

»Ich …« Colin denkt kurz nach. »Nein, du hast recht. Das bist du. Aber wie könnte man auch von uns erwarten, cool zu bleiben, nachdem wir gerade erfahren haben, dass ihr miteinander geschlafen habt?«

»*Ich* habe es herausgefunden«, meldet sich Logan zu Wort.

»Du hast es *erraten*«, korrigiere ich ihn.

»Das ist doch das Gleiche. Auf jeden Fall habe ich es vor den anderen gecheckt.«

»Als Belohnung bekommst du später einen Keks von mir«, meint Colin zu ihm. »Was ich wissen will, sind Details.«

Ich verziehe das Gesicht. »Du brauchst keine Details.«

Colin winkt ab. »Ich will keine versauten Details. Mein Gott, Frankie. Hab mal nicht so schmutzige Gedanken. Man könnte ja fast meinen, du würdest Footballspieler trainieren oder so.«

»Gut. Denn du hättest auch keine bekommen.«

»Okay, das fühlt sich gerade irgendwie echt seltsam an.« Logan setzt sich mir gegenüber an den Tisch. »Jetzt, wo ich das weiß, habe ich das Gefühl, dass du und Knox euch echt ähnlich seid und dass das jetzt alles einen Sinn ergibt.«

»Hör auf, so zu tun, als hättest du es gewusst«, sagt Jackson zu ihm. »Aber jetzt mal im Ernst. Wie lang geht das schon so?«

Ich starre an die Decke und versuche, mich zu erinnern, wie lange dieser schicksalhafte Sturm in Buffalo schon her ist.

»Ungefähr vier Jahre? Mehr oder weniger.«

Das bringt sie alle zum Schweigen. Sie schauen mich mit offenem Mund an und versuchen wohl zu begreifen, wie sie das so lange nicht bemerken konnten.

»Vier Jahre? So lange seid du und Knox schon zusammen?«, fragt Alex.

»Technisch gesehen war es gar nicht so lange. Wir waren nur während der Season zusammen, damit es niemand herausfindet.«

»Ich kann mir nicht vorstellen, wie ihr das schaffen konntet«, meint Alex bewundernd. »Ich habe diese Heimlichtuerei mit Carter kaum ausgehalten, bevor ich eingeknickt bin. Und das waren nur ein paar Monate.«

»Warte mal.« Jackson hebt eine Hand. »Die ganzen Male, als du ihn zu dir bestellt hast, um noch mal Videomaterial durchzugehen?«

Ich sehe ihn beschämt an und nicke. Das hört sich so skandalös an, wie er das sagt.

»Heilige Scheiße. Und ich dachte, er wäre einfach nur ein echt schlechter Spieler.«

»Knox ist einer der besten Spieler, die ich je trainiert habe. Und das schließt Roberts mit ein.« Roberts, der erst vergangenen Sommer in die Hall of Fame aufgenommen wurde.

»Wow. Diese ganzen Jahre. Ich komme mir wie ein

Idiot vor, weil ich das nicht bemerkt habe«, meint Alex. »Und warum erzählst du uns das gerade jetzt?«

»Sagen wir es mal so: Die Dinge sind ein bisschen komplizierter geworden.«

»Du meinst, Knox ist ausgeflippt, hat die Stadt verlassen und niemandem das mit seiner Oma erzählt, bis wir so lange auf ihn eingeredet haben, dass er schließlich mit der Sprache rausgerückt ist?«, fragt Logan freiheraus.

»Nun, ja.«

»Was hast du mit Knox vor?« Colin verschränkt seine Arme und lehnt sich gegen den Tisch. Ich spüre, dass er mich damit beeindrucken will, aber es bringt mich lediglich zum Lachen.

»Sorry, aber versuchst du gerade, mich einzuschüchtern?«

Er sieht die anderen Jungs an, bevor er beleidigt dreinschaut. »Nein. Ich will nur nicht, dass er verletzt wird.«

»Er möchte wissen, was für Absichten du mit unserem Knox hast.« Alex wendet seinen Blick von Colin ab und richtet ihn auf mich. »Wir lieben Knox, und wenn ihr beide nur ein wenig Spaß miteinander hattet …«

»Entschuldige mal«, rufe ich und springe von meinem Stuhl auf. »Glaubt ihr wirklich, dass ich meine Karriere aufs Spiel setzen würde, wenn es hier nicht um Liebe ginge?«

»Bist du gefeuert worden?«, fragt Jackson.

Ich schüttle den Kopf. »Nein. Aber anstatt befördert zu werden, werde ich nun zu den Safetys versetzt.«

»Und das hast du alles für Knox getan?«, meldet sich Alex zu Wort.

Ich atme langsam aus und werde langsam frustriert. »Ja. Was muss ich euch denn sonst noch sagen, damit ihr mir meine Gefühle für Knox glaubt?«

»Es ist gar nicht so einfach, so schnell umzuschalten«,

meint Colin. »Jahrelang hat sich Knox über dich aufgeregt, aber jetzt finden wir heraus, dass ihr beide … nun ja, *das* seid.« Er verzieht das Gesicht bei diesem Gedanken.

»Ach, werd erwachsen, Colin«, witzelt Logan. »Ich für meinen Teil bin glücklich, wenn Knox glücklich ist.« Der vielsagende Blick, den er mir zuwirft, sagt mir, dass dem besser so sein sollte.

»Ich wünschte, ich könnte euch sagen, ob dem so ist. Knox und ich hatten nach dem letzten Spiel einen heftigen Streit und jetzt weiß ich nicht, wie es mit uns weitergeht.«

»Du hast deine Karriere aufs Spiel gesetzt und weißt nicht einmal, wie es zwischen dir und Knox gerade steht?«, fragt Colin.

Ich nicke. »Ganz genau.«

»Shit. Du liebst ihn ja wirklich.«

Ich verdrehe die Augen. »Es freut mich, dass das nun Bestätigung genug dafür ist, was ich schon die ganze Zeit sage.«

»Und was willst du jetzt machen?«, fragt Alex. »Wir waren alle schon mal in der Lage, Scheiße gebaut zu haben. Hast du vor, das wieder in Ordnung zu bringen?«

Ich schaue jeden von ihnen an. Jeden dieser Jungs, die ich zwar durch das Team kenne, aber nicht wirklich gut. Doch wenn ich jetzt so mit ihnen zusammensitze, kann ich verstehen, warum Knox sie so gernhat.

»Da ich nun etwas mehr Zeit habe als geplant, werde ich mit zur Beerdigung gehen. Ich weiß nicht, ob er mich sehen will oder nicht, aber ich werde mein Glück versuchen. Er sollte im Moment nicht allein sein.«

Alex deutet auf sich und die Jungs. »Wir hatten auch vor, hinzugehen. Der Coach hat gesagt, wir könnten den Privatjet nehmen, damit wir vor dem Spiel am Wochenende wieder zurück sind.«

»Was dagegen, wenn ich mitkomme?«

»Solange du nicht vorhast, ihm das Herz zu brechen.«

»Glaubt mir, wenn jemand am Schluss ein gebrochenes Herz haben wird, dann bin das ich. Denn ich liebe ihn und ich weiß nicht, ob er mich zurückhaben möchte.«

Sie alle tauschen Blicke untereinander aus.

»Oh, dieser große, liebenswerte Trottel wird dich zurückhaben wollen. Vertrau uns.«

Gott, ich hoffe, sie haben recht. Denn ich liebe diesen großen Trottel.

Und ich will ihn mehr als alles andere auf der Welt zurück.

Kapitel Achtundzwanzig

KNOX

»Hör auf, an deiner Krawatte herumzuspielen«, meint Mom und schlägt mir leicht auf die Hände.

»Tut mir leid.« Ich stecke sie in meine Taschen und schaukle auf meinen Füßen vor und zurück, während die letzten Gäste das Bestattungsinstitut betreten. »Ich hasse Anzüge.«

»Du trägst sie jede Woche zu deinen Spielen«, meint sie.

»Ja, aber das bedeutet nicht, dass ich sie mag.«

»Das liegt nur daran, dass er in Anzügen nicht so gut aussieht wie ich.«

Ich fahre herum, als ich Colins Stimme höre. Alex, Logan und Jackson sind ebenfalls bei ihm. »Was zur Hölle macht ihr Jungs denn hier?«

Ein weiterer Klaps von meiner Mom. »Ausdrucksweise.«

»Was macht ihr Jungs denn hier?«, korrigiere ich mich.

Mom drückt meinen Arm. »Ich lasse euch mal ein paar Minuten allein. Ich hole dich dann, bevor wir anfangen.«

»Danke.« Ich lächle sie dankbar an, bevor ich mich

wieder den Jungs zuwende. »Wir haben doch am Sonntag ein Spiel.«

Colin verdreht die Augen. »Wir haben den Privatjet bekommen. Alles gut.«

»Wie geht's dir?«, fragt Alex.

Ich zucke mit einer Schulter. »Es ging mir schon mal besser. Aber es tut gut, euch zu sehen.«

Colin legt einen Arm um meine Schultern und zieht mich in eine Umarmung. Und in diesem Moment sehe ich Frankie hinter ihnen stehen.

Fuck, was für ein Anblick.

»Es tut mir schrecklich leid, Knox. Darlene war eine unglaubliche Persönlichkeit, die ich sehr vermissen werde.«

Colins Worte lassen einen Kloß in meinem Hals entstehen. »Das war sie.«

»Ich wünschte, ich hätte sie besser kennenlernen können«, meint Logan.

Colin weicht zurück, während Logan mich umarmt. »Sie mochte euch. Jeden von euch.«

Mein Blick huscht immer wieder zu Frankie. Ich möchte sie in meine Arme ziehen und all die aufgestauten Emotionen herauslassen, die sich während dieser Woche angestaut haben.

»Ich kann nicht glauben, dass ihr alle hierhergekommen seid.«

Jackson schüttelt den Kopf und nimmt mich ebenfalls in den Arm. »Natürlich sind wir gekommen. Wir sind eine Familie.«

Ich drücke ihn noch ein wenig fester an mich. »Danke, Mann. Ernsthaft.« Meine Stimme bricht.

Alex blickt über seine Schulter. »Wir geben dir mal noch eine Minute.«

Alex und Jackson klopfen mir auf dem Weg nach drinnen auf die Schulter.

»Aber glaub ja nicht, dass wir das nicht noch ausdiskutieren werden«, meint Colin und zeigt mit einem Finger in mein Gesicht.

Das entlockt mir ein Grinsen. »Alles klar.«

»Im Ernst«, gibt Logan ihm recht. »Wieso haben wir nichts davon gewusst?«

Ich schiebe ihn hinter Colin her. »Weil wir es niemandem gesagt haben.«

»Ich würde dich ja jetzt anschreien, aber ich habe Angst, dass deine Mutter im Gegenzug dann *mich* anschreit.«

»Diese Angst ist nicht unbegründet«, stimme ich ihm lachend zu.

Er schüttelt den Kopf, während ich einen Schritt auf Frankie zumache. Wir sind die einzigen beiden, die sich noch im Empfangsbereich aufhalten.

»Hi.«

Gott, wie sehr ich den Klang ihrer Stimme vermisst habe.

»Hi. Wie geht's dir?«

»Das mit deiner Oma tut mir so leid.«

Wir fangen beide gleichzeitig an zu reden. Frankie steckt sich eine verirrte Haarsträhne hinters Ohr. Sie sieht so förmlich aus – viel zu förmlich – in ihrem schwarzen Kleid und mit den zu einem schicken Dutt hochgesteckten Haaren. So ganz anders als die Frankie, die ich sonst jeden Tag sehe.

Stille breitet sich zwischen uns aus. Das ist ein neues Gefühl, und nicht unbedingt ein willkommenes. Frankies Augen sind fest auf meine gerichtet. Sie ist die Erste, die unser Schweigen bricht.

»Warum hast du mir nicht erzählt, dass deine Oma gestorben ist?«

»Wenn ich es dir erzählt hätte, wäre es real gewesen.

Und ich war nicht bereit, das zu akzeptieren.«

Frankie kommt einen Schritt näher auf mich zu, streckt ihre Hände aus und glättet damit das Revers meiner Anzugjacke. »Du hättest das nicht allein durchstehen müssen.«

Ich lege meine Hand auf ihre, die eine wunderbare Wärme ausstrahlt. »Ich …«

Mir fehlen die Worte. Mein ganzes Leben lang habe ich nur auf die vertraut, von denen ich wusste, dass sie mich nicht verlassen würden.

Mom.

Opa.

Oma.

Alle anderen haben mich verlassen. Ich wollte mich ihnen gegenüber nie verletzlich zeigen, weil ich sie nicht sehen lassen wollte, dass ich sie brauche.

Was für eine riesengroße Lüge.

Denn ich brauche andere Menschen. Und sosehr ich mir auch eingeredet habe, dass ich niemanden hätte, auf den ich vertrauen könnte, waren da so viele.

Die Jungs.

Der Coach.

Frankie.

Anstatt sie von mir zu stoßen, hätte ich sie festhalten sollen.

Ich kann nur hoffen, dass ich das nicht vermasselt habe.

Sie legt ihre freie Hand auf meine Wange. Ich lehne mich in ihre Berührung, genieße sie und fühle mich zum ersten Mal, seit ich die schreckliche Nachricht erhalten habe, wieder etwas ruhiger. »Knox …«

»Schätzchen, wir würden dann jetzt gleich anfangen«, werden wir von Mom unterbrochen.

Frankie will zurückweichen, doch ich ziehe sie wieder zu mir heran. »Würdest du dich zu mir setzen?«

Ich strecke meine Hand aus und Frankie ergreift sie. »Es gibt keinen anderen Ort, an dem ich lieber wäre.«

FRANKIE

DER GOTTESDIENST VERGEHT wie im Flug. Knox hat sich die ganze Zeit über an mir festgehalten. Als er angefangen hat, zu weinen, konnte auch ich mich nicht mehr zurückhalten. Im Anschluss daran sind die Jungs und ich zu Shannons Haus aufgebrochen, um dort den Empfang vorzubereiten, während sie und Knox an der privaten Beerdigung teilgenommen haben.

»Frankie, du musst doch nicht abwaschen«, meint Shannon nach dem Empfang zu mir, als ich gerade den letzten Teller neben die Spüle gestellt habe.

»Das ist das Letzte, worüber du dir jetzt Gedanken machen solltest.«

»Aber es ist eine gute Ablenkung.«

»Es macht mir nichts aus, zu helfen. Ich könnte noch ein wenig bleiben, falls du sonst noch etwas brauchst?«, biete ich ihr an, während ich das nasse Geschirrtuch über die Spüle hänge.

Sie kommt zu mir herüber und nimmt mich in die Arme. »Mir geht's gut. Und außerdem glaube ich, dass dich jemand anderes gerade mehr braucht.« Sie löst sich von mir und streicht mit ihren Händen über mein Haar. »Danke, dass du gekommen bist. Danke, dass du für Knox da bist. Ob er es nun zugibt oder nicht, er braucht dich mehr, als du dir vorstellen kannst.«

Tränen schießen mir in die Augen. »Ich hoffe nur, dass ich nicht zu spät bin.«

»Oh, Schätzchen.« Sie zieht mich erneut in eine Umarmung. »Manchmal weiß Knox nicht, wie er mit seinen Gefühlen umgehen soll, aber ich erkenne Liebe, wenn ich sie sehe. Und bei euch ist sie in Hülle und Fülle vorhanden.«

Eine einzelne Träne kullert an meiner Wange hinab. »Danke dir.«

»Und jetzt geh zu ihm. Ich kümmere mich darum, das restliche Essen wegzuräumen.« Und mit diesen Worten scheucht Shannon mich aus der Küche. Ich schnappe mir ein Bier und folge dem Lachen nach draußen.

Knox und die Jungs stehen mit einem Bier in der Hand um eine knisternde Feuerstelle herum.

»Sie ist der Grund, warum wir nicht mehr Bingo spielen konnten. Wer streitet sich schon mit jemandem übers Bingospielen?« Colins Stimme klingt verärgert. »Ich schwöre, Football zu spielen ist einfacher als eine Runde Bingo mit Darlene!«

Knox lacht, und zwar ein aufrichtiges Lachen. Gott, wie ich dieses Lachen vermisst habe. Er musste mich erst verlassen, damit ich erkennen konnte, was ich im Leben wirklich will.

»Und dann ist auch noch Domino verboten worden«, meint Logan und zeigt mit seiner Bierflasche in meine Richtung. »Jackson ist deswegen fast in einen Faustkampf verwickelt worden!«

Er hebt abwehrend die Hände, als ich zu der Gruppe stoße. »Der einzige Grund, wieso ich das nicht wurde, war, weil ich aufgegeben habe. Weißt du, wie schwer das war?«

Knox zwinkert mir zu, als ich mich neben ihn stelle. Unsere Arme berühren sich und dieses Gefühl bringt die Schmetterlinge in meinem Bauch zum Flattern.

»Man könnte meinen, sie würden um eine Million Dollar spielen«, meint Alex, schüttelt den Kopf und nippt an seinem Bier, »und nicht um Schokoriegel.«

»Glaubt ihr, wir werden auch mal so, wenn wir alt sind?«, fragt Jackson.

»Fuck, wir werden zehnmal schlimmer sein!«, bekräftigt Colin. »Keiner von uns wird jemals aufgeben!«

»Ich unterbreche die Party ja nur ungern, aber wir müssen zurück zum Flughafen«, erklärt Alex, während er seine Flasche am Rand der Feuerstelle abstellt.

Sie alle umarmen Knox noch einmal, bevor sie nach drinnen gehen.

»Kümmere dich gut um ihn, okay?«, sagt Logan und zieht auch mich im Vorbeigehen in eine Umarmung.

»Das werde ich.«

»Er kann sich glücklich schätzen, dich zu haben.«

Ich drücke ihn noch ein wenig fester. »Ich kann mich auch glücklich schätzen, ihn zu haben.«

Die letzten Stunden, die ich mit den Jungs verbracht habe, haben mir noch einmal deutlich gemacht, warum Knox sie so gernhat. Denver hat nur gute Jungs, aber ich hatte einfach noch nicht die Gelegenheit, sie besser kennenzulernen.

Ich hoffe, dass sie in Zukunft ein Teil meines Lebens sein werden – wegen des Mannes, der hier neben mir steht.

»Musst du nicht mitgehen?«, fragt Knox.

Ich schüttle den Kopf. »Ich bin für eine Woche suspendiert worden.«

»Was?«, dröhnt seine Stimme durch die Stille.

Ich hebe beruhigend die Hände. »Suspendiert ohne Gehaltskürzungen. Es hätte schlimmer kommen können.«

»Was ist passiert?«, fragt Knox und reibt sich über eine Augenbraue. »Erzähl mir alles.«

Ich berichte ihm, was in den letzten Tagen passiert ist.

»Aber du bist nicht gefeuert worden?«

»Nein. Ich weiß nicht, ob ich jemals befördert werde, aber das ist okay.«

»Frankie, aber …«

Ich halte eine Hand hoch, um ihn zu unterbrechen. »Es ist okay. Irgendwann werde ich eine entsprechende Stelle bekommen. Vielleicht bei Denver. Vielleicht auch nicht. Aber ich weiß jetzt, was mir am wichtigsten ist.«

»Und das wäre?«

Das schwächer werdende Licht des Feuers scheint auf sein wunderschönes Gesicht. »Du. Wir. Ein gemeinsames Leben aufzubauen – wenn du mich noch willst.«

Knox legt eine Hand um meine Taille und zieht mich zu sich heran. »Frankie, ich habe es versaut. Als meine Oma gestorben ist, konnte ich nicht wirklich damit umgehen. Und ich habe es an dir ausgelassen.«

Ich schüttle den Kopf, doch Knox redet weiter.

»Nein. Ich hätte es dir sagen sollen, aber das habe ich nicht. Denn niemand ist je bei mir geblieben. Als du mich auf die Bank gesetzt und Black eingewechselt hast, dachte ich, du würdest ihn mir vorziehen, und da bin ich ausgerastet.«

Ich packe ihn am Revers und ziehe ihn zu mir. »Jetzt hör mir mal gut zu, Knox Fisher. Ich mag meine Prioritäten falsch gesetzt haben, aber das ist vorbei. Ich will dich. Ich liebe dich, Knox, und es tut mir leid, wenn ich dir jemals ein anderes Gefühl gegeben habe.«

»Und es ist wirklich okay für dich, dass du nicht befördert wirst? Ich will das hier nicht länger verheimlichen. Ich kann einfach nicht.«

»Versteh es endlich.« Ich packe ihn am Nacken und ziehe ihn noch näher an mich heran. »Wir können zusammen sein. Ich werde zu den Safetys versetzt und darf mich nicht mehr in dein Training einmischen. Dieser Plan steht bereits.«

Knox hebt mich in seine Arme. »Es tut mir so leid, Frankie. Ich weiß, wie sehr du dir diese Beförderung gewünscht hast.«

Ich nicke. »Es tut auch ganz schön weh, aber es würde noch viel mehr wehtun, dich zu verlieren.«

»Du wirst nicht weiter nach einem Grund suchen, um diese Sache zu beenden? Ich weiß ja, wie skeptisch du immer wegen unseres Altersunterschieds warst ...« Er wird still.

Ich lächle ihn an. »Ich bin dabei, voll und ganz.«

Ein selbstgefälliges Grinsen erhellt sein Gesicht. »Du liebst mich?«

Ich fahre mit einer Hand durch sein Haar. Nie hätte ich gedacht, dass ich noch einmal so in seinen Armen liegen würde. »So verdammt sehr, dass ich es nicht mehr länger schaffe, mich selbst zu belügen.«

Knox schließt den Abstand zwischen unseren Mündern und gibt mir einen feurigen Kuss, der jede Faser meines Körpers zum Glühen bringt. So ein Gefühl kann nur Knox in mir auslösen. Seine Zunge spielt mit meiner, während wir einander in Besitz nehmen.

»Ich liebe dich, Frankie. Es mag ein paar Jahre gedauert haben, bis wir an diesem Punkt angelangt sind, aber ich bin voll dabei. Du. Ich. Ich will einfach alles.«

»Ja, verdammt noch mal«, erwidere ich und stehle mir noch einen Kuss von ihm. Ich bin süchtig danach. Nie mehr will ich ohne seine Küsse leben.

Die Luft um uns herum ist kühl, als er sich schließlich von mir löst.

»Bleibst du heute Nacht bei mir?«, flüstert er an meinen Lippen.

»Du müsstest schon schwere Geschütze auffahren, um mich zum Gehen zu bewegen.«

Knox trägt mich in das inzwischen dunkle Haus. Er hält nicht an, bis wir in seinem schwach beleuchteten Zimmer angekommen sind.

Wir agieren ohne Eile, während wir unsere Beziehung neu besiegeln. Eine, die weder durch Football noch durch meine Position im Team zerstört werden kann.

Wir sind beide dabei.

Für immer.

Das ist alles, was wir wissen müssen, als wir zusammen kommen, während die Liebe, die wir füreinander empfinden, unseren Orgasmus noch intensiver macht.

Ich weiß nicht, wie ich denken konnte, dass ich mich diesem Mann jemals versagen könnte.

Denn Knox ist es.

Knox ist alles.

Nichts außer uns beiden zählt.

Genau so, wie es sein sollte.

Kapitel Neunundzwanzig

KNOX

»Fühlt es sich nicht seltsam an, das Spiel von der Couch aus anzusehen, anstatt mitzuspielen?«, fragt Mom, als die Mannschaft auf das Spielfeld stürmt.

Die Beerdigung ist jetzt schon ein paar Tage her und zum Glück hat mir das Team die nötige Auszeit gewährt, die ich gebraucht habe. Ich war nach all den Dingen, die passiert sind, in keiner wirklich guten Verfassung und bin äußerst dankbar für die paar Wochen Ruhe.

»Ich schaue immer von der Seitenlinie aus zu. Oh, hast du mit Knox gesprochen?« Frankie lacht und schiebt sich einen Chip in den Mund.

»Du bist diejenige, die die Spielzüge vorgibt«, erwidere ich.

»Jemand muss dich ja gut aussehen lassen.«

»Ich weiß wirklich nicht, warum ich mir das immer wieder gefallen lasse.« Ich lege einen Arm um ihre Schultern, ziehe sie zu mir heran und halte sie spielerisch fest.

Ihre Bemühungen, sich von mir zu lösen, sind nicht von Erfolg gekrönt, da ich sie nur noch fester an mich drücke.

»Weil du mich liebst, deshalb.«

»Hm, kann sein.« Ich lasse sie los und sie sieht mich mit einem strahlenden Lächeln an.

Gott, wenn ich daran denke, dass ich sie fast verlassen hätte, weil ich nicht beide Seiten von ihr haben konnte. Diese Frau ist das Beste, was mir je passiert ist.

»Ist es für euch beide okay, wenn ich euch für ein paar Stunden allein lasse?«, fragt Mom, während die Jungs sich gerade zum Münzwurf in die Mitte des Felds begeben.

»Na klar, Mom.« Sie drückt mir noch einen Kuss auf die Stirn, bevor sie sich ihre Handtasche schnappt und nach draußen geht.

»Sie hätte nicht gehen müssen.« Frankie kuschelt sich noch mehr an mich heran, als die Mountain Lions zum Beginn des Spiels den Ball kicken. »Ich weiß ja, dass ihr zwei euch während der Season nicht oft seht.«

»Es waren zwei harte Wochen für sie. Ich glaube, sie möchte einfach mal ein wenig für sich sein.«

»Du hast wirklich Glück, so eine tolle Mutter zu haben.«

Ich lächle Frankie an. »Sie ist die Beste. Sie hat es mehr als wettgemacht, dass mein Vater uns verlassen hat.«

»Und ich sollte wohl auch für sie und deine Großeltern dankbar sein. Sie haben gute Arbeit mit dir geleistet.«

Ich beuge mich zu ihr hinunter und gebe ihr einen sanften Kuss, um ihr zu zeigen, wie sehr ich sie liebe. Nicht viele Menschen wären bereit, ihre Karriere einfach so aufzugeben, vor allem nicht jemand, der so leidenschaftlich und engagiert ist wie Frankie. Aber sie hat es getan.

Für mich.

Ich weiß nicht, ob ich ihr jemals würdig sein werde, aber ich werde jeden verdammten Tag dafür kämpfen, dass sie ihre Entscheidung nicht bereut.

»Toller Sack für Black!«, brüllt der Ansager und unterbricht so unseren Kuss.

Wir lenken unsere Aufmerksamkeit wieder auf das Spiel. »Darf ich sagen, dass er eine gute Wahl war?«, fragt Frankie vorsichtig.

»Das kannst du ruhig sagen. Ich werde deswegen nicht mehr ausflippen. Auch wenn er ein Arschloch ist.« Ich streiche mit meinen Fingern über ihre Wange, während sie mich verliebt ansieht. »Du mit deiner Weisheit – weil du ja *so viel älter* bist als ich – hast mich ein oder zwei Dinge gelehrt.«

»Nur ein oder zwei?« Sie zieht eine Augenbraue hoch. »Verdammt. Ich werde mich mehr anstrengen müssen. Er ist ein guter Spieler, aber niemand wird dich je ersetzen können.«

Die Tatsache, dass sie jetzt darüber Witze machen kann, beruhigt mich auf eine Weise, von der ich nie gedacht hätte, dass ich sie brauchen würde. Sie ist voll dabei. Das muss ich nicht mehr infrage stellen.

Ich lasse mich noch tiefer in die Couch sinken und konzentriere mich wieder auf das Spiel. Die Offense hat nun das Feld betreten. »Das weiß ich ja jetzt.«

»Newman wird bald zurück sein und dann steht ihr beide wieder in der Line.«

»Bereust du es, die Beförderung nicht angenommen zu haben?« Das ist der einzige Gedanke, der mich schon die ganze Zeit über quält.

Frankie setzt sich auf und legt ihre Hände um meinen Nacken. Meine Augen sind fest auf ihre gerichtet. Sie sieht mich mit solch einem glühenden Blick an, dass ich mir sicher sein kann, dass sie es ernst meint.

»Ich werde es nie bereuen, diese Beförderung für dich ausgeschlagen zu haben. Nie. Denn dafür bekomme ich die Person, die ich am meisten auf der Welt liebe, und auch noch den Sport, den ich so liebe.«

»Wenn du dir da sicher bist …«

»Ich würde es lediglich bereuen, wenn ich in die Offense wechseln müsste.« Sie tut so, als würde sie bei diesem Gedanken erschaudern.

»Genau, weil die Zusammenarbeit mit Alex, Logan und Colin ja so schrecklich wäre.« Ich verdrehe die Augen.

»Die Defense fand ich schon immer am spannendsten. Es geht nicht nur darum, sich auf die Gegner zu werfen und sie aufzuhalten. Hinter diesem Wahnsinn steckt ein Konzept, das den meisten Leuten gar nicht bewusst ist, und das liebe ich.«

»Alex würde deinen Job allerdings um vieles einfacher machen.« Ich zeige auf den Fernseher, während Colin in die Endzone rennt und ganz easy einen Touchdown erzielt.

»Die Defense gewinnt die Meisterschaften«, entgegnet sie.

»Okay, du hast gewonnen.«

»Danke schön.« Frankie drückt mir einen Kuss auf die Lippen und sieht sich danach weiter das Spiel an, wo Colin gerade in der Endzone jubelt.

»Es gibt noch etwas, worüber ich mit dir sprechen wollte.« Ich denke eigentlich ständig daran, seit ich mit meiner Mutter im Bestattungsinstitut darüber gesprochen habe. Ich hoffe, sie ist damit einverstanden.

»Was denn?«, fragt sie, ohne mich anzusehen.

»Wenn man bedenkt, wie lange wir schon zusammen sind, könnten sich manche vielleicht fragen, was wohl der nächste logische Schritt in unserer Beziehung wäre.«

»Fragst du das für dich, oder weil tatsächlich jemand gefragt hat?«

»Mom hat mir die Ringe meiner Oma gegeben, als sie gestorben ist. Sie hat gesagt, sie hätte gewollt, dass ich sie einmal der Frau gebe, die ich liebe.«

Das erregt Frankies Aufmerksamkeit und sie setzt sich auf meinen Schoß. »Warte mal. Hat es deine Oma etwa gewusst?«

Ich lache. »Zu meiner Mutter hat sie gesagt, dass sogar ein völlig Fremder hätte sehen können, wie sehr wir uns lieben.«

»Und trotzdem hat es niemand aus dem Team bemerkt.«

»Ich würde sagen, wir waren ziemlich gut darin, unsere Gefühle zu verheimlichen, wenn wir es mussten.« Ich schlinge meine Arme um ihre Taille und ziehe sie näher zu mir. »Und seien wir mal ehrlich: Die Jungs haben es einfach nicht gerafft, weil sie alle selbst so verliebt sind.«

»Worauf genau möchtest du denn jetzt hinaus, Knox?« Frankie nimmt die Halskette, die ich immer trage, in die Hand und fängt an, daran herumzuspielen. Das macht sie immer, wenn sie nervös ist.

»Ich mache dir noch keinen Heiratsantrag, aber ist das etwas, das du dir vorstellen könntest?«

Frankie atmet langsam aus und sieht mich dabei nicht an.

»Ist das etwas, das du dir vorstellen könntest?« Ich greife nach ihrem Kinn und bringe sie dazu, mich wieder anzusehen.

Ich sitze wie auf Kohlen. Ich habe noch nie wirklich übers Heiraten nachgedacht. Aber jetzt mit Frankie? Ich will, dass sie die Person ist, mit der ich mein Leben verbringe. Die Person, mit der ich zusammen bin, bis ich meinen letzten Atemzug mache. Denn ich liebe sie mehr als alles andere auf diesem Planeten.

Sogar mehr als Football.

»Auf jeden Fall. Aber wenn wir jetzt heiraten, werden die Leute dann nicht denken, dass ich meinen Job nur wegen dir habe?«

»Niemand würde das denken.«

Frankie schüttelt skeptisch den Kopf. »Natürlich würden sie das. Ich habe hart gearbeitet, um dorthin zu kommen, wo ich jetzt bin, und ich möchte nicht, dass irgendjemand denkt, ich hätte meine Position nur bekommen, weil ich mit dir zusammen bin.«

»Wann darf ich dir denn dann einen Antrag machen? Wenn ich im Ruhestand bin? Das wird in den nächsten Jahren allerdings noch nicht passieren, Frankie.«

»Du hast noch viel zu viele gute Jahre vor dir, als dass wir darauf warten könnten.« Sie verzieht nachdenklich das Gesicht. »Wie wäre es denn nach einem Super Bowl?«

»Nach einem Sieg oder einer Niederlage?«, frage ich.

»Würdest du mir wirklich einen Antrag machen wollen, wenn wir verloren haben?«

»Das würde auf jeden Fall die Nacht schöner machen.«

»Aber gleichzeitig auch einen Sieg noch unvergesslicher«, betont sie.

»Ich darf dir also erst einen Antrag machen, wenn wir einen Super Bowl gewonnen haben?«

Frankie lächelt mich an. »Vielleicht ist das ja eine kleine zusätzliche Motivation für dich, es zu schaffen.«

Ich werfe sie um, sodass sie mit dem Rücken auf der Couch liegt, und lege mich auf sie.

»Also schön«, murre ich. »Ein Sieg bei einem Super Bowl. Aber du solltest dich schon mal drauf vorbereiten, Rose, dass ich sofort auf die Knie fallen werde, sobald wir gewonnen haben. Könnten wir bis dahin vielleicht wenigstens so weit sesshaft werden, dass du bei mir einziehst?«

»Wenn das deine Definition von sesshaft werden ist, glaube ich, dass ich damit klarkommen könnte.«

Wir besiegeln unser Vorhaben mit einem Kuss.

O ja, sesshaft werden klingt gut.

Kapitel Dreißig

FRANKIE

»**U**nd du bist dir sicher, dass du das machen willst?«, fragt mich Knox zum wiederholten Mal.

Wir sind gestern zurück nach Denver geflogen und heute ist unser erster Trainingstag. Den Vormittag haben wir damit verbracht, Formulare auszufüllen, die sicherstellen sollen, dass das Team durch unsere Beziehung keine Nachteile erleidet. Und jetzt befinden wir uns gerade auf dem Weg zum Trainingsfeld.

Ich gehe zu den Safetys und Knox zu den Linebackern.

Das wird erst mal ziemlich seltsam werden, aber ich bin bereit.

»Sie werden es sowieso herausfinden, wenn sie merken, dass ich nicht mit bei euch bin.«

»Die werden alle ganz schön neidisch sein, dass du jetzt mit den Safetys arbeitest.«

»Denver wird die verdammt noch mal besten Safetys der gesamten Liga haben, wenn ich mit ihnen fertig bin«, erkläre ich und strahle ihn an.

»Ooooh, schaut doch mal. Da ist ja das glückliche Paar.« Logan kommt gerade aus der Umkleidekabine, mit Alex und Colin im Schlepptau.

»Wie ekelhaft. Müssen wir euch jetzt die ganze Zeit über beim Knutschen zuschauen?«, fragt Colin.

»Knutschen? Wie alt bist du, neunzig?« Knox verpasst ihm einen Schubs, als er auf uns zukommt.

»Du brauchst gerade was sagen, Colin. Du bist doch auch bei jeder Gelegenheit in Peytons Büro«, meint Alex.

»Aber wenigstens machen wir es hinter verschlossener Tür«, erwidert er und wackelt mit den Augenbrauen in Alex' Richtung.

»Glaubt mir, so etwas wird es zwischen uns beiden nicht geben«, sage ich trotzig.

»Was, echt nicht?« Knox fährt herum und sieht mich an.

»Ist das wirklich ein Gespräch, das du jetzt vor den Jungs führen willst?«

»Ich an deiner Stelle würde hier jetzt abbrechen.« Jackson klopft Knox auf die Schulter, als er aufs Feld geht. »Ich glaube nicht, dass das gut für dich ausgehen wird.«

»Ich schätze, wir sollten gehen, aber das hier ist einfach zu gut«, meint Logan, der grinsend neben Colin steht.

»Sie hat ihn schon an den Eiern. Ich liebe es«, gibt nun auch Colin noch seinen Senf dazu und lehnt sich gegen die Wand.

»Alles klar, ihr Pisser verschwindet jetzt.« Knox schiebt sie alle den Gang entlang, der zum Feld führt.

In den letzten Wochen habe ich diese Jungs besser kennengelernt. Sie sind wirklich wie Brüder. Brüder, die sich viel zu sehr in die Angelegenheiten der anderen einmischen, aber ich liebe es, wie sehr sie sich umeinander kümmern.

»Hast du das wirklich ernst gemeint?«, flüstert Knox, während ich hinter ihnen herlaufe. »Ich hatte mich schon auf ein kleines Techtelmechtel in deinem Büro gefreut.«

»Techtelmechtel? Wirklich, Knox?« Ich lache ihn aus. »Zum ersten Mal in unserem Leben müssen wir unsere Beziehung nicht mehr geheim halten. Deshalb habe ich vor, mit dir nach Hause zu gehen, wo wir in unserem Bett so viel Techtelmechtel haben können, wie du willst.«

Knox hält mich auf und zieht mich noch einmal an sich. »Ich mag, wie sich das anhört.«

»Techtelmechtel?« Ich hebe meine Lippen nur ein ganz klein wenig an. Sein warmer Atem streicht darüber und steigert mein Verlangen nach ihm noch mehr.

»Nein. *Unser* Bett.« Er drückt mir einen kurzen Kuss auf die Lippen und stürmt an mir vorbei.

»Das war gemein«, rufe ich ihm hinterher.

»Genau das Gleiche kann ich auch zu dir sagen.« Er zwinkert mir zu, während er zu den bereits wartenden Linebackern rennt.

Der Himmel ist grau und man kann den Atem der Jungs über dem Feld sehen, während sie ihre Übungen machen. Es ist kalt, und laut Wettervorhersage soll es am Spieltag sogar noch kühler werden. Da für Sonntag Schnee angekündigt ist, trainieren wir draußen.

»Hey, Coach! Schön, dass du wieder da bist!« Newman bleibt bei den Tackling-Dummys stehen, während ich mir meine Mütze ins Gesicht ziehe. »Hoffentlich haben wir dich diese Woche stolz gemacht.«

Jetzt, wo der Moment gekommen ist, flattern meine Nerven doch ganz schön.

»Das tut ihr doch immer, Newman.« Ich lächle den Rookie an. Das ist einer der Gründe, warum ich das Trainieren so liebe. Den einzelnen Jungs, und vor allem den

Rookies, dabei zusehen zu können, wie sehr sie sich während der Season steigern – ich liebe das.

»Was steht heute im Training so an?«, fragt er, seinen Helm fest in der Hand.

Jetzt ist der Moment gekommen.

»Das wirst du Coach Reich fragen müssen.«

»Was? Wieso?« Er sieht mich verwirrt an, während der Rest der Linebacker hinter ihm auftaucht. Knox stellt sich neben ihn und nickt mir zu, als Bestätigung, dass ich weiterreden kann.

»Ich wechsle zu den Safetys.«

»Aber warum? Du bist der beste Coach, den wir haben.«

Coach Jenkins und Coach Reich nutzen diesen Moment, um nun ebenfalls zu uns zu stoßen. Coach Brooks hat sie eingeweiht, und auch wenn sie zuerst schockiert waren, stehen sie doch voll hinter uns. Vor allem, weil sie dadurch ja selbst befördert wurden. »Und was habe *ich* dann die ganze Zeit über gemacht?«, fragt Coach Jenkins belustigt.

»Tut mir leid, Coach. Es ist nur so, dass Frankie schon die ganze Season über mit mir gearbeitet hat. Sie ist der Grund dafür, dass ich so weit gekommen bin.«

Jenkins lächelt ihn an. »Meinst du nicht, dass es dann nur fair wäre, wenn unsere Safetys sie auch mal bekommen würden?«

»Versteh mich nicht falsch, Newman, ich liebe es, mit euch zu arbeiten. Aber wenn ich mit Knox hier zusammen sein will, muss ich die Line wechseln.«

So. Nun ist es raus. Ich beobachte, wie es ihnen langsam dämmert, was ich da gerade gesagt habe. Knox steht einfach nur da und hat ein verträumtes Grinsen auf dem Gesicht.

»Warte mal, was?« Newman schaut zuerst zu Knox und dann zurück zu mir, bevor er seinen Blick wieder zu Knox wendet. »Ihr zwei seid zusammen?«

»Also ich hätte gedacht, du wärst ein klügeres Köpfchen«, meint Knox und schlägt ihm auf die Schulterpolster.

»Also, *zusammen* zusammen?«, fragt Newman erneut.

»Ich glaube, das hat ihn jetzt umgehauen«, sagt Knox und sieht mir in die Augen.

»Das glaube ich auch«, erwidere ich lachend.

»Na super, vielen Dank, dass du meine Spieler noch mal mental fertigmachst, bevor ich übernehme«, meint Coach Reich zu mir und verdreht die Augen. »Newman, denkst du, du kommst damit klar?«

»Es ist nur … Coach Rose war immer so hart zu Knox.«

»Denkst du etwa, ich war nachsichtig mit dir?« Ich ziehe eine Augenbraue hoch. »Wenn du glaubst, dass ich dich nicht genug gefordert habe, kann ich Coach Reich bitten, mal eine Schippe draufzulegen.«

»O Scheiße«, murmelt er.

»Ich denke, allein dafür macht ihr jetzt alle mal ein paar Liniensprints«, sagt Coach Reich und lässt seine Pfeife ertönen.

»Echt jetzt, Newman? Echt jetzt?«, stöhnt Knox. »Du konntest mal wieder deine Klappe nicht halten.«

»Wie soll ich das denn auch bitte können, wenn ich herausfinde, dass ihr zwei zusammen seid? Ich habe so viele Fragen.«

»Wenn du mit deiner Fragerei nicht aufhörst, wirst du uns nur noch mehr Ärger einhandeln.«

Ich kann nicht anders, als über die beiden zu lachen, während sich die restlichen Linebacker zu ihnen gesellen.

»Bist du dir sicher, was deine Entscheidung angeht?«, fragt mich der Coach.

Ich blicke Knox hinterher, als er sich auf den Weg macht, um mit der Defense die Liniensprints zu starten.

»Ich war mir in meinem ganzen Leben noch nie so sicher wie jetzt.«

Epilog

»Okay, Jungs. Noch ein Block und ihr wisst, was passiert«, schreit unser Defensive Coordinator. Wegen des Lärms im Stadion ist er kaum zu hören.

Es ist das Fourth Down mit noch drei Yards, und wir haben nur noch weniger als zwei Minuten zu spielen. Houstons Offense hat den Ball, aber selbst wenn sie diesen Spielzug machen, haben sie bereits ihren letzten Time-out genommen und liegen mit zehn Punkten zurück.

Im AFC Championship Game.

Meine Augen finden die von Frankie über den Huddle hinweg und sie zwinkert mir zu. Auf gar keinen Fall werden wir diesen Block jetzt vermasseln. Nicht nur für mich, sondern auch für die Frau, die mich gerade ansieht. Alle Jungs hier in der Gruppe stehen unter Strom.

»Ihr habt den Coach gehört. Lasst uns das Spiel zu Ende bringen«, rufe ich ihnen zu. Ein Schauer läuft mir den Rücken hinunter, als sie alle um mich herum zu schreien beginnen. Das Spiel, auf das jeder Footballprofi, egal ob Spieler oder Trainer, hinarbeitet, ist zum Greifen nah.

Ich will das. Nicht nur für mich, sondern für jeden einzelnen der Jungs, die jetzt in diesem Huddle stehen. Sie haben sich in den letzten Jahren den Arsch aufgerissen. So nah dran zu sein und es dann doch nicht zu schaffen, ist etwas, das einen nicht mehr loslässt.

Und jetzt ein Teil dieses epischen Laufs zu sein, den wir dieses Jahr hatten? Mit Frankie, die immer noch an meiner Seite ist?

Das ist etwas ganz Besonderes.

Houston rennt zurück aufs Spielfeld.

Ich schnappe mir meinen Helm und ziehe ihn über den Kopf.

»Hol uns den Sieg, Kleiner.« Frankie strahlt mich unter ihrem Beanie heraus an. Etwa ab der Hälfte des Spiels hat es angefangen zu schneien. Nichts, was uns Probleme bereitet hätte. Im Gegenteil, das Wetter hat sich eher zu unseren Gunsten ausgewirkt.

»Du nennst mich also wieder ›Kleiner‹, was?« Wie am ersten Tag des Trainingslagers vor all diesen Jahren.

Sie zuckt nur mit den Schultern, während ich rückwärts aufs Spielfeld laufe. »Vielleicht nenne ich dich wieder bei deinem Namen, wenn du uns zum Super Bowl geführt hast.«

»Warts nur ab, Frankie. Gib mir eine Minute, um diese Typen zu stoppen, und dann bin ich wieder bei dir.«

Houston stellt sich auf und ruft den Spielzug aus.

»Newman, pass auf den Tight End auf!«, rufe ich ihm zu, während ich beobachte, wie sich die Line bewegt.

Der Ball wird gesnapt, doch anstatt dass ihr Quarterback an der Line vorbeischleicht, reicht er ihn an den Runningback weiter. Ich verfolge seine Bewegung, während er erst nach links und dann nach rechts ausweicht, bevor er sich schließlich entscheidet, durch die Mitte zu gehen.

Ich stürme auf ihn zu, werfe mich auf ihn und lasse nicht mehr los, bis endlich der Pfiff ertönt und einer der Jungs mich hochzieht.

Jeder einzelne Fan lässt seinem Jubel freien Lauf. Alex kommt auf das Feld gerannt, während die Mannschaft an der Seitenlinie feiert.

Wir haben sie gestoppt. Wir haben Houston gestoppt.

Die Denver Mountain Lions sind im Super Bowl.

Im verdammten Super Bowl.

»Was für eine Art, das Spiel zu beenden, Knox!« Alex klopft mir auf den Rücken, als ich zur Seitenlinie renne.

Frankie schlägt allen Jungs, die an ihr vorbeilaufen, auf den Helm und umarmt sie dabei.

Ihre Augen sind feucht, als sie mich endlich sieht. Ich öffne meinen Helm und werfe ihn in Richtung der Bank.

»Möchtest du das ›Kleiner‹ vielleicht noch einmal überdenken?«, frage ich und ziehe eine Augenbraue hoch.

»Ich schätze, jetzt, wo ich weiß, dass wir im Super Bowl sind, kann ich dich Knox nennen.«

»Verdammt noch mal!«

Sie springt in meine Arme und verschränkt ihre Knöchel hinter meinem Rücken.

»Das war ein fantastischer Spielzug von dir! Du hast die Gegner genau richtig gelesen«, sagt sie voller Stolz, während ich sie an mich drücke.

»Ich habe ja schließlich auch von der Besten gelernt.« Ich sehe sie an und wische mir eine verirrte Träne weg.

Frankie war mein erster Coach. Bevor wir diese Sache zwischen uns angefangen haben, war sie diejenige, die mir beigebracht hat, ein besserer Spieler zu sein. Ohne sie wäre ich heute nicht da, wo ich bin.

Und jeder in der Defense sieht das genauso. Frankie ist unglaublich clever. Sie versteht von diesem Sport mehr als die meisten anderen Trainer in der Liga.

Sie an meiner Seite zu haben, während die letzten Sekunden des Spiels ablaufen, ist etwas ganz Besonderes.

»Eure Denver Mountain Lions ziehen in den Super Bowl ein!«, hallt die Stimme des Stadionsprechers durch die Lautsprecher.

»Heilige Scheiße! Ich kann nicht glauben, dass das gerade wirklich passiert!« Frankie überhäuft mein Gesicht mit Küssen. »Wir sind im Super Bowl, Knox!«

Ich streiche ihr die Haare aus dem Gesicht und betrachte ihr strahlendes, fröhliches Gesicht. Sie scheint vor Stolz fast zu platzen.

»Deinetwegen sind wir so weit gekommen.«

Frankie küsst mich ein letztes Mal, lang und berauschend, bevor sie aus meinen Armen gleitet.

»Ich liebe dich«, sagt Frankie und drückt meine Hand.

»Nicht so sehr, wie ich dich liebe.«

Sie verdreht die Augen. »Das bezweifle ich.«

»Willst du jetzt deswegen mit mir diskutieren?«

»Du würdest mich nicht lieben, wenn ich das nicht täte.«

Da hat sie auch wieder recht. Frankie hält sich nie vor mir zurück. Sie fordert mich auf Arten und Weisen, von denen ich vorher gar nicht wusste, dass ich sie brauche. Ihretwegen bin ich ein besserer Mann. Ein besserer Spieler. An ein Leben ohne sie kann und will ich gar nicht mehr denken.

Denn das wäre ein äußerst leeres Leben.

»Was für ein Block, Knoxy!« Colin springt mir von hinten auf die Schultern. »Danke, dass du unseren Jungen hier ausgebildet hast, Frankie!«

»Er hat die harte Arbeit geleistet«, meint Frankie.

Sie kann einfach keine Komplimente annehmen.

Sie geht hinüber zu den anderen Trainern, als sich die Jungs um mich scharen.

»Wir sind im Super Bowl!«, ruft Alex, während sich das Konfetti mit dem Schnee vermischt und aufs Spielfeld fällt.

»Ich kann es nicht glauben!«, meint Jackson und blickt auf das Feld. »Wir haben es wirklich geschafft.«

»Darauf haben wir so lange gewartet«, stimmt Logan zu.

Da hat er recht. Selbst für ihn trifft das zu, obwohl er erst vor ein paar Jahren zu uns gekommen ist. Wir sind alle schon sehr lange in dieser Liga. Die meisten Spieler werden es nie bis zum großen Spiel schaffen, geschweige denn eines gewinnen.

Und jetzt hier zu stehen, mit diesen Jungs? Das lässt mich ganz emotional werden.

»Es gibt niemanden, mit dem ich lieber in diesen Kampf ziehen würde als mit euch«, sage ich.

»Ooooh. Knox liebt uns.« Colin ist vor Begeisterung ganz außer sich.

»Also mich hat er schon immer geliebt«, meint Logan.

»Oh, bitte! Mich liebt er am meisten«, widerspricht ihm Colin.

»Ich bin mir ziemlich sicher, dass es Frankie ist, die er am meisten liebt«, erinnert Alex die beiden.

»Und *du* liebst es einfach, anderen den Spaß zu verderben, was, Alex?« Colin verdreht die Augen.

»Ich liebe jeden von euch Jungs. Und ich werde euch noch mehr lieben, wenn ihr es schafft, einen Super Bowl für uns zu gewinnen.«

Alle vier Augenpaare richten sich auf mich. Ich betrachte das Team, das um uns herum feiert, während die Bühne für die Übergabe der AFC Championship Trophäe vorbereitet wird. Dann schaue ich zu Frankie, die gerade meine Mutter an der Seitenlinie umarmt.

Ich fühle nichts als Stolz und Liebe für diese Gruppe von Jungs. Wir haben uns unsere Ärsche dafür aufgerissen, um endlich hier zu stehen. Wir haben unter körperlichen und seelischen Schmerzen gespielt, um jedes Jahr besser zu werden.

Doch auch wenn uns dieser Sieg einen Schritt weiterbringt, ist es nicht der Sieg, den wir wollen. Den, den wir wollen, müssen wir in zwei Wochen erzielen.

Zwei Wochen, um zu trainieren und Videomaterial zu studieren.

Zwei Wochen, in denen die Nerven blank liegen und die Experten darüber spekulieren werden, ob die Mountain Lions das Zeug dazu haben, das große Spiel zu gewinnen.

Zwei Wochen.

Das ist alles, was zwischen uns und dem großen Spiel liegt.

Lasst uns verdammt noch mal loslegen!

ENDE

KNOX - VIER JAHRE ZUVOR

»Kann ich noch einen bekommen?« Ich winke dem Barkeeper zu, weil ich noch einen Bourbon brauche. Diese Niederlage heute war brutal. Noch schlimmer wird das Ganze dadurch, dass wir uns gerade in den Playoffs befinden. Und jetzt sitzen wir heute Nacht aufgrund des Wetters auch noch in Buffalo fest. Es gibt doch nichts Schöneres, als dreißig Zentimeter Neuschnee in einer Stadt, die den Sieg ihrer Mannschaft und unsere Niederlage feiert.

Ein volles Glas mit brauner Flüssigkeit wird vor mir abgestellt. Ich nehme einen kräftigen Schluck und genieße das Brennen, das mir den Hals hinabbrennt.

»Versuchst du etwa, deinen Kummer zu ertränken?«

Ich drehe mich zu der mir vertrauten Stimme um. Es ist Frankie, mit einer halb vollen Flasche Bier in der Hand.

»Das Gleiche könnte ich dich auch fragen.«

Sie setzt sich auf einen Barhocker und lässt dabei einen Platz zwischen uns frei.

»Nach dieser Niederlage? Ehrlich gesagt bin ich überrascht, dass nicht mehr vom Team hier unten sind.«

Ich schüttle den Kopf und nehme einen weiteren Schluck. »Wahrscheinlich lecken sie sich gerade ihre Wunden.«

»Aber ist es wirklich die bessere Option, deine Leber zu zerstören?« Frankie schließt ihre Lippen um die Öffnung ihrer Bierflasche und nimmt einen langen Zug.

»Ich hoffe, dadurch das Spiel vergessen zu können. Das war verdammt beschissen.«

»Es war nicht deine Schuld«, meint Frankie sachlich.

»War es nicht?« Ich ziehe eine Augenbraue hoch. »Dieser misslungene Block am Schluss war nicht meine Schuld?«

Frankie schüttelt den Kopf. »Man darf das nicht auf einen einzigen Spielzug herunterbrechen. Wir haben heute nicht unseren besten Football gespielt. Ende der Geschichte.«

»Das ist eine verdammte Untertreibung«, erwidere ich bitter. Ich kann es nicht ändern. Ich bin stinksauer darüber, dass wir verloren haben. Eine weitere großartige Season, an deren Ende wir nichts vorweisen können. »Wann wird es bei uns endlich so weit sein?«

Frankie rutscht auf den Hocker neben mir. »Irgendwann wird es das. Ich weiß es. Schließlich haben wir eines der besten Teams.« Sie legt ihre Hand auf meinen Arm und sofort schießt ein Kribbeln durch meinen gesamten Körper, als hätte ich einen Stromschlag bekommen. Das ist neu. Sie muss das auch gespürt haben, da sie ihre Hand schnell wieder wegzieht.

Ich weiß nicht, was in mich fährt, aber es kann nur der Alkohol sein, der mir in den Kopf steigt und mich dazu bringt, zu sagen: »Willst du mit mir auf mein Zimmer gehen?«

Frankie verschluckt sich fast an ihrem Bier, während ihr Gesicht ganz rot wird. Ihr gefällt dieser Gedanke.

»Was zur Hölle, Knox?«

Ich beuge mich näher zu ihr heran, und ihre Pupillen weiten sich.

»Erzähl mir nicht, dass dir diese Idee nicht gefällt.«

»Ich bin deine Trainerin.«

»Das musst du heute Nacht nicht sein.«

»Knox …«

Ich sehe, wie sie in ihrem Kopf darüber debattiert. Jetzt, wo ich es laut ausgesprochen habe, will ich sie.

Verdammt, ich will sie immer. Ich will sie seit dem ersten Tag, an dem ich mit Roberts das Spielfeld betreten habe.

Ich leere meinen Drink und stelle ihn mit einem lauten *Klonk* auf den Tresen. Mir entgeht nicht, wie sie jede meiner Bewegungen verfolgt.

»Zimmer fünfhundertsiebzehn. Ich werde eine Stunde warten.« Ich gehe ganz nah an ihr Ohr heran.

»Ich lege den Ball in deine Hände, Frankie. Es liegt an dir, welche Entscheidung du jetzt treffen willst.«

Ich höre, wie sie leise einatmet.

Während ich mich auf den Weg zu den Aufzügen mache, richte ich meine Jogginghose und schicke ein kurzes Gebet gen Himmel, dass sie kommen wird.

Denn ich will Frankie Rose.

FRANKIE

»KANN ich Ihnen noch was bringen?« Der Barkeeper reißt mich aus meinen Gedanken.

»Nein, danke.«

Es sei denn, es handelt sich dabei um einen eins fünfundachtzig großen Linebacker.

Ich lege einen Zwanziger auf den Tresen und mache mich auf den Weg zum Aufzug.

Das ist eine schlechte Idee. Eine wirklich schlechte Idee.

Aber eine, die ich auf jeden Fall in die Tat umsetzen möchte.

Seit dem Tag, an dem Knox zum allerersten Mal das Spielfeld betreten hat, hat er mich in seinen Bann gezogen. In all den Jahren, in denen ich bereits Trainerin bin, habe ich noch nie für jemanden so empfunden wie für Knox.

Und dabei handelt es sich nicht nur um einen meiner Spieler, sondern auch noch um jemanden, der sieben Jahre jünger ist als ich.

Als der Aufzug im fünften Stock anhält, begrüßt mich Stille. Nach diesem langen Spiel wollte jeder nur noch seiner Wege gehen.

Ich folge den Schildern zu Knox' Zimmer. Als ich schließlich die richtige Tür erreiche, zögere ich. Wenn wir das jetzt tun, gibt es kein Zurück mehr.

Aber alles, woran ich denken kann, ist, wie niedergeschlagen er vorhin ausgesehen hat. Es war nicht seine Schuld. Niemand aus der Mannschaft hat heute gut genug gespielt.

Offense, Defense, Special Teams, ganz egal – wir haben es heute alle vermasselt.

Und gerade gibt es nur eine Sache, die mich etwas trösten kann.

Knox Fisher.

Ich klopfe ganz leise an, und dennoch durchschneidet dieses Geräusch die Stille im Gang wie eine abgefeuerte Pistolenkugel. Knox steht bereits an der Tür, öffnet sie und zieht mich hinein.

Die Luft um uns herum knistert, als ich ihn betrachte, wie ich es noch nie zuvor getan habe.

Das Mountain-Lions-T-Shirt spannt sich über seine Brust und betont jeden seiner Muskeln, während Tattoos seine Arme zieren.

Ich kann es kaum erwarten, seine Bartstoppeln zwischen meinen Beinen zu spüren. Dieser Gedanke lässt mich meine Oberschenkel zusammenpressen.

»Woran denkst du gerade?«, fragt Knox und streicht mir eine Haarsträhne hinters Ohr. Ich bin ihm so nah, dass ich die honigfarbenen Sprenkel in seinen Augen erkennen kann.

Ich liebe es, wie groß er ist.

Da ich selbst einen Meter fünfundsiebzig groß bin, waren alle Männer, mit denen ich bisher zusammen war, immer auf einer Höhe mit mir. Früher hat mich das nie gestört.

Bis jetzt.

Denn mir gefällt es, wie Knox mich überragt.

Ich will, dass er sich meiner bemächtigt. Mich dominiert. Mich in jeglicher Hinsicht beherrscht.

»Ich habe schon Dutzende von Spielern trainiert.« Ich gehe einen Schritt auf Knox zu und lege meine Hände auf seine Brust.

Verdammt! Ich glaube nicht, dass ich schon jemals so starke Brustmuskeln gespürt habe.

»Ach ja?« Knox kommt näher an mich heran und fährt mit seiner Nase an meinem Hals entlang.

»Noch nie habe ich einen von ihnen gewollt. Aber ich will dich. Gott steh mir bei, ich will dich.«

Knox raubt mir den Atem, als er seine Lippen auf meine presst.

Und oh, was für ein Kuss das doch ist.

Ich spüre ihn in meinem ganzen Körper. Ein Kribbeln

durchfährt mich, während ich mich mit meinen Fingern in seine Brust kralle. Jede Berührung seiner Zunge gegen meine lässt die Hitze zwischen meinen Beinen größer werden.

Ein Keuchen entweicht mir, als Knox mich mit dem Rücken gegen die Wand drückt. Er packt mich am Haar und zieht meinen Kopf nach hinten, um den Kuss noch zu vertiefen.

O Gott!

Wie kann es sein, dass dieser Mann so gut küssen kann?

Knox wandert mit seinem Mund meinen Kiefer entlang, knabbernd und küssend. Ich schiebe meine Hüfte nach vorn und hinten, in der Hoffnung auf ein wenig Reibung. Knox grinst gegen meinen Unterkiefer.

»Stimmt etwas nicht, Frankie?«

Er zieht sich zurück und sieht mich lüstern an. Zweifellos schaue ich ihn gerade mit genau dem gleichen gierigen Blick an.

»Das weißt du ganz genau.«

»Und wie kann ich dir behilflich sein?« Knox streicht mit einem Finger über die pochende Vene an meinem Hals. Dann fährt er damit weiter über meine Brust und legt ihn in den V-Ausschnitt meines T-Shirts.

Ich stoße mich von der Wand ab und schiebe uns weiter ins Zimmer hinein. Knox grinst mich überheblich an. Es ist mir egal, wie deutlich ich mein Verlangen nach ihm zeige.

Als er mit seinen Waden das Bett berührt, zieht er mich auf seinen Schoß. Er ist steinhart unter mir.

Und riesig.

Ich lecke mir über die Lippen, während ich mit den Fingern durch sein dichtes Haar fahre. Knox' Hände, ganz rau vom jahrelangen Footballspielen, wandern nach oben und unter mein Shirt.

Keiner von uns beiden bewegt sich. Wir sehen uns einfach nur an. Dieser Moment fühlt sich beinahe unausweichlich an.

Knox leckt sich über die Lippen, während er mich betrachtet. Jegliche Gedanken, warum wir das hier nicht tun sollten, verschwinden aus meinem Kopf, als ich unsere Lippen wieder zusammenführe.

Es fühlt sich heiß und sündig an. Jedes Mal, wenn sich unsere Zungen berühren, werde ich feuchter. Ich weiß nicht, wie lange ich durchhalten werde, wenn wir schließlich nackt sind.

Denn ich will Knox mehr als alles andere.

Dieser schlingt seine Arme um meine Taille, wirft mich aufs Bett und legt sich auf mich.

»Du kannst immer noch einen Rückzieher machen, Frankie«, meint er und beißt mir sanft in die Unterlippe. »Wenn du das nicht willst, ist jetzt der Zeitpunkt, um Nein zu sagen.«

Ich greife nach der Wölbung in seiner Hose und drücke sein steifes Glied. Die Muskeln in seinem Nacken spannen sich an, als ich mit meiner Handfläche über ihn streiche. »Du kannst immer noch einen Rückzieher machen«, äffe ich seine Worte nach.

Knox setzt sich auf meine Hüfte und zieht mein Shirt bis über meine Brüste, die sich heben und senken. Ohne Zweifel sind meine steinharten Brustwarzen durch meinen dünnen BH zu sehen.

Etwas, das Knox nicht entgeht, wenn man sich sein Grinsen so ansieht.

Er beugt sich hinunter und nimmt eine in seinen Mund.

»Aah!« Ich lehne mich seiner Berührung entgegen.

Heilige Scheiße, fühlt sich das gut an. Er leckt und saugt sich seinen Weg zu der anderen Brustwarze und schenkt ihr die gleiche Aufmerksamkeit.

Dann fährt er mit seinem Mund – der mir beim Training immer so viele Schwierigkeiten bereitet – über die zarte Haut an meinem Bauch. Je näher er meiner Mitte kommt, desto stärker wird mein Verlangen.

Knox zieht den Bund meiner Leggings herunter und knabbert an meinem Hüftknochen. Meine schamlose Begierde nach ihm ist unbändig. Ich will seinen Schwanz in mir spüren.

Knox hockt sich hin und zieht mir die Leggings herunter. Ich nutze diese Gelegenheit, um mir mein Shirt und meinen BH auszuziehen, sodass ich nur noch mein baumwollenes Höschen trage. Das ist zwar nicht gerade sexy, aber Knox scheint das nicht zu stören.

»Fuck, du bist einfach umwerfend«, sagt er mit rauer Stimme, während er seinen Blick über mich schweifen lässt.

Er packt sein Shirt am Rücken und zieht es sich aus.

Dieser Mann ist gebaut wie ein griechischer Gott, mit Bauchmuskeln bis zum Umfallen und einem leichten Flaum auf seiner Brust.

Knox hat einen Körper, den ich am liebsten besteigen würde wie einen Berg.

Meine Haut kribbelt aufgrund seiner langen Betrachtung meines Körpers; mit seinen Augen nimmt er mich gierig in sich auf.

Da Knox sich so viel Zeit lässt, nehme ich die Sache selbst in die Hand. Ich gleite mit meinen Fingern über meinen Bauch und schiebe sie unter den Bund meines Höschens.

»Was machst du da?« Knox versucht, meine Hand wegzuschieben, doch ich verpasse seiner einen Klaps.

»Irgendjemand muss dir ja beibringen …«

Knox schnaubt. »Ich bin keine Jungfrau mehr, falls du das denkst.«

Ich greife nach oben, lege eine Hand um Knox' Nacken und ziehe ihn zu mir herunter. Ich lege meine Stirn an seine und unsere Atemzüge vermischen sich miteinander. »Ich wollte gerade sagen, dass du noch nie mit einer Frau wie mir zusammen warst. Und dass dir ja irgendjemand beibringen muss, wie man eine ältere Frau befriedigt.«

»Fuck, Frankie.«

Seine Augen gleiten über meinen Körper, als ich meine Finger in mich einführe. Mit meinem Handballen streichle ich über meine Klitoris, die bereits sehr empfindlich ist.

Ich bewege meine Finger in mich hinein und wieder aus mir heraus, genau wie ich es mag. Und jetzt, wo Knox zusieht, macht mich das nur noch geiler.

Und das weiß er.

Knox ergreift meine Hand und zieht sie von mir weg. Er sieht mich fest an, während er meine Finger in seinen Mund nimmt und mit seiner Zunge über meine Fingerkuppen leckt.

»Wie war das?«, fragt er, während er meine Hand nimmt und damit seine Brust entlangfährt.

Ich zucke mit einer Schulter. »Drei plus.«

»Drei plus?«, fragt er skeptisch. Wir könnten die ganze Nacht einfach nur rummachen und ich würde ihm eine Eins plus geben, aber er ist bereits eingebildet genug. Das muss ich nicht auch noch verstärken.

Ich lächle, als ich anfange, ihm die Hose herunterzuziehen. »Das heißt wohl, dass du noch einiges lernen musst.«

Knox wirft sich aufs Bett, schiebt seine Boxershorts nach unten und kickt sie von sich, woraufhin sein Schwanz nach oben schnellt.

Heilige Scheiße. Er ist wirklich riesig. Sein Schwanz schlägt gegen seine perfekten Bauchmuskeln und aus der Spitze fließt bereits ein Lusttropfen.

»Gefällt dir, was du siehst?«, fragt Knox, während er träge über sein Glied streichelt.

Ich befreie mich von meiner Unterwäsche und lasse mich zwischen seinen Beinen nieder.

»Bist du bereit für deine erste Lektion?«

»Ich sehe nicht ganz, wie das hier eine Lektion für mich sein soll …« Ich schneide ihm das Wort ab, indem ich die Spitze seines Schwanzes in meinen Mund nehme.

Sein salziger Geschmack überwältigt mich sofort. Es ist unmöglich, sein Glied ganz in mich aufzunehmen, also nehme ich meine Hand für den unteren Teil zu Hilfe, während ich den oberen mit meiner Zunge bearbeite.

»Fuck. Das ist so gut.«

Ich lächle ihn an, während ich meinen Angriff auf ihn fortsetze. Immer mehr seines Lusttropfens ergießt sich in meinen Mund und ich bin mir nicht sicher, ob Knox merkt, dass er in meinen Mund stößt.

Ihn so geil zu machen, lässt mich selbst immer feuchter werden. Er krallt sich mit den Händen in mein Haar und leitet mich an seinem Schwanz auf und ab.

»Fuck. Ich könnte jetzt genau so kommen«, sagt er, seine Stimme voller Verlangen. Mit einem *Plopp* löse ich mich von ihm.

»Aber das wollen wir ja nicht, oder?«, erwidere ich und wische mir den Mund ab.

Knox tastet auf dem Boden herum, wahrscheinlich auf der Suche nach seiner Brieftasche.

»Waren deine letzten Testergebnisse negativ?«

Er nickt.

»Meine auch.«

Er versteht, was ich damit andeuten will. »Bist du sicher?«

Ich streichle über seinen feuchten Schwanz. »Ja. Ich will jeden Zentimeter davon in mir spüren.«

»Das kann doch nur ein Traum sein.« Knox richtet sich auf und gibt mir einen leidenschaftlichen Kuss. Er schmeckt nach mir und nach Bourbon. Das ist fast schon berauschend.

Ich stoße ihn zurück aufs Bett und nehme seinen Schwanz in die Hand. Dann positioniere ich mich über ihm und lasse mich auf ihn sinken.

»O ja«, stöhne ich.

Es fühlt sich so gut an. Ich kann jedes einzelne Detail von ihm spüren, während er immer weiter in mich eindringt. Knox gleitet mit seinen Händen meinen Rücken hinab und umklammert meinen Hintern. Er hält mich fest, während er mich komplett ausfüllt.

»Du fühlst dich einfach unglaublich an«, haucht er in meinen Nacken, als er sich wieder aufrichtet. »So verdammt gut, Frankie.«

Ich lege meine Hände an seine Schläfen. »Nicht so gut wie du.«

Knox presst mich an sich und bewegt mich ein wenig. Ich spüre einen ganz leichten Schmerz – zweifellos, weil ich so gedehnt werde.

Ich bewege meine Hüften, um mich an seine Größe anzupassen. Knox nimmt eine Brustwarze zwischen seine Zähne.

»War das bereits eine Drei plus wert?«

Ich kann jetzt nicht lügen, nicht, während sich mein Innerstes so um seinen Schwanz presst. »Vielleicht eine Zwei minus.«

Knox verpasst mir einen Klaps auf den Hintern. »Wer hätte gedacht, dass du so ein freches Mundwerk besitzt?«

Ich grinse auf ihn herab, während ich meine Hüften bewege. Durch den veränderten Winkel trifft er nun eine Stelle tief in meinem Inneren, die bisher noch nie jemand erreicht hat.

»O Gott.«

»Ganz genau. Du weißt, dass du das magst.«

Knox beginnt, in mich zu stoßen, während ich mich auf ihm bewege. Unsere Bewegungen sind genau aufeinander abgestimmt. Knox' Finger finden meine Klitoris und streichen in einem gleichmäßigen Rhythmus darüber.

Es ist die totale Reizüberflutung. Meine Lust hat ihren Höhepunkt erreicht. Ich will mich noch zurückhalten, aber ich kann nicht. Es ist einfach zu viel.

»Komm auf mir, Frankie. Ich bin auch so weit.«

Er streicht noch einmal über meine Klitoris und mein Höhepunkt bricht über mich herein.

Es ist der Orgasmus aller Orgasmen. Ich habe noch nie so viel in mir gespürt, während Knox mich an sich drückt und seine eigene Erlösung in mich spritzt. Es ist heiß und schmutzig und schwitzig und verdammt geil.

»Heilige Scheiße«, flüstere ich und lasse mich gegen Knox fallen.

»Und wie war das?«, fragt er, während er mit seinen Fingern an meiner Wirbelsäule entlangfährt.

Ich spiele mit der Kette, die auf seiner Brust ruht.

»Zwei plus«, witzle ich.

»Verdammt, Frankie«, erwidert Knox und dreht uns auf die Seite. »Dann muss ich wohl weiter hart an meiner Eins arbeiten.«

Über den Autor

Nachdem sie in der zweiten Klasse einen Preis für junge Autoren gewonnen hatte, war Emily Silver dazu bestimmt, Schriftstellerin zu werden. Sie liebt es, inklusive Geschichten zu schreiben, mit starken Heldinnen und charmanten Helden, die dein Herz erobern werden.

Als Liebhaberin alles Romantischen begann Emily damit, Bücher in ihren Lieblingsorten auf der ganzen Welt anzusiedeln. Als leidenschaftliche Reisende hat sie alle sieben Kontinente besucht und ist um die Welt gesegelt.

Wenn sie nicht schreibt, findet man Emily oft dabei, Cocktails auf ihrer Veranda zu genießen, so viel Romantik wie möglich zu lesen und ihr nächstes großes Abenteuer zu planen!

Finde sie in den sozialen Medien, um auf dem Laufenden über all ihre Abenteuer und kommenden Veröffentlichungen zu bleiben!

Bücher von Emily Silver

Deutsche Titel

Roughing The Kicker

Pass Interference

Sideline Infraction

Illegal Contact

The Big Game - Erscheint am 14. Oktober

Englische Titel

Dixon Creek Ranch

Yours to Take

Yours to Hold

Yours to Be

Yours to Forget

The Denver Mountain Lions

Roughing The Kicker

Pass Interference

Sideline Infraction

Illegal Contact

The Big Game

Off the Deep End

The Ainsworth Royals

Royal Reckoning

Reckless Royal

Royal Relations

Royal Roots

Royal Ties

The Love Abroad Series

An Icy Infatuation

A French Fling

A Sydney Surprise